醫統江山

第二輯

卷8

奇計詐降

石章魚 著

什麼江山社稷
什麼愛恨情仇
只不過是過眼雲煙

目錄

第一章

賤人就是矯情

薛靈君笑道：「從沒見你這麼關心過我呢。」
胡小天道：「一直都很關心，只是我這人不習慣表露罷了。」
薛靈君歎了口氣道：「真是討厭這些勾心鬥角的事情呢。」
胡小天心中沒來由浮現出一句話——賤人就是矯情，
他怎麼覺得薛靈君在勾心鬥角方面樂此不疲呢？

鄒庸道：「閻伯光還在我們手裡。」這番話說得有些蒼白無力，他今晚最大的錯誤就在於相信閻伯光的價值，認為對方投鼠忌器，不敢輕舉妄動，可對方偏偏反其道而行之，聲東擊西，成功剷除北澤老怪。懊惱之餘，鄒庸心底深處甚至還有些害怕，若非王太后力保，恐怕渤海王早已因為薛靈君失蹤之事追責。

薛靈君此次公然回歸，還不知道要玩怎樣的花樣，很有可能針對自己，從他們先滅斑斕門的做法來看，明擺著是要逐個擊破，現在斑斕門無疑損失慘重，對方的下一個目標必然是他們落櫻宮。

李沉舟也想到了這一點，他低聲道：「薛靈君下一步很可能會針對你。」

鄒庸道：「事情到了現在這一步，該來的始終會來。」他開始意識到薛靈君和薛勝景兩人並不像李沉舟所說的那樣容易對付。

李沉舟道：「袁天照的事不可繼續耽擱，必須儘快定案，你們大王怎麼說？」

鄒庸歎了口氣道：「這兩日因長公主失蹤亂了陣腳，誰還顧得上這件事。」

李沉舟道：「你不擔心夜長夢多？」

鄒庸道：「關於聚寶齋的事情也不是全無進展，我剛剛得到消息，其實聚寶齋的後台乃是燕熙堂。」他本想守住這個秘密，可是事情的發展卻朝著越來越不利他的方向，鄒庸必須要拿出一些有價值的情報，讓李沉舟意識到自己的重要性，同時也好讓李沉舟通過這件事向渤海王施壓。

李沉舟雙眉緊皺：「可有證據？」

鄒庸點了點頭道：「燕熙堂的掌櫃向山聰和聚寶齋的佟金城秘密往來不斷，根據我最近得到的情報，聚寶齋的收入最終都輾轉流入了燕熙堂，我看燕熙堂的向山聰才是幕後老闆，直接對薛勝景負責。」

李沉舟沉默了下去，只要稍稍推敲一下就能夠發現鄒庸的這番話禁不起推敲，看來鄒庸十有八九不是剛剛查出這件事，而是現在才決定說出來，這廝心中必然有他自己的盤算，如果不是新近陷入如此被動的局面之中，他應該還不會將這件事告訴自己。李沉舟也沒有表露出任何的不悅，輕聲道：「可有證據？」

鄒庸搖了搖頭道：「並無確實的證據。」

「大王知不知道？」

鄒庸道：「沒有證據的事情，我豈敢亂說。」

渤海王顏東生聽聞薛靈君已經成功獲救，打心底鬆了口氣，雖然他嘴上不承認，可是在心底認為薛靈君的性命要比自己親妹子重要得多，親妹子顏東晴死了，最多也就是傷心難過，可薛靈君若是死了，恐怕就要面臨滅國之憂。

大內總管福延壽快步來到寧壽宮，來到顏東生面前低聲道：「啟奏王上，大雍李沉舟前來求見。」

顏東生聽到李沉舟的名字，臉上不由得露出幾分慍色，此前胡小天率領金鱗衛前來王宮鬧事，他讓福延壽去請李沉舟，可李沉舟推三阻四不願前來，顏東生因此而對李沉舟頗有微詞，聽到他前來，冷冷道：「就說本王有要事在身，讓他改日再來。」身為一國之主當然會有些脾氣。

福延壽恭敬道：「大王，李沉舟乃是大雍皇帝密使，依老奴之見，不如聽他說說倒也無妨。」

顏東生怒道：「他想見就見？不過是一個特使罷了。」

福延壽笑道：「大王難道不想聽聽他對大雍長公主獲救之後的說法？」

顏東生道：「他想幹什麼朕心裡明白，無非想利用朕達到他們的目的罷了。」

福延壽道：「王上到底是見還是不見？」

顏東生沉吟了一下道：「朕也沒必要躲著他，讓他進來吧！」

沒過多久，福延壽就引著李沉舟來到顏東生面前，李沉舟抱拳行禮道：「小使李沉舟參見大王！」

顏東生和顏悅色道：「李將軍何必客氣，快請坐！」

李沉舟微笑道：「大王面前小使不敢坐，沉舟此次前來，特地感謝大王救出我國長公主。」

顏東生呵呵笑了一聲道：「本王還以為長公主會親自過來跟朕說一聲呢。」他的言外之意就是薛靈君自己都沒來謝我，你算哪根蔥？當然話不能說得太明。

李沉舟笑道：「長公主必然會親自前來的，大王，沉舟聽說貴國國師被人襲擊不知去向，連天星苑也被人放火焚燒殆盡，不知此事可否屬實？」

顏東生道：「李將軍的消息還真是靈通，此事正在調查中。」

李沉舟道：「聽聞貴國長公主並未脫險，當日蟒蛟島匪徒只是放了我國長公主，根本沒有交換人質的打算。」

顏東生道：「這些反賊到底怎麼想，本王也不知道，總之本王一定要將此事追究到底，救出王妹，將所有涉案人等繩之於法。」

李沉舟道：「大王，沉舟此番前來貴國乃是肩負皇上重托，算起來抵達貴國已經多日，可是皇上交代的事情仍無進展。」

顏東生道：「審案講究證據，袁天照勾結反賊一案，本王比你們更加關注，可是最近以來接連兩位大臣遇害，案情變得錯綜複雜，李將軍還需多些耐心，凡事不可操之過急。」

李沉舟明顯覺察到顏東生最近的態度變化，雖然他表面上一團和氣，可是仍然能夠感覺到他對自己的冷淡，這對李沉舟而言並不是一個好兆頭，他和薛勝康定下計策，要從袁天照一案入手，通過聚寶齋牽連到燕王薛勝景，而現在看來進展卻並不如預期那般順利。

李沉舟道：「大王，根據我們所得到的消息，聚寶齋的背後還有燕熙堂。」

顏東生道：「李將軍對渤海國的事情還真是關注，此事本王自會處理，李將軍就不必費心了。」他的這句話說得已是很不客氣。

李沉舟雖然被一口拒絕，可仍然表現得溫文爾雅，微笑道：「大王多多費心，大王為大雍所做的一切，小使必然會告知皇上，一定要讓皇上知道大王對大雍的友好之情，也會儘快說服皇上出兵蟒蛟島，為渤海國掃去後顧之憂。」

顏東生焉能聽不出李沉舟話中包含的威脅之意，不由沉默下去，雖然現在內心中已出現了動搖，但仍然不敢公開得罪大雍，渤海只是一個小國，若是得罪了大雍帝君，他震怒之下真有可能將自己趕下王位，搞不好還會將渤海滅國，想到這裡，顏東生又有些後悔說出剛才的那番話了。

李沉舟向顏東生告辭道：「小使不耽擱大王的休息，先行告辭了。」

顏東生道：「尊使慢走，你所說的事情，朕會讓人儘快調查清楚。」

李沉舟微笑道：「大王費心！」

李沉舟出了寧壽宮，迎面卻和大雍長公主薛靈君走了個對面，雖然兩人都知道對方就在渤海國，可是彼此卻從未打過照面，按理說李沉舟身為臣下理當先去薛靈君那裡請安，可是他卻始終都沒有這麼做。

此番相見頗有點冤家路窄的意思，李沉舟應變奇快，慌忙躬身行禮道：「臣李沉舟參見長公主殿下千歲千千歲！」

薛靈君冷冷望著李沉舟道：「喲！這不是李大將軍嗎？您這麼大的禮，本宮可受不起！」

李沉舟陪著笑道：「長公主殿下當然受得起！」

薛靈君道：「大雍的皇帝又不是本宮，你當然不是我的臣子，你是皇上身邊的寵臣，以後連本宮還要仰仗你多多關照呢。」

李沉舟笑道：「長公主殿下言重了，臣其實早就該去殿下那裡去請安，可是因為要為陛下處理一些急事所以才耽擱了，希望殿下千萬不要怪罪。」

「我可不敢！」薛靈君呵呵笑道，唇角全都是冷意，目光朝寧壽宮的方向瞥了一眼道：「李大將軍來這兒是見渤海王的？」

李沉舟道：「乃是為了長公主被擄的事情而來，請恕臣消息閉塞，剛剛才得知殿下已經平安獲釋的消息，正在為殿下慶幸不已呢。」

薛靈君冷冷道：「真是難為你那麼有心，本宮聽你這麼說，實在感動得很。」

李沉舟道：「殿下可否將這期間發生的事情告訴微臣，沉舟會不惜代價為殿下討還公道。」

薛靈君道：「本宮都沒事了，再說了，就算是有事的時候，也不敢勞動您李大將軍，哎！不說，我還有事先走了。」

李沉舟目送薛靈君遠去的背影，目光深處掠過一絲陰冷的光芒。

面對大雍長公主薛靈君，渤海王顏東生可不敢擺譜，親自走下王座相迎，關切道：「看到長公主殿下安然無恙返回，本王心中不勝欣慰。」

薛靈君道：「多謝大王掛懷，只是我雖然僥倖脫困，可東晴仍然身陷囹圄，大王一定要儘快將她救出來才好。」

顏東生道：「長公主殿下放心，本王一定會傾盡全力營救王妹。」他最關心的還是薛靈君此次的遭遇，她失蹤的這段時間到底發生了什麼事情？為何劫匪只放她一個人歸來？按照常理來推斷，薛靈君本應該比自己的王妹更有價值，難道這其中真是一場預先策劃的陰謀，薛靈君也是策劃者之一？

薛靈君歎了口氣道：「放心，這讓我如何放心得下。」

顏東生道：「長公主殿下可否見告，到底是何方人馬出手劫持？」

薛靈君道：「我怎麼知道？不過當天乃是鄒庸邀請我和東晴兩人出遊，這件事我並未告訴他人，就算是胡大富當時也不知道我的具體去向。」言外之意就是鄒庸有很大的嫌疑。

顏東生點了點頭：「此事本王一定會找鄒庸問個清楚。」

薛靈君道：「鄒庸乃是渤海重臣，深得大王的器重，我相信他應該不會對我不利。」薛靈君的這句話一語雙關，應該並不代表事實。

顏東生此時唯有用笑容來回應，他也清楚這件事錯綜複雜，鄒庸雖然不是什麼好人，可薛靈君未必無辜。

薛靈君道：「剛才我在門外遇到了李沉舟，他來找大王為了什麼事情？」

顏東生笑道：「長公主是說李將軍，他並不知道長公主已經獲救的消息，此次前來是為了督促本王儘快派人救出殿下。」

薛靈君道：「還算他有心。」美眸之中卻沒有流露出絲毫的感動，而是森森冷意，說完之後突然就沉默了下去，現場的氣氛頓時變得有些冷淡。

顏東生意識到氣氛不對，連忙打破沉默道：「長公主殿下請用茶。」

薛靈君端起茶盞，輕輕用碗蓋敲擊著茶盞，目光顯得有些迷惘，似乎心不在焉，顏東生正在考慮挑選話題開口之時，卻聽她道：「李沉舟此次前來出使渤海，所為何事？」

顏東生道：「乃是為了幫助渤海水師增強防務！」他當然不會將李沉舟真正的目的告訴薛靈君。

薛靈君淡淡一笑，端起茶盞抿了口香茗，輕聲道：「難怪皇上未跟我說過，原來是軍事上的事情。我一直聽說大王推崇文治，難道準備改變了？」

顏東生道：「不瞞長公主殿下，蟒蛟島海賊猖獗，屢屢滋擾過往商船，已經對周圍海域造成了極大困擾，各國商船屢遭搶劫，不但是渤海國深受其害，連大雍、大康兩國的商人也蒙受了不少的苦處，所以這次李將軍過來，就是為了商談兩國聯手清剿蟒蛟島海盜事宜。」

薛靈君點了點頭：「事情進展得還順利嗎？」

顏東生道：「還算順利。」

「大王可知道我這次被劫持，對方的目的是什麼？」

顏東生心中一怔，然後謹慎回答道：「據說是要用殿下來交換蟒蛟島賊首閻天祿的侄子閻伯光。」

薛靈君道：「看來大王對蟒蛟島的海賊也沒什麼辦法。」

顏東生面露尷尬之色：「蟒蛟島海賊狡詐非常，的確難以應付。」

薛靈君道：「我最近聽到了一個說法，渤海國相國袁天照和蟒蛟島的海賊有勾結，所以大王才將他下獄，此事可否屬實？」

顏東生點了點頭道：「確有此事。」

「可曾查到確實的證據？」

顏東生道：「目前證據還不夠完善……」

薛靈君毫不客氣地打斷顏東生的話道：「證據還不夠完善，那麼就將聚寶齋給封了？」

顏東生內心一怔，薛靈君終於主動提起了這件事。

顏東生道：「皆因有人舉報，聚寶齋和袁天照之間過從甚密……」

噹啷一聲，薛靈君手中茶盞落在地上，摔得粉碎，看似失手，實則故意為之。

顏東生心中吃了一驚。

薛靈君向他歉然道：「不好意思，一時失手，大王勿怪。」

顏東生望著地上的碎瓷片，抿了抿嘴唇道：「無心之過，何必掛懷。」

薛靈君道：「大王不會不知道聚寶齋是誰的產業吧？」

顏東生沒有說話，他當然清楚，可是若是直接說出來，這等於告訴薛靈君自己查封聚寶齋是故意在和燕王薛勝景作對。

薛靈君壓根也沒想等到他的答案，低聲道：「大王是個明白人，有些事情我就算不說，大王心中也清楚，聚寶齋只是一個引子，大王若是當真以為因為聚寶齋可以牽出什麼背後的大人物，那麼只怕您要失望了。」

顏東生笑道：「長公主殿下的這句話，本王有些不明白。」

薛靈君道：「金鱗衛首領郭震海被人刺殺，其實他們想殺的是我，大雍新近發生了不少的事情，有人認為自己的羽翼已經豐滿，覺得我和燕王擋了他的路，所以想要利用這次機會將我們清除。」

顏東生臉上的笑容已經完全消失，薛靈君當著他的面說出這番話，等於向他徹底攤牌，他有些不知如何應對了。

薛靈君道：「我母后之所以將鳳舞九天的令牌交給胡大富，讓他過來保護我，就是因為已經洞悉了這件事。大王知不知道大雍新君之所以能夠順利繼承皇位，都是誰在背後支持？」

顏東生沒說話，他聽說過這件事，薛道洪之所以能夠擊敗皇子中最為出色的薛道銘，完全是因為燕王和長公主的全力支持，而薛道洪即位不久就開始對他的皇叔和皇姑著手進行清除，此人的確有恩將仇報之嫌。

薛靈君道：「先皇在位之時曾經有過征服渤海的念頭，如果不是燕王力諫，恐怕先皇早已發兵渤海了，大王以為以渤海今時今日的水軍力量，能夠擋得住大雍的水師嗎？」

顏東生無言以對。

薛靈君道：「且不說最終是東風壓倒西風，還是西風壓倒東風，就算聚寶齋牽扯到了燕王，你以為太后會眼睜睜看著這件事發生?有人想我無法活著返回大雍，誰在背後計畫，本宮心中清清楚楚，大王是不是以為本宮只要不在渤海的境內出事就能夠逃脫干係？」

顏東生額頭佈滿冷汗，他低聲道：「長公主殿下，本王絕無加害之心。」

薛靈君道：「你怎麼想，我還能不清楚，我說這些話絕不是懷疑大王會對我不利，只是不想大王受人蠱惑，一手將渤海帶入水火之中。」

顏東生道：「本王明白應該怎樣去做。」

薛靈君點了點頭道：「渤海接連死去兩位刑部大員，此事究竟為了什麼，大王應該心知肚明。」她站起身道：「該說的話，本宮全都說過了，再過兩天，我就會返回大雍，別的事情我管不了，聚寶齋的事情，大王還是好生斟酌一下。」

顏東生起身相送，這會兒都不知道自己應該說什麼了。

薛靈君離開王城，早有車馬在外面等待，胡小天親自前來接她，薛靈君登上馬車，不禁笑道：「從沒有見你這麼關心過我呢。」

胡小天笑道：「一直都很關心，只是我這人不習慣於表露罷了。」

薛靈君拋給他一個顛倒眾生的媚眼，然後慵懶地歎了口氣道：「真是討厭這些勾心鬥角的事情呢。」

胡小天心中沒來由浮現出一句話——賤人就是矯情，他怎麼覺得薛靈君在勾心鬥角方面始終樂此不疲呢？

薛靈君似乎有些倦了，主動偎依在胡小天的身邊，將螓首靠在他的肩膀上，閉上美眸夢囈般道：「讓我靠一會兒，好好歇歇。」

胡小天道：「儘管靠，隨便靠！」

薛靈君俏臉一熱，飛起兩片紅霞，越發顯得嬌豔無雙。

馬車行進了一段距離之後，她方才小聲道：「顏東生那個廢物應該是已經害怕了，我看聚寶齋的事情應該翻不起太大的風浪。」

胡小天道：「此人倒是不用擔心，他最開始的出發點無非是想利用大雍的力量清剿蟒蛟島，不過現在他已經意識到事情並非他能掌控的，到最後非但他無法從中獲利，而且還很可能引狼入室。」

薛靈君點了點頭道：「我見到李沉舟了。」

胡小天道：「他才是真正的威脅所在，就算渤海王決定罷手，李沉舟也不會輕易放手。」

薛靈君小聲道：「此事我已經讓人密報母后，用不了太久時間，母后就會向皇上施壓，李沉舟就算天大的本事，也不敢違逆皇上的意思。」解鈴還須繫鈴人，此事因薛道洪而起，所以最後還是應該從薛道洪那裡結束。

兩人說話的時候，卻聽到外面傳來一聲慘呼，卻是駕車的金鱗衛被一支羽箭透胸而入，從車頭上栽落下去，馬車失去控制，兩匹駿馬發出驚恐的嘶鳴，摔開四蹄向前方狂奔而去。

胡小天暗叫不妙，揭開車簾。咻！咻！兩道寒光閃過，貼著車廂射中兩旁負責護衛的金鱗衛。訓練有素的金鱗衛竟然在這凌空飛來的冷箭面前毫無招架之力，全都被射中咽喉，一命嗚呼。

薛靈君嚇得俏臉煞白，想不到有人竟如此大膽，在王城外就敢對她發動暗殺。

胡小天一把抱起薛靈君的纖腰，騰空躍起，身軀撞開車廂的頂部向上方飛去。

薛靈君料不到，胡小天也沒有想到，雖然還沒有看到暗殺者是誰，可是他能夠斷定對方來自落櫻宮，抱著薛靈君飛掠而起，身在半空之中仍然提防著周圍的動靜，一支羽箭倏然射向薛靈君。

胡小天抽出斬風，一刀向羽箭砍了過去，噹的一聲，一股潛力沿著羽箭傳到了刀身之上，胡小天借著這一箭的勢頭，落在屋頂之上，舉目望去，卻見遠處一道白色身影已經飄然而去。

胡小天並沒有追上前去，薛靈君此時已經是花容失色，顫聲道：「什麼人？」

胡小天冷冷道：「落櫻宮的人，想不到他們這麼沉不住氣！」確信周圍再無人埋伏，方才帶著薛靈君回到地面，只見三名金鱗衛已經盡數身亡。

薛靈君怒道：「我一定要找他們討還公道。」

胡小天道：「這個世上根本就沒有公道可言。」前來刺殺他們的應該不是唐九成，以唐九成的箭法肯定不會這麼快就抽身離去。

鄒庸聽到唐驚羽在王宮門前刺殺薛靈君的消息，整個人都驚住了，他怒道：

「驚羽，你豈可如此衝動？王宮什麼地方？那胡小天又在薛靈君的身邊，你又豈能稱心如願？他們怎會善罷甘休？」

唐驚羽道：「大哥，你休要長他人志氣滅自己威風，我就算殺不了胡小天和薛靈君，也給了他們一個教訓，他們設計陷你於不義，我們若是毫無反應，他們只會變本加厲越發囂張！」

鄒庸苦笑道：「驚羽，殺掉幾個金鱗衛算什麼？他們根本不會在乎，你不要忘了，長公主顏東晴還在他們的手中，若是激怒了他們，還不知要做出什麼事情。」

唐驚羽不屑道：「你怕什麼？因為他們除掉了斑爛門？斑爛門的實力又怎能和我們落櫻宮相提並論？」

鄒庸道：「驚羽，你千萬不可輕敵啊，現在咱們對付的可不是一方勢力，胡小天、蟒蛟島、薛靈君三方聯手，而我們卻失去了斑爛門的幫助，不容樂觀。」

唐驚羽心中暗歎，大哥終究還是怕了，他安慰鄒庸道：「別忘了，李沉舟站在咱們的一邊，他代表了大雍皇上的意思，薛靈君只不過是大雍的一個長公主，難道她敢和皇帝抗衡嗎？」

鄒庸無言以對，不是被唐驚羽說服，而是他對唐驚羽的想法無法苟同，事情從薛靈君和顏東晴被綁架就開始出現了變化，對方的反擊不但果斷而且有效，薛靈君失蹤，寇子勝被殺，交換人質，聲東擊西，率先剷除北澤老怪，穩紮穩打，有條不紊地進行著，而雙方的實力對比在不知不覺中就發生了變化。

更讓鄒庸感到心中沒底的是渤海王的態度，渤海王從開始堅決對付袁天照，徹查聚寶齋，現在似乎已經忘記了這件事，如果失去了渤海王的支持，那麼事情恐怕麻煩就大了。自己已經向李沉舟說明聚寶齋和燕熙堂之間的關係，至於李沉舟怎樣打這張牌，又能達到怎樣的效果，鄒庸可是一點把握都沒有了。其實犯錯的不僅僅是他一個，原本他們占盡優勢，可是自從胡大富出現，原本對他們有利的局面被對方一步步扭轉過來，眼看著一把的好牌打成了臭牌。李沉舟始終站在背後，他在這一過程中並未起到太大的作用。

鄒庸歎了口氣道：「李沉舟這個人城府太深，做事過於謹慎，如果不是他做事追求過度完美，或許形勢不會惡劣到眼前的地步。」

唐驚羽道：「既然已經這樣了，乾脆一不做二不休，請父親出手剷除胡小天這個麻煩！」唐驚羽和胡小天已經數度交手，他對胡小天的武力已經有了一個完整的評估，心中明白，單憑著自己應該無法擊敗胡小天，而胡小天也兩度從他的手中救出了李明舉和薛靈君，若是正面對抗，說不定自己會敗在他的手下。

鄒庸道：「驚羽，你千萬不可輕舉妄動，父親那邊由我來跟他商量，你決不可擅自請他老人家出手。」

唐驚羽道：「大哥，我可全都是為了你著想！」

此時門外傳來一陣腳步聲，卻是手下武士前來通報大雍商人胡大富來了。

唐驚羽聽說胡大富來了，咬牙切齒道：「他來得正好，我尋找機會一箭射死他！」話說得雖然夠狠，可他也清楚自己就算暗中出手也未必能夠穩操勝券，若是暴露了自己和鄒庸之間的關係，反倒麻煩了。

鄒庸向他使了個眼色，示意唐驚羽暫時迴避，獨自一人來到前廳去見胡小天，他已經料到胡小天此次前來必然是為了在王宮前遇刺的事情，上次胡小天強闖鏡水行苑，表現出的強大武力仍然讓他記憶猶新，如果當時不是父親在場，恐怕自己肯定要吃虧，如今父親並不在鏡水行苑，而胡小天卻再度前來，此次前來的目的很可能是為了興師問罪，鄒庸心中不免有些忐忑。

胡小天表面看上去似乎非常平靜，看到鄒庸走進來，唇角居然露出了一絲微笑：「鄒公子好，今日胡某冒昧登門，希望沒有打擾到你。」

鄒庸也非常沉得住氣，微笑道：「胡財東光臨寒舍，讓寒舍蓬蓽生輝，鄒某心中高興得很。」

胡小天淡然道：「希望鄒公子心中真是這樣想。」

鄒庸笑道：「胡財東不信鄒某的誠意嗎？」他在胡小天身邊坐下，揚聲道：「上茶！」

「不必了！胡某今次前來只是有幾句話要說，說完就走，鄒公子不必麻煩。」

鄒庸看了胡小天一眼道：「不知胡財東有什麼見教？」

胡小天將三支帶血的羽箭放在茶几之上，鄒庸掃了一眼，看到這三支羽箭之上並無任何落櫻宮的標記，唐驚羽雖然性情衝動了一些，不過他做事還算謹慎，但凡出手都不會留下明顯的痕跡讓人追查。鄒庸故意道：「胡財東這是什麼意思？」

「沒什麼意思，只是想讓鄒公子幫忙將這些東西物歸原主。」

鄒庸皺了皺眉頭道：「胡財東這麼說就不對了，我可從未見過這樣的羽箭，更不認識使用這種羽箭的人！」

胡小天笑道：「我一向以為鄒公子是個明白人，跟明白人說話不需要拐彎抹角，剛才我和長公主在離開王宮之時遭遇暗殺，折了三名金鱗衛。」

鄒庸沒有說話，靜靜望著胡小天，他說得不錯，明白人說話不需要拐彎抹角。

胡小天道：「我此次前來是為了保護長公主，其他人的死活與我無關，前次來鏡水行苑要人，和鄒公子發生衝突，原是我失禮在先，可是你們也殺了我方的一名金鱗衛，到現在也沒有給個說法，現在又添了三條人命！」說到這裡，胡小天冷冷望向鄒庸，犀利的目光如同一雙飛刀射向他的雙目。

鄒庸道：「胡財東因何認定這三人的死跟我有關？」

胡小天道：「天下間很多事情都是不需要證據的，尤其是想殺人的時候，鄒公子的目的是什麼，我大致也能猜到，鄒公子想做的事情和我無關，只要不損害我的利益，我寧願選擇睜一隻眼閉一隻眼，可是一旦觸犯了我的利益……」胡小天將一封信遞給了鄒庸。

鄒庸接過那封信，拆開一看，這信上的字跡極其熟悉，分明就是長公主顏東晴所寫，信的內容更是讓鄒庸觸目驚心，上面將他們如何有了私情，又是如何將他帶入宮中獻給王太后的事情寫得清清楚楚明明白白，甚至連他們在何處偷情，都特地標明，鄒庸出了一身的冷汗，顏東晴啊顏東晴，你這個蠢女人，這種事情居然一股腦地倒了出來，若是傳出去，豈不是成為震驚渤海國的一個天大醜聞，自己的項上人頭根本就保不住了。鄒庸握著那封信，一時間不知說些什麼，內心之中翻江倒海，他真正認識到自己面對的是一個何等厲害的人物，只要對方願意，非但可以讓自己身敗名裂，甚至可以讓他刻苦經營多年的心血全都付諸東流。

鄒庸好不容易才平復了內心中的混亂，當著胡小天的面將那封信撕掉，淡然道：「胡財東想要對付我，也算得上是處心積慮了，若是讓王上知道長公主被俘的真相，恐怕你很難脫身。」

胡小天笑道：「彼此彼此！」他望著鄒庸撕碎的那封信道：「這東西不可能只有一份。」

鄒庸寸步不讓道：「你以為王上會相信嗎？」

胡小天道：「如果你真想知道，那麼我不妨讓長公主將另外一封信送給渤海王看看他的反應。」

鄒庸咽了口唾沫，呵呵笑了起來。

胡小天也笑了。

鄒庸道：「上茶！」

胡小天這次並沒有拒絕，等到下人將茶送上來，胡小天端起茶盞嗅了嗅茶香，看似漫不經心道：「李沉舟給不了你什麼，顏東生沒有得罪燕王的膽子，更不敢對長公主不利，他最多可以做到兩不相幫，你們以為可以利用他來達到目的，只怕沒有任何可能。」

鄒庸抿了口茶：「大雍既不是燕王說了算，也不是長公主說了算。」

胡小天道：「就算燕王倒了，長公主死了，渤海國也未必能有什麼好日子過，以薛道洪今時今日的實力恐怕還不敢動蔣太后，蔣太后若是追責，你以為薛道洪會承擔這個責任嗎？最終還是要把所有的事情推到渤海國這邊，渤海國唯一的下場就是滅國，若是被滅國，你想謀朝篡位的計畫豈不是要全盤落空？」

鄒庸望著胡小天，心中對他的話其實已經有幾分認同。

胡小天道：「顏東生不是傻子，他也看透了局勢，目前這邊的事情已經傳到了蔣太后的耳朵裡，我不怕告訴你，李沉舟沒幾天蹦躂了。」

鄒庸道：「我本以為胡財東是個生意人，想不到還是一個顛倒黑白的說客。」

胡小天道：「我來你這裡不是為了當說客，若是生意不成，咱們連仁義都不會存在，到時候就是翻臉成仇，鄒公子別怪我不給你面子。」

鄒庸道：「胡財東以為可以威脅我嗎？」

胡小天道：「人最怕的就是錯判形勢，以落櫻宮主人的箭法我尚且都不害怕，你以為我會怕其他人嗎？」陰冷的目光讓鄒庸不寒而慄。

胡小天道：「本來可以作壁上觀，舒舒服服地看戲，為何非要主動捲入麻煩之中，鄒公子幫我一個小忙，金鱗衛被殺的事情從此一筆勾消。」

鄒庸聽到他終於提出條件，心中反倒一鬆，他緩緩點點頭道：「但請明言。」

「把閻伯光放了！」

鄒庸雙眉緊皺：「可是……」

胡小天已經站起身來，沒什麼可是，現在的鄒庸已經不配跟自己談條件，胡小天之所以主動讓步，主要還是因為對唐九成感到顧忌，今天出手的如果是唐九成，胡小天雖然能夠保證自己全身而退，卻無法保證薛靈君毫髮無損。只要讓鄒庸他們認清形勢，雙方暫時放下敵對，等於分化了李沉舟的陣營。這就是釜底抽薪，這場明爭暗鬥基本上可以鎖定勝局。

離開鏡水行苑天空中不知何時飄起了細雨，渤海是沒有冬天的，這裡的人甚至從未見過雪，胡小天抬頭看了看陰沉沉的天空，翻身上了坐騎。雨並不大，絲絲點點落在他的臉上，潮濕陰冷的風從他的領口袖口無孔不入地鑽入他的體內，惡劣的天氣卻沒有影響到胡小天的心情。剛才鄒庸雖然沒有明確答覆會釋放閻伯光，可是從鄒庸的雙目深處，可以看到他的立場和防線已經鬆動。擊潰斑斕門，如果再能動搖落櫻宮對李沉舟的支持，那麼這次的渤海之行就基本上取得了勝利。

想到這裡，胡小天的唇角不由得露出會心的笑意，只是他這次前來還未曾見到霍小如。薛勝景說服自己前來渤海國化解這場危機的根本原因就是霍小如，雖然胡小天不得不承認，此番前來渤海符合自身的政治利益，可是最初的驅動仍然是霍小如，想起霍小如白衣飄飄，煢煢孑立的樣子，他的心頭就是一熱，閉上雙眼，似乎那個倩影就在眼前，可是無論他怎樣努力也看不清楚，一切又似乎只是一個倩影，讓自己觸不可及。

原本有規律的雨絲突然改變了方向，這並非是因為風向的改變，胡小天緩緩睜開雙目，看到正前方，一位老者靜靜站在那裡，雙手負在身後，深邃的雙目穿過雨絲穿過陰鬱的空氣落在自己的臉上，老者的身材雖然不高，可是卻讓人產生一種頂天立地的感覺。

落櫻宮主人唐九成畢竟是一派宗師，這種氣度是常人無法企及的。

胡小天在距離唐九成還有十丈左右的地方勒住馬韁，不慌不忙地牽著馬兒走了過去，不僅僅是慎重，也是某種意義上的尊重，任何人面對唐九成這樣的對手都不敢大意。

唐九成的殺氣依然濃烈，胡小天卻氣定神閑，微笑來到唐九成面前一丈處，如果是面對唐驚羽這樣的對手，距離越近，對自己越是有利，畢竟對方的長處在遠距離攻擊，而自己更適合貼身近戰。可唐九成不同，唐九成已經到了凝氣為箭的地步，他可以在任何的距離下發動致命一擊。

胡小天雖然內心凝重，但是並不害怕，每次和高手對決之後，他都會在不知不覺中完成一次突破，他堅信自己就算無法戰勝唐九成，可是想要從對方的箭下逃生還是有些把握。

唐九成道：「你為何總是要跟我們作對？」

胡小天笑了起來，看起來自己已經讓這位落櫻宮主人頭疼了，不然他也不會親自找上門來。

胡小天道：「大家的利益有了衝突，如果找不出彼此都能夠接受的辦法，那麼就只能拚個兩敗俱傷。」

唐九成雙目一凜，強大的殺氣驟然向周圍彌散開來：「你有那個資格嗎？」

胡小天在對方強大的氣勢下非但沒有退後半步，反而向前繼續走了一步，微笑道：「挑戰前輩或許還不夠資格，可是有些事我還是很有把握的。」

唐九成道：「知不知道我來的目的是什麼？」

胡小天搖了搖頭：「不知道，也不想知道，我只是知道，無論前輩抱著怎樣的目的而來，此番必然無法得償所願。」

「夠囂張！」唐九成說話之間，一支短箭已經緩緩從他的背後升騰而起，箭鏃漂浮在空中猶如一隻無形的手托舉著一樣，寒光閃閃的鏃尖瞄準了胡小天的眉心。

胡小天充滿嘲諷地望著那支箭鏃：「前輩以氣御箭的功夫我已經見識過，不如讓我領教一下何謂凝氣為箭？」

唐九成冷冷道：「不要以為你掌握了幾手劍法就可以和我抗衡。」

胡小天呵呵笑了一聲，忽然閃電般從腰間抽出斬風，以迅雷不及掩耳之勢向唐九成劈斬而去。

唐九成根本沒有料到胡小天居然敢向自己主動出刀，漂浮在他頭頂的箭鏃瞬間激發，撞擊在迎面劈來的刀鋒之上，噹的一聲，火星四濺，短箭並未被刀鋒擊飛，斜斜飛出一段距離之後，劃出一道弧形軌跡從側方向胡小天再度射去。

胡小天在磕飛短箭之後，長刀化劈為刺，刀鋒咻的一聲刺向唐九成的心口。

唐九成暗暗叫好，此子內力渾厚，出招果斷，難怪鄒庸會敗在他的手下，腳步向後突然就滑出兩丈距離，左右手同時動作，兩道寒光激射而出，封住胡小天攻擊路線，胡小天手中斬風連續揮動，和三支射向自己的箭鏃接連相撞。如果是普通人的射擊，胡小天早已將箭鏃擊落在地，可是唐九成射出的箭鏃始終都在他的操縱之下，雖然因為斬風的撞擊而改變方向，可是並未被擊落在地，改變方向之後馬上在虛空中調整，繼續向目標射去，唐九成以氣御箭的功夫實在到了出神入化的地步。

遠遠望去，胡小天似乎始終在和三支箭鏃做抗爭，唐九成卻已經抽身事外，作壁上觀，可實際上這三支箭鏃始終都在唐九成的操縱之下。

隨著箭鏃的速度越來越快，胡小天一時間被逼了一個手忙腳亂，唐九成冷笑道：「小子，你還差得遠呢。」他已經看出胡小天突襲自己很可能是想讓自己拿出凝氣為箭的功夫，唐九成心中暗道，對付你，以氣御箭就已經足夠，根本無需凝氣為箭。

胡小天卻是一個遇強則強的性子，越是在強大的對手面前，越是可以激發出他的潛能，在經歷了最初的慌亂之後，他手中長刀一抖，一個弧形反切，奪的一聲，將其中一支箭鏃擊歪，此時另外一支箭鏃剛好來到近前，兩隻箭鏃的軌跡重合而撞在了一起，與此同時，第三支箭鏃也來到面門處，胡小天竟然伸出左手，一把將箭桿握住，那箭桿被胡小天握住之後停下了前進的勢頭，胡小天這一招看似輕鬆，可是高速行進的箭桿和他的掌心摩擦產生的高溫仍然讓他感覺到燒灼般的痛楚，若非是他擁有一身驚世駭俗的內力，這高速行進的箭鏃早已衝出了他的束縛，射入他的頭顱。

唐九成打心底叫了一聲好，卻見胡小天在同時化解三支箭鏃的射擊之後，不等他做出下一步反應，右手一揮，隔空一刀向他砍來。

斬風在空中行進的速度奇快，刀身留下一道道殘影，強大的刀氣脫離刀身向前方直衝而去。

唐九成從周圍空氣的波動已經感覺到這一刀的威勢，他不敢托大，身軀向後退去，然後凌空揮出右手，右手的食指發出一道無形的箭氣，胡小天終究還是逼迫他拿出了凝氣為箭的本事。

兩道無形殺氣隔空撞擊在一起，蓬的一聲，虛空中有若悶雷滾過，以交會處為中心，雨霧向周圍翻滾湧動，兩人的衣袍無風自動，鬚髮向後飄起。

唐九成難以掩飾目光中震駭，他萬萬沒有想到，胡小天的內力竟然足以和自己抗衡，其實胡小天還未真正發揮出內功的全部威力。

胡小天出完這一刀，就凝住不發，微笑望著唐九成。

第二章

老太后的心思

薛勝景內心一怔，
現在渤海國形勢逆轉，一切都朝著自己有利的方向，
眼看就有了和薛道洪叫板的資本，
老太后居然在這個時候讓自己交出名下物業，
她葫蘆裡究竟賣的什麼藥？
她究竟是站在自己一邊還是站在薛道洪一邊？

唐九成臉上的表情極其複雜，胡小天逼迫自己使出了凝氣為箭，而自己壓箱底的絕招仍然無法將他置於死地，胡小天貿然出手的目的就是要告訴他一個事實，就算自己傾盡全力，胡小天仍然可以從他的手下逃生。

唐九成沒有繼續出手，胡小天緩緩還刀入鞘，不慌不忙道：「前輩的武功讓我大開眼界，誰也不想有您這樣的敵人。」他的話說得非常婉轉，雖然是主動示好，卻不卑不亢，如果沒有剛才的那場比武，他的這番話一定會被唐九成認為主動示弱，可現在唐九成在充分認識到他的實力之後，已經不再那麼想。一旦將對方當成對手，那麼就不會蔑視對方對你的尊重。

唐九成低聲道：「誰有你這樣的敵人也一定非常的頭疼。」

胡小天笑道：「這個世界上多一個朋友總比多一個敵人要好。」

唐九成道：「我請你喝酒！」邀請的非常突然，甚至在唐九成成為落櫻宮主人之後很少有過這樣的邀請，尤其是對一個晚輩。

胡小天卻沒有絲毫的猶豫，點了點頭道：「好！」

走入這間破舊的酒館，胡小天方才知道唐九成早有準備，菜已經上桌，酒已經溫好。小酒館內只有他們兩個客人，弓腰駝背的店老闆識趣地離開房間去外面逗鳥去了。

胡小天主動拿起酒壺，為唐九成斟滿面前的酒杯。

唐九成道：「我只有一個條件。」

胡小天端起酒杯和他碰了碰。

唐九成並沒有急著飲盡這杯酒：「放過鄒庸。」

胡小天道：「令公子想走的這條路並不是陽關大道。」

唐九成將面前的那杯酒一飲而盡：「每個人都有自己的選擇，孩子大了，我管不了。」

胡小天道：「就算想管，也不能管一輩子。」

唐九成歎了一口氣，望著胡小天將自己面前的酒杯斟滿：「他很佩服你，說你是個智勇雙全的人。」

胡小天微笑道：「他也不錯，只是在有些事情上鑽了牛角尖，剛才我跟他談過，希望我和他就算無法成為朋友，也不至於成為敵人。」

唐九成的雙目顯得有些迷惘：「我對政治並不感興趣。」

胡小天道：「前輩若是雜念太重，也不會有今日的武功成就。」

唐九成的唇角泛起一絲苦笑：「過去我不相信，可見到你之後我卻信了，天賦果然很重要。」在他看來胡小天無疑是在政治上和武功上全都取得非凡成就的一個，眼前胡小天所擁有的一切正是兒子一直想要努力的方向。

胡小天笑道：「前輩並不知道我背後嘗過多少的辛酸和苦澀。」

唐九成道：「我無法勸他改變他的想法，只能支持他。」

胡小天點了點頭道：「我給前輩一個建議，令公子雖然暫時風光，可是表面風光之下隱患無窮，將命運和野心建立在別人的肩膀上總是不夠踏實。」

唐九成目光一亮。

「大雍國力雖然很強，但是朝廷內部並不太平，薛道洪這次在渤海的作為已經得罪了燕王和長公主，以後鹿死誰手還很不好說。」

唐九成道：「這些話你真應當對他說一說。」

胡小天微笑道：「就算我肯說，他未必聽得進去。」

薛道洪自從登基之後還是第一次來到慈恩園，蔣太后傳召，他斟酌再三還是決定親自過來一趟，等到了慈恩園方才發現，蔣太后不但叫了自己，還叫上了燕王薛勝景。

薛道洪已經猜到蔣太后讓自己前來的目的，心中不由得有些後悔，如果知道老太后叫自己過來的目的，自己說什麼也不會過來了，難道是渤海國的事情已經傳到了她的耳朵裡，薛勝景迫於壓力而說服蔣太后，想讓她從中調和？

薛勝景雖然是薛道洪的親叔叔，可畢竟尊卑有別，他恭敬道：「陛下來了！」

薛道洪嗯了一聲，勉勉強強道：「皇叔也來了啊！」然後向蔣太后道：「奶奶的身體還好嗎？」

蔣太后笑瞇瞇道：「好啊，好得很，今兒也沒什麼特別的事情，就是想你了，所以才讓人將你請了過來，不過原沒指望你過來，畢竟你現在的身分不同了，一國之君有太多的公務要去處理，哪還顧得上我這個老太婆。」

薛道洪聽出她的不悅，笑道：「奶奶，您可千萬別這麼說，再重要的事情也比不上您老人家重要，我這不是來了嗎？」

薛勝景一旁恭維道：「陛下從小就孝順得很，母后，您總不能讓所有人都像兒臣這般無所事事，遊手好閒。」

蔣太后呵呵笑了起來：「為老不尊，當著道洪哀家都不好意思罵你，你瞧瞧你自己，哪還有當叔叔的樣子，道洪終日忙於政事，自從登上帝位之後，瘦了許多，你非但不幫他，反而比起過去還要遊手好閒，你讓哀家說你什麼好啊！」

薛勝景趁機道：「兒臣慚愧，只是兒臣生性不喜政事，昔日皇兄在世的時候就說我四體不勤，胸無大志，實乃肉材廢柴一個。」

蔣太后道：「不錯，你就是個廢柴！」

薛道洪聽著他們母子一唱一和，心中卻不為所動，薛勝景一定是因為渤海國那邊的事情感到慌張了，此番主動讓蔣太后出動，看來是已經害怕了，薛道洪道：

「奶奶，其實皇叔可不像您說得那樣無用，皇叔只是心思沒用對地方，皇叔的頭腦其實連朕都自愧不如呢。」

薛勝景心中暗罵，臭小子，你才剛剛上位幾天？當初如果不是我的鼎力支持，你未必能夠順利即位，想不到你剛剛坐穩皇位就轉而對我下手，翻臉之快比你老子還過分。

蔣太后笑道：「皇上這話倒是沒有說錯，勝景的頭腦也算聰明，只可惜沒用對地方，大雍這麼多的皇子皇孫，誰心中不想的是江山社稷，唯獨你整天只知道搜集奇珍異寶，若是清楚你的為人，知道你只是喜歡這些東西，是為咱們大雍積聚財富，若是不理解你的那些人，豈不是認為你趁機斂財，中飽私囊？」

薛勝景故作惶恐道：「母后千萬別這麼說，孩兒從未有過那樣的貪念。」

蔣太后道：「你是什麼樣的人，哀家還能不清楚？你皇兄活著的時候，你不就說過，你所有的財富都是大雍的，你皇兄何時想用，何時就能夠拿去。」

薛勝景道：「孩兒現在也是這樣想，初心從不敢忘！」說話的時候，目光悄悄望著薛道洪。

薛道洪彷彿沒聽見一樣，目光望著別處，似乎眼前發生的一切和自己根本毫無關係。

蔣太后道：「哀家今兒叫你們過來還有一個目的，最近哀家聽到不少的風言風語，勝景啊，咱們自家人雖然清楚你的為人，可是外人並不清楚，有不少人都說你公器私用，損公肥私，這些年來收斂了無數奇珍異寶，富可敵國。」

薛勝景苦笑道：「母后，孩兒從未想過據為己有。」

「既然如此，你將你名下的那些物業全都交給皇上吧。」

薛勝景內心一怔，母后叫自己過來的時候可沒有事先說過，其實現在渤海國的形勢已經開始逆轉，一切都在朝著自己有利的方向發展，眼看就有了和薛道洪叫板的資本，老太后居然在這個時候讓自己交出名下物業，她葫蘆裡究竟賣的什麼藥？她究竟是站在自己一邊還是站在薛道洪一邊？竟公然擺了自己一道，事到如今，自己若是不交，豈不是意味著不忠，意味著自己別有居心，可是交了，薛道洪也未必就能夠放下對付自己的念頭。

蔣太后將面孔一板道：「怎麼？你不願意？」

薛勝景慌忙道：「母后，兒臣願意，兒臣願意，我這就回去讓人清點庫房，將旗下所有物業財富全都交給皇上統管。」

蔣太后微笑道：「還算你識得大體！」

薛道洪卻道：「不必了，那些東西放在皇叔那裡跟放在朕這裡還不是一樣，只要皇叔對朕能夠像對待父皇一樣，朕對皇叔是絕對放心的。」

薛勝景恭敬道：「多謝陛下信任……」

蔣太后道：「依哀家之見，還是按照勝景的意思辦，玩物喪志，如果不是終日沉迷於那些珠寶古玩，你也不會變成這個樣子，陛下啊，你就依他一次吧。」

薛勝景心中暗罵，你是我親娘嗎？你是在幫我嗎？你分明是在坑我啊！

薛道洪緩緩點了點頭道：「好吧，既然皇叔一心想要自證清白，那麼朕也只好答應了。」

薛勝景恨不能一拳打落薛道洪的門牙，你大爺的，這是要坑我的老本啊！他心情大壞，此時聽到蔣太后道：「勝景啊，這裡暫時沒你的事情了，你儘快回去處理一下這件事吧。」

薛勝景離開之後，薛道洪道：「奶奶，其實您沒必要這樣做，朕也不想強人所難。」

蔣太后輕聲歎了一口氣道：「道洪啊，哀家雖然老了，可還不糊塗，有些事，哀家看得清楚。」

薛道洪道：「奶奶，您心中有什麼事情不妨說出來。」

蔣太后道：「哀家活了這麼久，也算得上是閱盡滄桑，天下的大事我一個婦道人家雖然沒資格插手，可是宮裡發生的那些事情，哀家還是清楚的。剛才哀家有句話沒有說完，但凡皇子皇孫，誰不想當上皇帝啊？你能夠從一干兒孫之中脫穎而出，既是因為你自己的能力，也要靠幾分運氣。說起來你當上皇帝也有一段時間了，坐在龍椅上的感覺如何？」

薛道洪抿了抿嘴唇沒有馬上回答。

「不妨事，這裡只有你我娘兒兩個，有什麼話你只管直截了當地說出來。」

薛道洪道：「壓力很大，誠惶誠恐。」

蔣太后道：「壓力是因為肩上背負著大雍的江山社稷，誠惶誠恐是因為你時刻擔心有人想要圖謀你的皇位。」

薛道洪搖了搖頭道：「道洪沒這麼想過。」其實蔣太后說中了他的心事，可他卻不願承認。

蔣太后道：「就算你不這麼想，別人也會這麼想，皇子皇孫誰不想當皇帝？可是想要斷絕他們的想法，並非只有殺掉他們才是唯一的辦法。」

薛道洪內心一凜，蔣太后終於談到了主題。

蔣太后道：「渤海國發生的事情哀家已經全部知道了，你皇叔這個人的確貪婪，只要是他看中的東西，就會不惜一切據為己有，可是他對皇權並無企圖。」

薛道洪本想反問，您何以知道，可是話到唇邊又打消了念頭。

蔣太后道：「哀家其實不是護著他，而是要為了維護你，陛下登基不久，若是凡事都由著自己的性子來，恐怕會讓皇族中的其他人感到惶恐，須知唇亡齒寒。」

薛道洪笑道：「奶奶過慮了，朕並沒有這個意思。」

「沒有最好，哀家知道皇上是有大智慧的人，什麼事情該做，什麼事情不該做，皇上心裡清楚。北方黑胡厲兵秣馬，今春就可能南侵，大雍上下本該是一致對外的時候。」

薛道洪心中感到有些不耐煩，一個行將就木的老太太居然想教自己如何去做。

蔣太后從他細微的表情變化中已經覺察到了什麼，微笑道：「算了，不說了，哀家這身體一日不如一日了。」她打了哈欠道：「累了，小董子，扶我去休息，皇上，失陪了！」

董公公慌忙過來扶起蔣太后。

薛道洪趁機告辭。

目送薛道洪離去，蔣太后不由得歎了一口氣，董公公道：「太后，您因何歎氣啊？」

蔣太后道：「哀家發現年齡越大，心腸越軟！」

董公公笑道：「太后一直都是活菩薩啊！」

閻伯光的事情最後以越獄告終，以閻伯光的本事根本沒可能從戒備森嚴的天牢中逃出，真正起作用的是鄒庸，在和胡小天連番交手之後，鄒庸終於認清了一個事實，自己絕非胡小天的對手，在目前的局勢下，別說是自己，就算連李沉舟也沒有回天之力，或許他從一開始就不該將所有的寶都壓在李沉舟的身上。

長公主顏東晴在閻伯光越獄之後的第二天也被劫匪放回，顏東晴第一時間就去了鏡水行苑哭得梨花帶雨好不傷心。

渤海王顏東生在深思熟慮之後，決定停止對聚寶齋的調查。

黃驊港上繁忙如故，胡小天來到預先約定的商船之上，閻怒嬌早已在甲板上等著他，俏臉之上帶著甜甜的笑靨，她的心情很久沒這樣輕鬆過了，閻伯光在歷經多日劫難之後終於安然返回，懸在她心底的一顆大石終於落地，不過安心之餘又難免有些失落，因為這就意味著她和兄長馬上就要離開渤海國返回蟒蛟島，即將面臨和胡小天分離的一刻。

胡小天微笑道：「他沒事吧？」

閻怒嬌點點頭道：「受了些驚嚇，不過還好人沒事，正在和我叔叔說話呢。」

胡小天向船艙的方向看了看，笑道：「不用打擾他們。」

閻怒嬌道：「跟我來。」

胡小天跟著她走入她的艙房，剛一進入艙房內，胡小天就從後面將她攔腰抱住，熱吻雨點般落在她的臉上頸上，閻怒嬌嘴中發出一聲嚶嚀，軟化在他強健有力的懷抱中，擁吻良久，方才分開。

閻怒嬌捧住胡小天的面孔，兩人額頭相抵，她小聲道：「我明天就要走了。」

胡小天道：「捨不得我？」

閻怒嬌點了點頭，鼻子一酸，兩行淚水流了下來。

胡小天笑著幫她擦去淚水，低聲道：「又不是生離死別，哭什麼？你要是不想走，就留下，給我當老婆，幫我生孩子。」

閻怒嬌噗嗤一聲笑了，雙手摟住他的脖子道：「我這次必須要回去，必須要當面對我爹說清楚咱們的事情，總不能不明不白地就跟你走了。」

胡小天笑道：「要不，等我有時間專程過去一趟，跟他好好聊聊。」

閻怒嬌搖了搖頭道：「我爹不喜歡你，你現在最好不要見他。」

胡小天哈哈了一聲，當初在青雲縣的時候，怎麼都想不到自己會和盤踞天狼山的馬匪閻魁發生這樣的聯繫，而且在事實上已經成為了他的女婿。

外面忽然傳來閻天祿洪亮的聲音：「胡財東來了嗎？」

閻怒嬌俏臉一熱，慌忙放開胡小天，示意他趕緊出去，省得別人誤會。

胡小天舉步出了船艙，看到閻天祿和閻伯光都在外面，閻伯光因為最近被關在牢中，長時間沒有見到天日的緣故，膚色顯得有些蒼白。見到胡小天從妹妹所住的船艙內出來，閻伯光笑了笑，他對事情的來龍去脈都已經搞清楚了，知道自己這次之所以能夠絕處逢生，全都是因為胡小天的緣故。

胡小天笑道：「閻公子別來無恙？」

閻伯光道：「多謝胡財東相助。」經歷這次挫折後，這廝居然變得懂禮貌了。

閻天祿道：「咱們船頭說話。」

兩人一起來到船頭，早有閻天祿的手下擺上了兩張椅子，分賓主坐下，閻天祿道：「聽說聚寶齋的掌櫃佟金城已經被放出來了，看來聚寶齋的嫌疑已經摘清了。」聚寶齋終於從麻煩中解脫出來，可是同被袁天照一案牽連的凌三娘目前仍在羈押之中，閻天祿這次前來渤海國的心願依然未了。按照他的本來意圖，是不想那麼容易放過顏東晴，至少也要利用她將凌三娘換出來。

胡小天道：「島主仍然想救凌三娘嗎？」

閻天祿瞪圓了雙眼：「廢話，當然要救！」

胡小天微笑道：「看來島主對她的感情很不一般呢。」

閻天祿老臉一熱，知道胡小天已經覺察到兩人之間的私情，乾咳了一聲道：「結拜兄妹，當然感情不一般。」

胡小天呵呵笑了一聲道：「此事倒也不難，不過我想島主明明白白回答我一件事，你是否還惦記著渤海國的王位？」

閻天祿兩道濃眉擰在一起，胡小天的這個問題讓他有些不好回答。

胡小天道：「島主有什麼想法只管直說。」

閻天祿歎了口氣，站起身來，獨自一人來到船頭，凝望著腳下緩緩東流的運河水，過了好一會兒方才道：「顏東生這個窩囊皇帝未必如我這個海盜頭子過得快活。」顏東生雖然是一國之主，可是卻處處受到別人制擎，甚至連大雍的一個使臣都敢對他以勢壓人，在閻天祿眼中實在是窩囊到了極點。

胡小天道：「身在其位方謀其政，渤海只是一個小國，想要夾縫中求生，就必須要對他國奴顏婢膝，這也是顏東生的生存之道。」

閻天祿點了點頭道：「這兩天我始終都在想著同一個問題，如果換成是我當了渤海王，會不會做得比他更好？」他轉向胡小天，雙目炯炯顯然想要從胡小天那裡得到答案。

胡小天搖了搖頭，無論換成誰來當這個渤海王都必須要懂得委曲求全，閻天祿只怕也沒有在短時間內可以讓渤海強大的本事，這和個人能力有關，也和渤海國獨特的地理和資源有關。

閻天祿道：「我明白，其實這些年來大雍和大康兩大強國之所以沒有攻打渤海，歸根結底還是因為渤海國的實力太弱，對他們構不成真正的威脅，一旦渤海國開始勵精圖治變得強大，他們發現這方面的苗頭，就會動用水師將渤海滅國，以目前渤海的實力，根本沒有反抗的能力。」

胡小天微笑望著他，閻天祿是個粗中有細的人物，他看到了問題的本質。

閻天祿回到胡小天的身邊坐下：「這次麻煩的根源在於顏東生想要利用大雍的實力來剷除我，還好他及時認識到，請大雍介入此事等於是引狼入室。其實倒過來想想，如果有朝一日我顛覆渤海的政權，搶回王位，大雍會不會利用這個藉口來幫助他？趁機霸佔了渤海國？」

胡小天低聲道：「一定會！」

閻天祿道：「所以我和顏東生都不可輕舉妄動，其實東海這麼大，足夠容納我和他生存，我做我的海盜，他做他的大王，從根本上來說都是一家人，何必非要拚個你死我活，將祖宗的家業拱手讓給別人呢？」

胡小天笑了起來，此次前來他本想告訴閻天祿這個道理，可現在閻天祿顯然已經想通了。

閻天祿將早已準備好的一封信遞給了胡小天：「如果有機會，你幫我將這封信交給顏東生，他只要放了凌三娘，我閻天祿有生一日就不再與他為敵。」

胡小天將那封信收好了，他有足夠的把握說服顏東生。

閻天祿望著遠處閻伯光兄妹，低聲道：「今晚我會讓人將他們兄妹送走。」

胡小天道：「如無意外，這邊的事情應該可以順利解決。」

閻天祿道：「皆大歡喜最好，老夫可能是年紀大了，勝負心已經沒有昔日那般強烈。」他真正感覺到自己有些老了，隨著年齡的增加，昔日奪回王座的雄心壯志也漸漸變淡。

當天晚上，渤海王在王宮宴客，受邀的嘉賓之中，薛靈君和李沉舟全都在列，薛靈君望著手中的那份請柬不由得笑了起來，美眸向對面的胡小天掃了一眼道：「顏東生早不請客晚不請客，偏偏在這個時候宴請，不知他安的是什麼心？」

胡小天道：「應該是想客客氣氣將你們這幫瘟神送走！」

薛靈君呸了一聲道：「你才是瘟神呢！每次見到你，人家總是要倒楣。」

胡小天呵呵笑了一聲，從她手中接過那張請柬道：「君姐去不去？」

薛靈君道：「自然要去，反正都要走了，跟李沉舟打個招呼倒也無妨。」

胡小天道：「我陪你去！」

薛靈君嫵媚笑道：「為何要你陪我去？人家才不想外面傳風言風語呢。」

胡小天道：「君姐若是害怕，為何還主動送上門來？」

薛靈君道：「此一時彼一時。」

胡小天道：「君姐可真是現實呢。」眼看危機已化解，自己對薛靈君而言已沒有開始那般重要，他心中暗自警惕，對薛靈君這個女人無時無刻都要多一份提防。

薛靈君似乎猜到了他心中的想法，小聲道：「你又在打什麼壞主意？」

胡小天道：「當然是打君姐的主意。」

薛靈君一把抓住他的領口，湊近他的面孔，吹氣若蘭道：「膽小鬼，只敢說不敢做嗎？」言語中充滿了挑逗之意。

胡小天抿了抿嘴唇，姥姥的，天下間有什麼事情是我不敢的，這貨正準備給這位長公主一個深刻記憶的時候，薛靈君卻格格嬌笑著一把將他推開道：「受不了你這張假臉，揭下來跟我說話。」

胡小天涎著一張笑臉道：「君姐心中究竟是喜歡胡大富多一些，還是喜歡胡小天多一些？」

薛靈君秀眉微顰，一副苦思冥想的樣子，好一會兒方才道：「一個長得太醜，一個城府太深，相比較而言，我還是喜歡比較厚道的男人。」

胡小天道：「以君姐的性情，若是當真哪個厚道男人找上了你，日後豈不是會被人送上一摞的綠帽子？」

薛靈君怎麼也想不到這廝居然能夠說出這種混帳話來，一張俏臉憋得通紅，咬碎銀牙，鳳目圓睜，好半天方才憋出一句話來：「滾，有多遠給我滾多遠！」

胡小天哈哈大笑，此時卻聽到外面肖力志道：「啟稟老爺，有貴客求見！」

胡小天本來和薛靈君打情罵俏不亦樂乎，現在不得不暫時中斷，向薛靈君笑道：「君姐稍待，我去去就來。」

薛靈君咬牙切齒道：「再走晚一步，我撕爛你的嘴皮子。」

前來登門求見的卻是燕熙堂的掌櫃向山聰，胡小天此前已經讓夏長明前往濟州和他聯絡過，夏長明雖然帶著胡小天親筆繪的畫像過去，卻沒有見到霍小如本人。

向山聰是個相貌清臒的中年人，見到胡小天微笑站起道：「胡財東好，向某冒昧登門，還望不要見怪。」

胡小天笑道：「我這次前來渤海國就是為了和向老闆見上一面，只是抵達望海城之後，諸般事務忙個不停，所以直到今日未能成行，向老闆親臨實在是再好不過，肖總管，趕快讓人上茶！」

肖力志應了一聲趕緊去了。

胡小天邀請向山聰重新坐定，對於這位燕王薛勝景在渤海國利益的代理人，胡小天特地多留意了一下，向山聰看起來就是一個普普通通的讀書人，衣著樸素，從他的身上根本看不出任何生意人的市儈氣，雙目光華內蘊，從他悠長的呼吸節奏就可推斷出此人的武功不低。燕王薛勝景當初說動胡小天前來渤海國幫他化解危機是因為霍小如的緣故，可胡小天來到渤海國多日，至今已經將薛勝景的危機基本化解，可是卻始終都沒有遇到霍小如，越是見不到她，心中對她的思念就越是深刻。

胡小天相信向山聰一定知道霍小如的下落，隱約猜到，他此次前來和霍小如有關，心中不由得生出無限期待。

向山聰道：「胡財東托人送來的那幅畫，我已經送過去了，此次湊巧前來望海城，有人也委託我給胡財東帶來了一幅畫。」他拿出一幅畫軸，雙手奉上。

胡小天恭敬接過，並沒有當場打開，微笑道：「她人還在濟州嗎？」

向山聽搖了搖頭道：「已經走了，因為渤海最近時局不穩，所以留在這裡擔心會受到波及，於是向某自作主張，提前送她走了。」

他口中的她自然是霍小如。

胡小天聽到霍小如已經走了，欣慰之餘心中難免又感到有些失落，輕聲道：「她去了哪裡？向老闆可否見告？」

向山聽微笑道：「受人之托，忠人之事，她不讓向某透露她的去向，所以向某不能說。」

胡小天點了點頭，他對霍小如的性情還是瞭解的，既然霍小如不想告訴自己她的去向，自己也不好勉強。

向山聽道：「她說過，到了該見面的時候，自然會去見您。」

胡小天笑道：「多謝向老闆傳話。」

向山聽道：「還是要多謝胡財東才對，如果沒有胡財東鼎力相助，這次的事情也不會解決得如此順利。」

胡小天望著向山聽，其實應該感謝他的是薛勝景，如果不是自己出手，這次的風波肯定沒有那麼快平息，聚寶齋的事情十有八九會牽連到薛勝景，大雍新君薛道洪會借題發揮，薛勝景就算不死也得蛻層皮，在這件事上，薛勝景無疑欠了自己一個大人情。胡小天道：「聚寶齋的佟金城已經被放出來了，查抄的貨品最近也會清點發還。」

向山聰道：「胡財東可能還不知道吧，燕王爺已經將聚寶齋交給了皇上。」

胡小天聞言一怔，這件事他並不知情，薛靈君應該也不知道，此前並未透露給他半點消息。如果薛勝景將聚寶齋交給薛道洪，豈不是等於將他半生經營的心血全都白送出去，可明明這次的渤海危機已經化解，薛勝景在這件事上占了上風，為何又要主動示弱？以薛勝景的性情，他又怎會甘心如此？

向山聰看出了胡小天的迷惑，歎了口氣道：「燕熙堂也要解散了，老太后應該是不想皇家宗室內部爭鬥，燕王爺向來孝順，自然是依著她老人家的意思了。」

胡小天微笑道：「錢財實乃身外之物，燕王爺能夠看破世俗之物，其境界實在讓人佩服。」

向山聰並未做太多停留，陪胡小天聊了幾句就起身告辭。

胡小天送走了向山聰，獨自一人回到房間內，打開向山聰送來的那幅畫，卻見畫上畫著一位丰神俊朗的翩翩美公子，不是自己還有哪個？霍小如投桃報李，也用一幅畫回應了自己，胡小天拿著那幅畫看了好一陣子，發現霍小如終究還是把自己美化了許多，就算自己顏值的巔峰期也沒有畫上的仙氣，霍小如畫得雖然很像，可總感覺畫上的人物有種不食人間煙火的禁慾氣質，跟自己還是非常不同的。

望著這幅畫，胡小天彷彿看到霍小如在燈下一筆一劃專心致志為自己畫像的情景，他的唇角不由得露出笑意，他從畫中看到了霍小如對自己的一往情深，霍小如不肯見自己，一定有說不出的苦衷，不過向山聰轉告他的那句話已經證明，將來有一天她會主動前來尋找自己。

胡小天暗暗下定決心，只要自己見到霍小如，絕不會讓她輕易離去。

關於燕王薛勝景將名下物業上繳國庫的事情，胡小天並沒有告訴薛靈君，他甚至懷疑薛靈君已經知道了這件事，皇室之中勾心鬥角，此前因為應對薛道洪製造的這場危機，薛靈君選擇和薛勝景站在了一起，可是在危機化解之後，他們兄妹之間未必能夠繼續聯盟。同樣的道理，在渡過危機之後，自己和薛靈君之間的聯盟也宣告結束，或許明天他們就會反目成仇，利益使然，任何的可能都存在。

薛靈君似乎察覺到胡小天的心思，前往王宮赴宴的路途之中，也沒有主動說話，座駕進入王城之時，方才裝作假寐的樣子，嬌軀依偎在胡小天的身上，螓首一歪靠在他的肩頭。

薛靈君或許能夠瞞過別人，卻很難瞞過胡小天這種級數的高手，胡小天暗歎她狡詐的同時，心中卻萌生出一個惡作劇的念頭，趁著薛靈君裝睡，悄悄伸出手去在薛靈君的胸上輕輕摸了一把。

薛靈君雖然知道這廝無恥，可是沒想到他居然是個趁虛而入的小人，這種卑鄙無恥的事情都幹得出。強忍著沒有出聲，胡小天接下來居然去撩起她的長裙，薛靈君再也按捺不住，揚起手掌照著這廝的二皮臉就拍了過去。

胡小天眼疾手快，一把將薛靈君的手腕握住，嬉皮笑臉道：「君姐好好的打我作甚？」

薛靈君咬了咬誘人紅唇，美眸盯著他那隻可惡的手掌：「剛才你做什麼了？」

胡小天笑道：「只是覺得王宮就要到了，想叫醒君姐罷了。」

薛靈君道：「狡辯，你剛剛摸我作甚？」

胡小天接下來的話把薛靈君氣個半死：「摸摸又不會懷孕，幹嘛那麼小氣？」

占人便宜還說得那麼理直氣壯的，天下間唯有胡小天一個。

身穿華貴宮服的薛靈君走入天月宮中，在場頃刻間靜了下來，幾乎所有男性的眼光全都集中在她的身上，這位大雍長公主豔名遠播，可是只有真正面對她的時候才會明白為何會有無數人甘心死在她的石榴裙下，薛靈君的美不同於空谷幽蘭般的清秀，她的美熱烈而嫵媚，氣質高高在上，卻從骨子裡透出一種讓人銷魂蝕骨的妖嬈，可以輕易激起男人心底的征服欲，即便是身為地主的渤海王顏東生都有些怦然心動，和薛靈君相比，自己的六宮粉黛全無顏色了。

同樣引人注目的還有胡大富，這廝走在薛靈君身邊簡直就是一個鮮明的對比，獐頭鼠目，一身商人的市儈氣，看起來根本就是一個得志小人，真不知道目空一切的大雍長公主因何會對這廝青眼有加，而且這貨還是個有婦之夫。

只有和胡小天真正較量過的人才知道他的能量幾何，鄒庸望著胡小天，目光中沒有絲毫嫉妒，他是個善於檢討自己的人，幾次交鋒都以自己的失敗而告終，父親已經明確地奉告他，不要試圖與胡小天為敵，因為這是一個他不可能戰勝的對手。

渤海王顏東生和長公主顏東晴同時迎了上去，顏東晴嬌笑道：「君姐，你可真是太美了！」雖然顏東晴已經知道自己的失蹤被綁和薛靈君有著直接的關係，心中恨不能將對方撕碎，可是表面上仍然沒有流露出半分的仇恨，政治讓人變得虛偽。

薛靈君握住顏東晴的雙手，裝出關心萬分的樣子：「東晴，這段時間你不知道我有多擔心你。」女人的虛偽表演，讓男人自愧不如。

胡小天向渤海王顏東生恭敬行禮，顏東生報以微微一笑。顏東晴牽著薛靈君的手前往首席入座，胡小天自然不能跟著過去。

大內總管福延壽引著他來到右手貴賓席入座，剛好和鄒庸同桌，胡小天都有些懷疑是渤海王故意做出這樣的安排了，鄒庸笑道：「想不到胡財東會來。」

胡小天道：「湊個熱鬧，開開眼界。」

此時感覺對側有人隔空向自己望來，他舉目望去，卻見李沉舟就坐在對面，犀利的目光投向自己，胡小天報以微微一笑，李沉舟也笑了，露出一口整齊而潔白的牙齒，李沉舟此次的計畫雖被胡小天挫敗，可是他卻並未表現出半分沮喪，望著改頭換面的胡小天，李沉舟暗暗佩服，胡小天的確膽色過人，竟敢孤身深入渤海國。

酒宴開始之前，渤海王例行發表了一番假惺惺的談話，主題自然是圍繞著大雍和渤海兩國友好，歡迎長公主薛靈君和專使李沉舟云云。他的談話自然不缺乏捧場之人，現場不時響起鼓掌叫好之聲。

鄒庸的心思卻不在這方面，低聲向胡小天道：「胡財東可曾聽說了，大王已經停下了對聚寶齋的調查，而且準備將所有查封的貨物發還給聚寶齋呢。」渤海王的這個決定等於宣告此次針對燕王薛勝景的計畫全部告終，他不會繼續捲入大雍的皇族內鬥之中。

胡小天點了點頭道：「鄒公子是不是感到失望？」

鄒庸微笑道：「這件事本來跟我就毫無關係。」

胡小天道：「能夠全身而退其實是一件可喜可賀的事情。」

鄒庸聽出他話裡有話，笑道：「的確，鄒某想起此前的事情的確感到幸運呢，只是鄒某有些不明白，胡財東和這邊的事情本無關係，為何要對此事如此熱衷？」

他向遠處的薛靈君望了一眼道：「難道當真是為了長公主而來？」

胡小天也向正在和渤海王相談甚歡的薛靈君看了一眼道：「談到對女人的瞭

解，鄒公子要比我強得多。」

鄒庸歎了口氣道：「慚愧！慚愧！」換成過去，他或許會因為胡小天的這句話而沾沾自喜，甚至坦然受之，可是現在他卻已經有了全然不同的感受，這次之所以敗得如此徹底，還不是因為被薛靈君迷惑，自以為可以依靠魅力征服薛靈君，卻被薛靈君將計就計，搞了一齣苦肉計，還險些將擄劫綁架的罪名落在自己的頭上。

胡小天道：「給你一個忠告，想要成就一番大業，決不可將所有的籌碼都放在女人的身上。」

鄒庸微微一怔，遲疑了一下又道：「若是沒有永陽公主，胡財東想要成就今日之大業想必要花費許多力氣。」

胡小天聞言真是有些哭笑不得了，我靠，老子辛辛苦苦走到今天這一步那是相當的不容易，難道在外人的眼中，我是個吃軟飯的？今天所有的一切都是拜七七所賜？他端起面前的金樽：「可未必所有人都有我這樣的運氣。」這句話等於承認他自己就是胡小天，也沒有否認七七對自己的助力。

鄒庸心中暗自歎了口氣，不錯，未必所有人都有胡小天這樣的運氣，他舉杯跟胡小天碰了碰，率先一飲而盡。

胡小天看在眼裡，心中暗自好笑，鄒庸將此次的挫敗歸結為運氣不好，難道這貨不該從他自身找原因？胡小天喝了這杯酒又道：「兩個實力懸殊的人只存在利用和被利用的關係，絕無互利互惠的可能，鄒公子以為大雍皇帝會真心幫助你嗎？」

鄒庸道：「人情冷暖，世態炎涼。」等於間接回答了胡小天的問題。

此時現場突然靜了下去，渤海國顏東生擊了擊掌，從殿外走入兩名美女劍士，卻是渤海國宮廷中最為常見的遊戲，美女舞劍助興。

那兩名美女取了木劍，在現場對舞起來，雖然兩人舞劍觀賞大於實戰，可是配合默契，舞姿曼妙，精彩紛呈，眾人看到精彩之處齊齊叫出好來。

渤海王顏東生也感覺自己顏面有光，笑瞇瞇向薛靈君道：「殿下覺得如何？」

薛靈君淡然笑道：「雖然精彩紛呈但是不夠驚心動魄，其實在大雍也有舞劍助興，不過通常都是男子對決，而非女子。」

渤海王道：「有機會去大雍，本王一定要好好見識一下。」

薛靈君格格嬌笑道：「何須等到日後，若是大王想要觀賞，本宮現在就可以請人出來演示一下。」

「哦？」渤海王顯得饒有興致。

薛靈君的目光向胡小天望去，胡小天雖然和她相隔遙遠，可她的這番話卻聽得清清楚楚，看到她朝自己這邊張望，心中不由得暗暗叫苦，薛靈君啊薛靈君，老子不就是在車上摸了你兩下，也不過是逗你玩的，你不至於想我當眾出醜吧？趕緊把臉扭到一邊，故意不看薛靈君。

鄒庸也留意到薛靈君的目光，他心中有鬼，也不敢和薛靈君對望，卻聽薛靈君道：「胡大富，大王想見識一下真正的劍法比試，不如你出來演示一下！」

胡小天被她當眾點名，總不能視若無睹，只能硬著頭皮站起身來，笑道：「長公主殿下，今天這麼開心的日子，又在大王的宴會上，總不好舞刀弄劍。」

薛靈君道：「不妨事，你演練一套劍法給大家看看就是。」

胡小天道：「在下的劍法可不好看！」只差沒說出老子的劍法是用來殺人的，可不是用來給你表演的，薛靈君啊薛靈君，你想把老子當猴耍嗎？

渤海王道：「對啊，演練一下倒也無妨，不過胡先生一個人舞劍未免無趣，不如找一個對手陪他舞劍。」他的目光向鄒庸望去，鄒庸早就把腦袋耷拉下去了，鄒庸也是聰明絕頂的人物，一顆心怦怦直跳，這兩人一唱一和，該不是想當眾讓自己出醜？以胡小天的武功，自己可不是他的對手。

渤海王顏東生想著是當眾給鄒庸一個教訓，可薛靈君心中卻另有打算，她輕聲道：「李將軍！」

李沉舟坐在那裡風波不驚，目光絲毫沒有迴避薛靈君的意思，微笑道：「臣在！」

「不如你陪胡大富切磋一下，剛好展示一下我大雍之劍技！」

胡小天此時方才明白薛靈君真正所指的目標是李沉舟，這是要利用自己給李沉舟一個教訓，自己勝了固然可喜，萬一敗在李沉舟劍下，她也沒什麼損失，姥姥的，薛靈君算計人的本事真是一流，此前老子怎麼幫你，你全都忘了？

胡小天還沒有開口，卻聽到李沉舟道：「既然殿下開口，沉舟怎好拒絕！」他已經長身而起，緩步走向大殿中央。

胡小天本以為李沉舟會推辭，卻想不到他答應的如此痛快，人家既然已經出戰，自己也不能當縮頭烏龜，更何況以胡小天今時今日的武功，自忖絕不在李沉舟之下。

渤海王面露失望之色，畢竟他本來的用意是想趁機讓胡小天教訓一下鄒庸，給鄒庸一個難看，可現在卻變成了胡小天和李沉舟的對決。

福延壽使了個眼色，兩名宮人將木劍送了上去。

薛靈君又道：「李將軍和胡大富都是高手，他們的劍法已經到了收放自如的境界，不必用木劍，給他們換成尋常的青鋼劍！」

胡小天咧著嘴巴笑，薛靈君當然能夠感覺到他牙齒中的森森冷意，不禁抿起櫻唇報以一個迷人的笑容。

坑死人不賠命！胡小天暗暗想到，既然騎虎難下，唯有直面迎戰。

第三章

真正危險的敵人

顏東生雖然不是一個有能力的君主，可是他並不糊塗，
身為一個小國之君，首先考慮到的是生存的問題，
然後才能去考慮其他。
一直以來他最擔心的就是閻天祿顛覆自己的王權，
可是現在他方才明白，真正危險的敵人乃是大雍。

兩名宮人換過青鋼劍，分別送到兩人面前，李沉舟接過其中一柄劍，微笑道：「胡財東，你我只是舞劍為諸君助興，大家點到為止。」

胡小天笑道：「那是當然！」既然李沉舟心有默契，這件事就好辦得多，大家隨便過兩招，應付一下就好。

李沉舟道：「刀劍無眼，難免會有損傷，為了避免傷及對方，你我只比招數不用內功如何？」

胡小天暗罵這廝狡詐，知道內功不如自己，所以率先提出只比招數不比內功，他是要揚長避短，而對自己來說強就強在內功方面，如果主動放棄長處，僅僅憑藉著招數只怕很難勝過李沉舟，可當著這麼多人，總不能說自己要用內功以性命相搏，胡小天笑著點了點頭。

薛靈君道：「你們兩個還是要拿出一些真本事，千萬不要讓大王笑話我們大雍無人！」

胡小天道：「長公主放心，我們一定會全力而為。」

兩人相互抱拳行禮，然後各自退了三步，胡小天緩緩抽出利劍，青鋼劍剛一出鞘就感覺到寒氣逼人而來，一打眼就看出這是不可多得的好劍，胡小天心中暗罵，渤海王也不是什麼好東西，讓你換成真劍，也沒讓你換成寶劍，這下只要碰上去豈不是就是一道傷痕，轉念一想，他和李沉舟的死活跟渤海王又有什麼關係？比劍是薛靈君提出的，人家只是幫忙提供道具罷了。

李沉舟微笑提醒胡小天道：「胡財東不要忘了，咱們點到即止！」

胡小天刷地抽出長劍，順勢將劍鞘扔到了一邊，若論到威力之巨大，誅天七劍當首屈一指，可是誅天七劍乃是劍宮秘笈，他不想當眾使出引起不必要的麻煩，更何況誅天七劍威力雖然很大，可是奧妙全都在內功之上，要以內功激發劍氣從而達到劍氣外放，傷人於無形。李沉舟應該是計算到了這件事，所以提前提出不用內功，如果誅天七劍不用內功等於無本之木，無源之水，失去了本來的神韻。不過胡小天還有靈蛇九劍，須彌天當初傳給他的這套劍法詭異奧妙，剛好可以用來對付李沉舟。

胡小天道：「李將軍小心了！」說話間右手微微一抖，手中青鋼劍咻的一聲刺向李沉舟的咽喉。胡小天出手之時，李沉舟已經一劍迎出，雙劍在虛空中交錯，發出咄的一聲震響，兩人果然都沒用內力。

雙方第一次攻防都意在試探，確信對方果然未用內力之後，彼此心中也就有了回數，胡小天手中劍光變幻，有若一條靈蛇曲折行進，劍身行進的軌跡詭異靈動。

李沉舟出招的速度非常緩慢，無論胡小天的劍法如何輕靈多變，他都穩如磐石，不出手則已，一出手就能夠阻斷胡小天的劍招。

外行看熱鬧，內行看門道，胡小天和李沉舟比劍從場面上來看還不如剛才兩名美女劍士來得精彩凶險，可是真正懂行的人卻知道，兩人的劍招注重實戰，若是到了真正以性命相搏的時候，這樣的劍法才有實效。

兩人你來我往交戰了二十多招，現場也是喝彩聲不斷。

李沉舟卻忽然從一開始的守勢轉變為攻勢，劍鋒一動，以大巧若拙的一招向胡小天攻去。這一招平淡無奇，可是胡小天看在眼中卻震駭莫名，因為李沉舟所用的這一招竟然是誅天七劍中的一式，胡小天手腕一翻，將李沉舟的這一招擋住，心中驚奇不已，誅天七劍明明只有自己才會，李沉舟又是從哪裡得來的？

雙劍交錯，感覺到一股潛力從對方的劍身之上傳來，胡小天第一時間察覺到，向後連退了兩步，怒視李沉舟，此人當真可惡，明明是他提出雙方不用內力，可是他竟然出爾反爾，在剛才的那一招中運用了內力。

李沉舟卻沒事人一樣，看到胡小天後退，他也不急於進攻，微笑道：「胡財東要認輸嗎？」

胡小天冷笑道：「你有那個實力嗎？」揉身再度衝上，一招金蛇狂舞向李沉舟直刺而去，李沉舟向前一步，揮劍迎擊，就在雙劍交會的剎那，李沉舟的身軀竟然發生了一個側移。其他人並沒有留意到，可是胡小天距離如此之近當然不可能被瞞過，但是他發現李沉舟意圖之時已經晚了，因為李沉舟竟然用右胸主動迎向自己的劍鋒，他手中的青鋼劍明明可以挑開自己的這次攻擊。

胡小天腦子裡嗡的一下，他忽然明白了李沉舟的動機，這廝是要用苦肉計，胡小天再想撤劍已經來不及了，手中青鋼劍刺入李沉舟的右胸，不過馬上就遇到了阻礙，李沉舟在外袍之下穿著了護甲，尋常的刀劍自然無法刺破護甲，可是他的身軀卻如同遭受重擊一樣騰空倒飛而起，足足飛出兩丈有餘，重重跌落下去，身體撞擊在對側的一張長案之上，酒水菜肴摔落一地，現場杯盤狼藉。

李沉舟噗的一聲噴出一口鮮血，一手捂胸，一手以劍拄地，英俊的面龐顯得無比痛苦，驚呼道：「你……你竟然用……內力傷人……」

胡小天已經完全明白了他的伎倆，先是用誅天七劍中的一招吸引自己的注目，自己因為他使用內力，而祭出靈蛇九劍中的殺招，李沉舟故意主動迎上劍鋒，自行用內力震傷肺腑，栽贓在他的身上，這一連串的伎倆可謂是環環相扣天衣無縫。

胡小天雖然精明，可是也沒有算準李沉舟的計畫，現在這種狀況他也是百口莫辯，受傷的是李沉舟，就算自己說這廝使詐，恐怕現場也沒有幾個人會相信。

宴會現場多數人都以鄙夷的眼光望向胡小天，雖然場面上是胡小天贏了，可是他卻不守承諾，率先使用內力，這和暗算別人又有什麼分別。

薛靈君雖然不清楚具體發生了什麼，心中卻巴不得胡小天上去一劍將李沉舟殺了才好。

胡小天應變也是奇快，他將手中的青鋼劍扔在了地上，抱拳道：「在下殺得興起，一時忘了和李將軍的約定，這場比試原是我敗了！」大丈夫能伸能屈，當眾認輸也算不上什麼。他大步來到李沉舟面前，主動伸手去攙扶李沉舟，以傳音入密道：「李將軍這樣做未免有些下作罷？」

李沉舟趁人不備同樣以傳音入密回應他道：「兵不厭詐，你的動機大家心知肚明。」

胡小天心想老子有什麼動機？可轉念一想，李沉舟肯定是認為薛靈君和自己串通一氣想要趁機將他除掉，所以才率先上演了這齣苦肉計，此人心思縝密，這是要趁機脫身啊。

渤海王慌忙傳來太醫，畢竟李沉舟是大雍特使，又是大雍皇帝面前的紅人，在渤海國的地盤上他若是有所閃失，自己也需承擔責任的。

李沉舟趁機告辭離席。

薛靈君暗叫惋惜，今天的事情非但沒有達成心願，反而把胡小天弄了個灰頭土臉，所有人都看到他濫用內力違背承諾勝之不武了。

當晚薛靈君並沒有和胡小天一同返回知春園，而是應顏東晴之邀去了她府上，說是要秉燭夜話。

胡小天吃了個暗虧，準備獨自返回知春園的時候，王宮總管福延壽悄悄找到他，卻是讓他跟隨自己前去，渤海王顏東生想要見他。

胡小天原本就想跟顏東生單獨見上一面，只是今晚的計畫全都被李沉舟打亂，想不到顏東生居然主動召見，自然是求之不得，跟隨福延壽來到勤政殿。

顏東生其實已經提前離開，來到勤政殿已有半個時辰了。

胡小天恭敬道：「草民胡大富參見大王！」

顏東生點了點頭道：「免禮！」

胡小天壓根也沒有打算給他行大禮，微笑抬起頭來。

顏東生擺了擺手，示意福延壽和其他宮人都退出去，然後道：「胡大人，事到如今，你還打算隱瞞自己的身分嗎？」

胡小天笑道：「在下是誰對大王有那麼重要嗎？」

顏東生緩步來到胡小天的面前，仔細打量著他，低聲道：「其實李沉舟已經向朕道明了你的身分，你是胡小天對不對？」

胡小天也沒說是，也沒說不是，他輕聲道：「大王找我來，是不是有什麼話非得要私底下說？」

顏東生道：「今日晚宴之上，薛靈君是不是想讓你趁機除掉李沉舟？」

胡小天道：「她究竟怎麼想，我也不甚清楚，至於她是不是想在晚宴上殺死李沉舟，此前從未跟我商量過，我還以為，她想要借別人之手將我除去呢。」胡小天說的全是實話，無論他和李沉舟誰受了傷或者被殺，對薛靈君而言都沒有損失。

顏東生歎了口氣道：「朕現在總算明白了，這次的事，原本就是朕想錯了。」

胡小天道：「草民有位朋友，委託我給大王送來一封信。」他將閻天祿讓自己轉呈的那封信遞給了顏東生。

顏東生展開那封信湊在燈下讀完，看完之後不禁孑然長歎，這些年來他一直將閻天祿當成跗骨之蛆，骨中之刺，想要除之而後快，甚至不惜捨棄利益求助於大雍，然而這次險些引狼入室鑄成大錯。

顏東生雖然不是一個有能力的君主，可是他並不糊塗，身為一個小國之君，首先考慮到的是生存的問題，然後才能去考慮其他。一直以來他最擔心的就是閻天祿顛覆自己的王權，可是現在他方才明白，真正危險的敵人乃是大雍。

顏東生道：「你幫朕回覆他，他的要求朕准了。」

胡小天微笑道：「大王實乃一代明君也。」

顏東生搖了搖頭道：「朕雖非聖明的君主，可是朕也知道渤海能夠傳承至今實屬不易，今次的事情讓朕明白了一個道理，國之存亡興盛決不可借助外力，天下間最為貪婪的就是人心，若非有所圖，別人又豈肯幫助你？」

胡小天笑道：「大王能這樣想最好。」

顏東生道：「你介入這件事又是為了什麼？」

胡小天道：「大王是想看到一個內亂的大雍，還是想看到一個穩定的大雍？」

顏東生笑了笑，他沒有回答胡小天的這個問題，但是心中馬上就有了答案，他當然期望大雍越亂越好，只有一個內亂的大雍才對渤海沒有威脅，想當初渤海曾經向大康稱臣，自從大康衰敗，渤海國就徹底擺脫了大康的控制。

胡小天道：「中原距離大亂之日亦不久矣！」

顏東生雙目一亮，這對他來說算得上是一個好消息。

胡小天道：「渤海遠離中原，雖然國土有限，民眾不多，但是也屹立東海數百年，得益於中原每隔數年就會陷入戰亂之中，而渤海國遠離大陸，很少受到戰火波及，大王若有爭霸之心，眼前就是一個絕佳的機會。」

顏東生苦笑道：「朕從未想過爭霸天下，更沒有想過逐鹿中原，只要能夠保住我這一方國民安居樂業，朕心中就已經滿足了。」

胡小天道：「大王應該知道獨木難支的道理。」

顏東生道：「求助他人，只怕最終還要被他人設計。」

胡小天微笑道：「實力懸殊只能成為他人附庸，可若是實力相仿，倒是可以攜起手來對抗列強，不求制霸天下，只求亂世生存。」

顏東生道：「你的意思是？」

胡小天道：「大王有沒有考慮過和東梁郡結盟？互為友邦？」

顏東生當然知道眼前人就是胡小天，胡小天已經主動向自己拋出了橄欖枝。他沉吟了一下，提出一個現實到平庸的問題：「朕能有什麼好處？」

胡小天微笑道：「可換來海域和平，你和蟒蛟島之間也需人從中協調，就當前來說，也唯有東梁郡可以維持你們之間的平衡，對渤海國對蟒蛟島都不是壞事。」

顏東生道：「朕焉知以後你們不會聯手對付我？」

胡小天道：「以後事情誰會知道？我來這裡之前，也沒有想過，你我之間會以這樣的方式談話，唯有建立在實力相近，而又能彼此互補基礎上的合作才能長久，大王不妨仔細想想，如果還想倚重大雍對渤海的保護，只當我這番話從未說過。」

顏東生不等胡小天說完，已經向他伸出手去。

胡小天微微一怔，想不到他的反應如此迅速，他笑著握住顏東生的右手。

顏東生道：「你是不是胡小天？」

胡小天緩緩解開自己臉上的面具。

顏東生看到他終現真容，臉上也露出微笑：「朕對你聞名已久，對你的膽色，朕佩服不已。」

胡小天道：「大王過獎了！」

顏東生道：「希望胡大人能夠記得你我今日的約定，你若是信守承諾，朕絕不會做出背棄之事。」

李沉舟在當晚就已經離開了渤海國，胡小天聽到這一消息並沒有感到意外，對李沉舟這樣的聰明人而言，一旦發現勢頭不對，馬上就全身而退。

胡小天並沒有什麼損失，蟒蛟島方面也是一樣，甚至渤海國也沒什麼損失。

原本轟轟烈烈震驚全國的袁天照一案，最終以袁天照被免為庶民而告終，連袁天照都得到了從輕發落，其他人自然不會受到太大的牽累，凌三娘也完完整整走出了大牢，她剛一離開就被人接走，只是從此後再也無法潛伏在渤海國刺探情報了。

薛靈君在得悉李沉舟連夜撤離的消息，還是有些遺憾的，她認為胡小天當時就該將計就計殺掉李沉舟。可是在薛靈君第二天返回知春園，想要好好埋怨胡小天時，卻發現這廝已人去樓空，不但胡小天走了，諾大的知春園連一個人都不剩。望著空空蕩蕩的知春園，薛靈君的內心也感覺突然少了些什麼，以她的頭腦，當然明白胡小天是在以這樣沉默的方式表達對她的不滿和抗議，有些男人是不能利用的，薛靈君甚至開始懷疑自己做了一件蠢事。

薛靈君站在知春園內彷徨失落時，胡小天正在仙客來喝酒，做東的是李明舉。

「胡兄今日就要走嗎？」

胡小天點了點頭。

李明舉仍然沒能從喪父的陰影中走出，如果不是為了給胡小天送行，他仍然在父親的墳前守靈。李明舉道：「想不到時間過去的如此之快，還沒有來得及跟胡兄好好聊敘，已經到了分別之時。」

胡小天微笑道：「我和明舉兄一見如故，渤海這邊民風淳樸，風景宜人，我也想在這裡多留幾日，只可惜家中事務繁雜，此番離家太久，必須要回去看看了。」

李明舉點了點頭道：「送君千里終有一別，明舉重孝在身不能遠送，就以這杯薄酒為胡兄餞行了。」

胡小天謝過之後飲了這杯酒，輕聲道：「明舉兄以後有什麼打算？」

李明舉歎了口氣道：「沒什麼打算，走一步看一步吧。」目前只想將孝期服滿，其他的事情尚未來得及考慮，經胡小天一問，方才開始考慮，也許下一步應該是為父報仇吧，可是他一個文弱書生又拿什麼去復仇？

胡小天道：「以明舉兄的才華，在朝中謀個一官半職並不難，以後的成就必然無可限量。」

李明舉搖了搖頭道：「我爹雖然不是直接死於朝廷之手，可是如果不是大王的緣故，我爹也不會……」說到這裡他又不禁哽咽。

胡小天安慰他道：「李大人已經故去，他若是泉下有知也不想你太過傷心，相信李大人一定想看到你能夠施展抱負，光宗耀祖。」

李明舉道：「隨緣吧！」

胡小天看到他如此頹喪，心中忽然一動，低聲道：「如果明舉兄不嫌棄，可否願意來中原重新開始？」

李明舉目光一亮，中原是他早就想去的地方，如果不是因為擔心父親獨自一人，他早已踏上中原的土地，渤海國土實在太過狹小，無法施展他的胸襟和抱負。

胡小天道：「明舉兄若是前來中原，可去東梁郡找我！」

李明舉道：「待我服喪期滿……」

胡小天道：「其實有些事未必要流於形式，放在心中最為重要。」

雍都最大的聚寶齋也開始進行清點盤整，燕王薛勝景站在大門外，望著聚寶齋的匾額，小眼睛中流露出淡淡的憂傷，目睹自己多年經營的心血突然易主，有種體內血液被人抽空的感覺，說一點都不失落那顯然是假的。

薛勝景此番雖然成功度過危機，可是最終卻被蔣太后擺了一道，那可是他的親娘，每念及此，薛勝景心中都猶如被人抽了一鞭子，痛，痛徹骨髓的那種痛！

董公公出現在聚寶齋門外，此次接管聚寶齋是蔣太后的主意，所以特地派他監管，董公公看到薛勝景之後，一步三搖地走了過來。

薛勝景小眼睛馬上就眯縫了起來，滿臉堆笑道：「董公公！」

董公公嘿嘿笑了一聲道：「燕王爺！」

兩人站在一處，目光同時向聚寶齋的招牌望去，董公公意味深長地向薛勝景看了一眼道：「王爺是不是有些捨不得啊？」

薛勝景道：「錢財於我乃是身外之物，有什麼捨不得的！」嘴上雖然逞強，可是臉上明顯肉疼。

董公公笑道：「也是，金銀珠寶生不帶來死不帶去，還不如饅頭來得實在。」

薛勝景暗罵這廝站著說話不腰疼，小聲道：「母后那邊怎麼說？」

董公公道：「誇您識大體顧大局呢。」

薛勝景哦了一聲。

董公公道：「其實她最疼您，匹夫無罪懷璧其罪的道理，王爺不用小的說也應該知道。」

薛勝景道：「是啊！」

此時又有一個太監的身影出現在聚寶齋門外，乃是來自皇宮的大內總管榮長海，董公公顯然不願和此人打交道，居然一轉身就走了，榮長海也過來向薛勝景見禮，看到董公公遠去的背影，不由得笑道：「董公公這是怎麼了？咱家剛來，他就走了，莫非是要躲著咱家嗎？」

薛勝景笑道：「一定是看到你當了大內總管，他心裡不舒服。」

榮長海掩住嘴巴笑得頗有幾分少婦的嫵媚神韻，看到四下無人，忽然壓低聲音向薛勝景道：「先皇留有一道遺詔，皇上此次向您出手應該是源於此。」

薛勝景內心一沉，如果榮長海所說的事情屬實，那麼自己的處境非常麻煩，所面臨的危機並沒有因為渤海國方面的化解而全部消失，先皇遺詔！此事還從未聽說過，自己本以為瞞過了皇兄的眼睛，卻想不到，他臨終之前仍然念念不忘將自己除掉，看來他對自己終究還是不放心。

薛勝景道：「老人家知情嗎？」

榮長海搖了搖頭道：「不清楚，究竟是誰將這道旨意傳給陛下，還未查出。」

薛勝景唇角的肌肉抽搐了一下：「查！一定要幫我查個清清楚楚，我絕對饒不了他！」

飛梟翱翔於藍天之上，胡小天坐在飛梟的背脊之上，俯瞰下方是一望無際的碧藍色的大海，晴空萬里，陽光毫無遮攔地照在他的身上，身後有兩道白光閃爍，那是在拚命追趕飛梟身影的雪雕。一切都是如此美好，此次的渤海之行雖然沒有見到霍小如，可是胡小天也收穫頗豐，非但化解了薛勝景的危機，而且和渤海王顏東生、蟒蛟島主閻天祿之間達成了默契，讓他們認識到在兩大強國身邊想要生存，就必須相互聯合的道理。

對胡小天而言這種聯盟更加重要，等於他打通了庸江流域通往東海的通道，以後他就可以掌控這一帶的制海權，漸漸控制大雍和大康之間的利益輸送。

飛梟終於放慢了飛行的速度，兩隻雪雕一左一右來到牠的身邊，夏長明出現在胡小天的右側，對飛梟驚人的飛行速度和耐久力表示驚歎。

胡小天這段時間跟隨夏長明學到了不少和鳥類溝通的方法，他想起落櫻宮主人唐九成也擁有一隻灰雕，有些好奇地問道：「唐九成難道也是一個馭獸師？」

夏長明雖然沒有親眼看到唐九成騎鷹飛翔，可是從胡小天的描述中也能夠做出大致的判斷，他點了點頭道：「天下間懂得馭獸之術的不少，普通的可以訓練雞犬牛馬，耕耘勞作，高深者可以驅駕野獸飛禽，集團作戰，上陣殺敵。可是這其中又分為三大派系，一是豢養修煉毒蟲的毒師，以五仙教和斑斕門為代表，一是以驅馭猛獸為主的百獸門。還有一個就是我們所修為的，以驅馭飛禽為主。這三大派系之中，實力最為強大，手段最為陰狠的要數五仙教，百獸門善於驅策狼熊虎豹，不過他們的宗門位於天香國，門人很少出現在中原地帶。」

聽夏長明說完，胡小天對這方面的瞭解又多了幾分，看來這其中最為低調的就是夏長明所在的門派了，他忽然想起了羽魔李長安，不知夏長明的這位師兄去了哪裡？本想詢問，可是話到唇邊又轉變了念頭，畢竟涉及到人家門派的秘密，自己何必多事。

夏長明歎了口氣道：「最近都沒有師兄的消息，不知道他現在身在何方？」

胡小天笑道：「李先生武功高強，為人智慧出眾，就算遇到了什麼麻煩他也能夠應付。」

夏長明道：「師兄受了傷，且失去了一條右臂，他的武功已大打折扣了。」

胡小天想起李長安在東梁郡外被人伏擊的事情，既然夏長明主動提起，他就勢問起了這件事：「你師兄和獸魔閻虎嘯有什麼過節？」

夏長明道：「閻虎嘯就是百獸門的高手，至於他和師兄的過節我也不甚清楚，只知道他是奉了天機局的命令追殺我師兄，可能是師兄和洪北漠的過節吧。」

胡小天點了點頭，忽然感覺身上一陣奇癢，終於忍不住伸手探入胸膛撓了幾下，可是越撓越癢，還好他們到了中途休息的時候。操縱飛梟，降落在海心中的一座小小的孤島之上。

身上的奇癢感覺越來越重，胡小天藉口去方便，來到樹叢後面，脫下上衣，看到身體的肌膚已經變得發紅，再看自己的一雙手臂，竟然佈滿了血紅色的經脈紋路，胡小天此驚非同小可，慌忙坐下屏氣調息，內息運行一個周天之後，發現體內並無異樣，可是肌膚卻變得越來越癢。

夏長明見他久去不回，也過來查看，看到胡小天赤裸上身坐在地上，身上佈滿血紅色的經脈紋路，不由得大吃一驚，愕然道：「主公，您身上究竟是怎麼了？」

胡小天搖了搖頭，他也搞不清楚為了什麼，此時一隻黑色毒蠍爬行到他的身邊，距離他三尺左右的地方馬上調頭就走，胡小天看到那隻蠍子對自己如此畏懼，方才想起自己曾吞下了五彩蛛王的內丹，他將這件事告訴了夏長明，此前他一直以為吞下五彩蛛王內丹之後身體並無異狀，想不到時隔這麼多天之後終於有了反應。

夏長明道：「應該是這個原因了，我也曾經聽說過五彩蛛王的事情，據說這是天下間最厲害的五種毒物之一，想不到主公會有此奇遇。」

胡小天苦笑道：「什麼奇遇？如果不是當初狀況危急，我無論如何也不會將那顆東西吞下去，本來還以為那顆東西不消化呢，可現在應該是被我完全吸收了。」

夏長明也不懂得解毒，撓頭道：「這可如何是好？」

胡小天道：「不行了，我實在是癢得受不了，洗個冷水澡再說！」這廝再也顧不上什麼風度，來到海邊將衣服脫了精光，撲通一聲跳了下去，雖然是初春，海水仍然冰冷徹骨，比起深入骨髓的瘙癢來說，這點寒冷根本算不上什麼。

不過來到海水之中，遇到冰冷的海水刺激，胡小天的丹田氣海中自然而然生出一股暖流和外界的寒冷相抗衡，這是身體的自然反應。暖流沿著經脈流淌，很快就行遍全身，身體的瘙癢感也隨著氣息的流動開始減弱。

夏長明擔心胡小天有事，來到海邊看他，卻見胡小天整個人浸泡在海水之中，在他身體所在的那片海水區域竟然開始升騰起嫋嫋的蒸汽，夏長明知道胡小天在練功，不敢輕易打擾，坐在岸邊，足足等了一個時辰，方才看到胡小天赤身裸體地走了上來，奇怪的是，遍佈在他身體的紅色脈絡紋路也已經完全消失了。

胡小天朗聲道：「痛快，痛快！」經歷了剛才那場非人的折磨，身體重新恢復正常感覺，其中的舒爽和愉悅難以形容。

夏長明看到他沒事，這才放心下來，只是從這次以後，每隔兩個時辰，胡小天的瘙癢症狀就要發作一次，每次發作，這廝就不得不跳入海水之中運功抵抗，這樣一來他們行進的速度大大減緩。

折騰了一天一夜之後，胡小天瘙癢發作的次數開始減少，從兩個時辰，變成了間隔四個時辰，等到第三天的時候，他們來到了庸江入海口附近，胡小天自從清晨出發到下午，瘙癢症狀還未發生過一次，胡小天認為這應該是自己行功已經漸漸抵消體內毒素的緣故。

他們決定繼續出發，按照現在的進程，當晚應該可以抵達東梁郡，白天一天都沒有發作，可是就快抵達東梁郡的時候，胡小天的瘙癢症狀再次發作，為了避免這種事情，他們始終沿著庸江飛行，胡小天跳下庸江洗了個淡水澡，不過這次洗澡的時候，卻發現自己身體外面開始蛻皮，連續多日的海風和烈日將他的肌膚曬成了古銅色，蛻皮的部分卻潔白細膩，胡小天連搓帶洗，足足洗了一個多時辰，等這貨離開庸江的時候，已經從一個黑炭團變成了一個面如冠玉的奶油小生。

夏長明望著胡小天現在的樣子嘖嘖稱奇。

胡小天揚起雙手，望著月下慘白的這雙手，不由得歎了口氣道：「我現在豈不是白得跟個小娘們似的？」

夏長明笑道：「這樣看更是英俊瀟灑呢！」

胡小天苦笑道：「活脫脫蛻了一層皮，再搓，肉就出來了。」

夏長明道：「秦姑娘醫術高明，主公回去應當先去她那裡看看，或許她能夠幫你答疑解惑。」

胡小天道：「今天只發作了一次，或許明天開始就兩天發作一次了。」

夏長明道：「主公吉人自有天相，相信那顆內丹不會對您的身體造成損害。」

胡小天暗歎，天知道！其實他現在體內的隱患不少，別的不說，單單是虛空大法吸來的那麼多內力，一旦體內的平衡被破壞，自己隨時都可能走火入魔，這次又稀裡糊塗地吞下了一顆五彩蛛王的內丹，這玩意兒可是天下最厲害的五種毒蟲之一，牠的內丹想必也是奇毒無比，自己能夠活到現在純屬僥倖。可人往往都是虱多不癢債多不愁，胡小天集那麼多的隱患於一身，反倒沒有那麼害怕了。

趁著夜深人靜，胡小天騎著飛梟進入東梁郡，落地之後，夏長明並未停留就帶著三隻鳥兒一起離開。

胡小天舒展了一下雙臂，背著行囊，看到前方不遠處就是同仁堂，此時已經接近午夜，東梁郡大道之上不時有巡邏的隊伍出現，胡小天不想引起太大的騷動，騰空來到屋簷之上，等到那支巡邏隊伍離開之後，方才沿著屋頂悄然前行，直接翻入了同仁堂的院落之中。

同仁堂內仍然有一間房間亮著燈光，胡小天躡手躡腳來到那亮燈的房間，悄悄用舌尖沾濕了手指，在窗紙上戳出一個小洞，從洞口向裡面望去，卻見秦雨瞳正坐在燈下讀書。

想不到這妮子居然如此用功，這麼晚了還看書，換成現代也是品學兼優的好學生，絕對的女學霸。

胡小天本想敲門，可想了想，還是決定捉弄一下秦雨瞳，這貨利用易筋錯骨和蓋頭換面，把自己變成了一個駝子，不過和過去不同，過去是皮膚黝黑的駝子，而現在變成了一個白白嫩嫩的駝子。

完成易容之後，故意在窗外製造出輕微的動靜。

即便是這細微的動靜也沒有逃過秦雨瞳的耳朵，剪水雙眸閃過一絲疑惑，然後並沒有任何的舉動，繼續低頭看書，胡小天暗歎，這妮子的警惕性也很一般，居然不知道出來看看。

就在這時，秦雨瞳已經猝然出手了，右手中指和拇指撚起，有若蘭花，一道寒光閃爍，隨著中指彈出的動作，一根金針高速射出，從格窗剛才被胡小天破開的那個小洞射了出去。

胡小天反應也是神速，腦袋向下一縮，感到一聲輕微的破空聲貼著自己的頭頂向後飛出，若是自己再晚上一刻，豈不是要被這娘子紮傷眼睛，最毒婦人心啊，想不到秦雨瞳下手也這麼黑。

胡小天躲藏的剎那，秦雨瞳也已經衝出房門來到了外面，在月光之下亭亭玉立，宛如空谷幽蘭，一雙妙目冷冷注視著胡小天，漠然道：「你是誰？」

胡小天咧開嘴巴獰笑，這貨不笑還好，這一笑居然被秦雨瞳給認了出來，秦雨瞳本來就是易容高手，在識破別人易容方面也是水準一流，看到這駝子臉上的笑容，馬上就猜到他的真身是誰，輕聲歎了口氣道：「胡小天，你覺得有意思嗎？」

胡小天被她一口叫出了名字，不由得有些愣了，沒理由啊！自己現在變得都不認識自己了，她怎麼一眼就能看出來？莫非我的改頭換面功夫這麼失敗？

秦雨瞳已經轉身走入了房內，似乎根本沒興趣陪他玩。

胡小天一頭霧水地跟了進去，湊到牆上懸掛的銅鏡前看了看，到底是哪裡露出了破綻呢？

秦雨瞳看到這廝的樣子不禁莞爾，輕聲道破玄機：「天下間沒有人比你笑得更猥瑣了！」

胡小天呵呵冷笑：「猥瑣？天下間沒有人比你更沒眼光了，我笑得猥瑣？你不覺得很有魅力嗎？」既然被她識破了身分，自然也沒有了偽裝的必要，胡小天周身骨骼劈啪作響，很快就恢復了本來的身材樣貌。

秦雨瞳的目光仍然注視在書本之上，她的性情始終就是這樣，即便是和胡小天久別重逢，也沒有見她流露出半點的驚喜，好像胡小天一直都在這裡，從未離開過一樣，這樣的態度讓胡小天多少感到有些沮喪，難不成自己在她心中連半點兒位置都沒有，這麼大個的自己，戳在這裡，居然在她心湖中翻不起一點浪花。

胡小天來到秦雨瞳近前，秦雨瞳仍然不為所動，似乎桌上的那本書要比胡小天更有吸引力。胡小天拿出一支翡翠鐲子，輕輕放在她面前的那本書上。

秦雨瞳將鐲子拿起輕輕放在一邊，目光仍然盯著那本書。

胡小天道：「送給你的。」

「無功不受祿！」

胡小天大剌剌在秦雨瞳對面坐下：「你幫我這麼多，我總得對你有些表示。」

秦雨瞳總算將美眸抬起，靜靜望著胡小天，這才發現這廝白了許多，好像臉上擦了粉似的，皮膚似乎比起女孩子家還要嬌嫩。

胡小天道：「看什麼？我臉上有花嗎？」

秦雨瞳道：「皮膚不錯！」

胡小天呵呵笑了起來，總算聽到秦雨瞳誇了自己一句，可笑聲未完，臉上的表情卻顯得有些怪異，怎麼突然間就感到瘙癢了。

秦雨瞳也發現他的表情不對，輕聲道：「怎麼了？表情這麼古怪？」

胡小天道：「癢！我身上好癢！」

秦雨瞳的俏臉一熱，還以為這廝是惡作劇，瞪了他一眼道：「那就找地兒涼快去！大半夜的，我可沒精神陪你聊天。」

胡小天道：「我真癢……」這貨癢得連話都說不利索了，也懶得解釋，馬上動手就開始脫衣服。

秦雨瞳秀眉顰起，露出不悅之色，冷冷道：「你幹什麼？」

胡小天道：「你幫我看看，我皮膚上全都是紅色的經脈紋路，奇癢無比。」說話間已經將上衣脫了下來，露出精赤的上身。

秦雨瞳定睛望去，卻見他白晃晃的一片身子，肌肉飽滿結實，哪裡有什麼紅色的經脈紋路：「哪兒呢？」

「這裡，這裡……還有……這裡……」胡小天指著自己的胸膛後背，此時他方才看到自己的肌膚好端端地，別說什麼紅色紋路，連丁點兒血絲都看不到，這貨難以避免地尷尬了：「呃……奇怪……」

秦雨瞳望著他開始冷笑了：「胡小天，你玩夠了嗎？」

胡小天感覺雙腿奇癢，這種感覺從四面八方向雙腿間移動了，恨不能把手伸到褲襠裡抓撓幾下，可當著秦雨瞳的面，他又不能做這麼有失風度的事情，強忍著抓心的奇癢道：「……我腿上也癢……」

秦雨瞳道：「胡小天，你再敢無禮，休怪我翻臉無情！」

胡小天叫苦不迭道：「我說的全都是真話，你怎麼就不信？你當我有毛病啊，大老遠跑來就是為了脫衣服給你看？老子又不是暴露狂……我是真癢……」

秦雨瞳橫了他一眼：「要不要我送個不求人給你啊！」

胡小天歎了口氣道：「一點同情心都沒有，秦雨瞳，你太冷血了……」這貨癢得實在受不了了，一掉頭就逃出門去。

秦雨瞳望著他離去的背影，心中居然有些歉疚了，或許他說的是真的呢？對啊！他大老遠跑回來，應該不是為了惡作劇吧？猶豫了一下，終於還是追了出去：「胡小天……」

門外哪裡還能找到胡小天的身影。

胡小天發現遇到麻煩的時候連女人也靠不住，離開同仁堂第一件事就是動用自己的雙手，可是越撓越癢，這貨甚至連腿都邁不開了，看到同仁堂後院中的水井，一頭就紮了進去。

秦雨瞳聽到落水之聲，趕緊趕了過去，衝著井口道：「胡小天！你有沒有事？

胡小天！」井口中只傳來她自己的回聲。秦雨瞳慌忙尋了一個燈籠，借著光芒向井內望去，依稀看到井底有一個白色的影子，不知是死是活，一顆心提到了嗓子眼，關切道：「胡小天，你再不回答我，我就叫人過來幫忙，讓所有人都看到你赤身裸體的樣子……」她失去了昔日的鎮定，聲音變得有些顫抖了。

胡小天懶洋洋的聲音總算從井底傳來：「舒服……舒服多了……為什麼我說實話的時候總是沒人相信？」

秦雨瞳道：「你到底怎麼了？」聽到胡小天的聲音，她總算安心了一些，可是想起自己剛才的失態，忽然意識到原來自己對他竟然如此關切。

胡小天道：「我得運功調息，等我止癢之後再跟你說。」

秦雨瞳在寒風中等了足足一個時辰，方才看到胡小天半裸著身子從井口爬上來。她走過去將自己披著的毯子為胡小天披在肩頭，小聲道：「快進屋裡，小心著涼……」說話間卻忍不住打了個噴嚏。

胡小天道：「你自己別著涼才對。」

重新回到溫暖如春的室內，秦雨瞳拿來一壺酒，讓胡小天飲下暖暖身子，胡小天喝了幾口，這才將自己身上發癢的由來說了一遍，秦雨瞳聽得非常認真，當她聽到胡小天吞下五彩蛛王內丹的時候，不由得流露出擔憂的神情。

胡小天說完之後，秦雨瞳道：「你知不知道那五彩蛛王是天下至毒之物之一，如果像你所說的那樣大，恐怕五彩蛛王至少被豢養了五十年。」

胡小天道：「北澤老怪應該在那隻大蜘蛛身上傾注了不少的心血，據說那顆內丹服下之後可以武功倍增，普通人服下也可以延年益壽呢。」

秦雨瞳道：「北澤老怪以天下間各種毒物餵養這隻五彩蛛王，這顆內丹應該是他自己想要服用的，每個人的身體不同，耐受力也不同，同樣的一件東西對你有益，可是對其他人或許就會有害。」

胡小天表示認同，北澤老怪花費這麼多年豢養了五彩蛛王，肯定會根據他自身的條件進行調整，北澤老怪是個一身奇毒的老毒物，這顆內丹對他有益，可對自己說不定就有害。

秦雨瞳道：「我幫你把把脈！」

胡小天伸出手腕平放在桌面上，秦雨瞳春蔥般的手指落在他的脈門之上，此次為他診脈的時間格外漫長，足足過了小半個時辰，秦雨瞳方才放開他的手腕，小聲道：「奇怪，你的經脈似乎發生了變化。」

胡小天道：「什麼變化？」

秦雨瞳道：「給你打個比方，過去如果說你的經脈只是一條小河，如今這條河道似乎被拓寬了許多。」

胡小天道：「那就是成為大河了！」

秦雨瞳搖了搖頭道：「成為大江才對，而且你的經脈應該比過去堅固了許多，我分不清究竟是因為你修煉的緣故，還是因為你服用五彩蛛王內丹的緣故。」

胡小天聞言心中卻是一喜，過去他最大的困擾就在於他的經脈薄弱，無法承受體內雄厚內力的衝擊，現在居然經脈拓寬了，而且經脈變得堅固，也就是說他承受內力衝擊的能力比起過去更加強大了，對他來說應該是好事。

胡小天道：「我是不是中毒了？」

秦雨瞳道：「沒有中毒的徵兆，不過不能根據脈相就做出斷定，我需要採取你的一些血液來仔細查驗一下。」

胡小天很大方地說道：「沒問題，需要用多少取多少。」

秦雨瞳道：「目前看來對你的性命應該沒有威脅。」

胡小天道：「雖然性命無憂，可是每次瘙癢發作，我簡直就是生不如死，必須要跳入冷水中，激發我身體內的內息遊走，散佈經脈之後，這種奇癢才會漸漸消失，剛開始的時候，兩個時辰就會發作一次，今天本來只發作了一次，我本以為要到明天才會發作，想不到居然提前了。」

秦雨瞳道：「如果真如你所說，看來寒玉床對你應該有些效果。」

胡小天心想該不是小龍女睡過的？

秦雨瞳道：「只是寒玉稀少，一時間也無從找到，不過還好有替代之法。」

胡小天道：「大不了就跳到水裡咯！」

秦雨瞳道：「未必一定要跳到水裡，在同仁堂的後院內有冰窖，裡面藏有不少的冰塊，你去裡面調息也是一樣。」

胡小天道：「那我就暫時不走了！」

說來奇怪，胡小天的瘙癢自從在同仁堂發作之後，一連幾天都沒有再次發作過，當然可能和他每天都會去冰窖內修煉有關。因為身體的怪症，胡小天抵達東梁郡的開始三天並沒有聲張，只是維薩和秦雨瞳知道。

他每天除了瞭解最近的情況，就是前往冰窖修煉。在他前往渤海國的這段日子，大雍的第一批糧食已經運抵了康都，自然是價格不菲，大康雖然付出了不小的代價，可是憑藉著大雍的這些糧食，勉強渡過了這個最艱難的冬天。蘇宇馳自從上次前來東梁郡之後，就沒有再找他們的麻煩，事實上蘇宇馳吃了一個暗虧，胡小天也沒有因為那件事為難蘇宇馳，仍然將十萬石軍糧撥給了蘇宇馳使用。

蘇宇馳駐守鄖陽之後，興州郭光弼也屢次派人滋擾侵犯，可是每次都被蘇宇馳擊敗，蘇宇馳目前採取的策略就是固守鄖陽，圖謀發展，並沒有採取過大的行動，大康的北方在最近一段時間漸漸變得平靜下來。

胡小天只穿著一條長褲盤膝坐在冰窖之中，他的身體周圍擺放著一圈的冰塊，前方有一個狹窄的出口可供出入，胡小天已經在冰窖中待了一個下午，聽到輕盈的腳步聲，已經判斷出是維薩走了進來。

胡小天緩緩睜開雙目，卻見維薩穿著白色貂裘，躡手躡腳地走了進來，維薩是擔心影響到他練功，看到胡小天正望著自己，俏臉不由得紅了，小聲道：「原來主人已經練完了！」

胡小天站起身來到外面，穿上自己的外袍，笑道：「這兩天基本上都在這冰窖裡面度過，悶都悶死了。」

維薩道：「雨瞳姐讓我來看看你練完功了沒有，如果練完了，可以上去一起吃飯。」

胡小天道：「這兩天總是吃素，我就快被她餵成馬了！」

維薩禁不住笑了起來，秦雨瞳本來就是吃素的，在同仁堂內是見不到葷腥的，她柔聲道：「你不是生病了嗎？等你病好了，我陪你去大吃一頓。」

胡小天笑道：「我這就好了！身上一點都不癢了！」

「真的？」

胡小天點了點頭，然後又皺起了眉頭道：「還有點癢！」

維薩關切道：「哪裡癢？」

胡小天抓住她的小手放在自己的心口道：「本來不癢了，可是看到我的乖維薩，心裡就開始癢癢的，麻麻的，酥酥的。」

維薩有些難為情地皺起了鼻子，胡小天道：「不如你幫我止止癢！」

「人家不會……」

胡小天道：「我教你。」

「不嘛……」維薩紅著俏臉就想逃。

胡小天卻一把將她拉入了懷中，附在她耳邊小聲道：「想我了沒有？」

維薩伏在他懷中又是激動又是害羞，看都不敢看他，只是點了點頭，卻又想起了什麼：「快走了，雨瞳姐還在外面等著呢。」

胡小天呵呵笑道：「讓她多等一刻又有何妨？」

話雖然這麼說，胡小天對秦雨瞳還是有些忌憚的。和維薩來到外面，看到秦雨瞳果然在冰窖外面等著他們，維薩有些做賊心虛，雙目閃爍躲藏著秦雨瞳的目光，秦雨瞳看到她紅潮未退的俏臉就能夠猜到剛剛在冰窖中胡小天沒做什麼好事，冷冷瞪了他一眼道：「飯菜都要涼了。」

胡小天笑道：「那就出去吃！」

秦雨瞳皺了皺眉頭：「你捨得見人了？」

胡小天道：「我一個大男人總不能整天躲在冰窖裡面，走！咱們去南國小廚好好吃上一頓。」

秦雨瞳輕聲道：「你們去吧，我就不湊這個熱鬧了！」她轉身飄然而去。

維薩望著她的背影小聲道：「雨瞳姐生氣了，她費了那麼大的心思做好了飯菜，你卻不吃。」

胡小天笑道：「生氣也好，不然我都不知道她還有感情。」

維薩道：「人家只是不輕易表露罷了，其實我看得出來，雨瞳姐心中還是很緊張你的。」

胡小天道：「咱們晚上吃什麼？」

維薩被他打斷，一雙冰藍色的美眸眨了眨，哼了一聲道：「主人就是在故意氣雨瞳姐。」

胡小天伸出手去，輕輕在她俏臉上拍了拍道：「你不用操心別的事情，只需要想著怎樣對我好就是。」

第四章

詐降

黑水寨的水道大門開啟，胡小天望著水寨內招展的白旗，
心中有些疑慮，這場勝利來得太容易了，這其中會不會有詐。
他將余天星叫到一旁，低聲道：
「軍師，不知為了什麼，我總覺得事情進展得太順利，
這馬行空該不會有詐吧？」

胡小天當晚興致頗高，讓維薩去將諸葛觀棋夫婦請來，他自己則前往南國小廚去訂了位子，胡小天一現身，南國小廚自然是蓬蓽生輝，雖然所有的位子都滿了，可老闆特地將後院自己用來收藏奇石的房間讓了出來。

這邊酒菜上來，諸葛觀棋夫婦也到了，胡小天起身相迎，拱手笑道：「冒昧相邀，還望觀棋兄和嫂子不要見怪才好。」

諸葛觀棋笑道：「主公回來不找我說話，我才會見怪呢！」

維薩一旁笑道：「趕緊坐下吧，主人好多天沒見過酒肉了！」

眾人笑著坐下，共飲之後，胡小天將此次前往渤海國的經歷說了一遍，諸葛觀棋聽得很認真，聽說胡小天已經和渤海國、蟒蛟島三方結盟，他也為胡小天感到高興，能夠和平解決這個問題當然最好不過，就目前而言，三方的勢力都過於弱小，唯有聯合才是自保之道，雖然他當初定下讓胡小天奪下蟒蛟島和渤海國，先稱霸海上的宏圖，可是那也不是短期內可以實現的。

諸葛觀棋道：「如此說來渤海王不失為一個明智之君。」

胡小天點了點頭道：「他對形勢看得比我預想中要透徹，經過袁天照一案，顏東生看透了大雍皇帝的本來面目。」

諸葛觀棋道：「他若是一意孤行，最後必然引狼入室，不但渤海國保不住，恐怕連蟒蛟島也會失守，到最後整個東海的海域都將落入大雍的控制之中。」

胡小天道：「如果真是那樣，最麻煩的反倒是我了。」

諸葛觀棋笑道：「主公此次渤海之行恰恰化解了這個危機，我看大雍一時間是沒有精力兼顧海上的事情了。」

胡小天眨了眨眼睛，從諸葛觀棋的話中他聽出了一些時局的變動。

諸葛觀棋道：「根據最新得到的消息，黑胡人已經開始在大雍北疆集結軍隊，一場大戰在所難免，無論這場戰爭誰勝誰敗，大雍在短期內都不可能兼顧其他的事情，這才是他們暫時對大康放手的原因。」

胡小天道：「趁著大康天災不斷，大雍高價賣糧，等於狠敲大康一記竹杠。」

諸葛觀棋道：「以大雍的財力支撐一場戰爭也需要籌集資金，大康只是一方面，我聽說燕王薛勝景已經將聚寶齋上繳國庫。」

胡小天道：「燕王是個視財如命的人，這次明明聚寶齋的危機已經化解了，可是我聽說是蔣太后逼他將聚寶齋交了出來，估計比殺了他還要難受。」

諸葛觀棋道：「以大雍今日的國力，打贏這場仗應該沒什麼問題，只不過這場戰爭勢必會拖延他們一統中原的計畫，對主公，對中原列國來說都是一件好事。」

胡小天道：「觀棋兄何以斷定大雍會勝利呢？」

諸葛觀棋道：「尉遲冲乃是當世名將，這些年來，他對黑胡打過無數戰役，為劃定北方邊界立下汗馬功勞，此人在軍中深受擁戴，只要大雍皇帝對他給予足夠的信任，取勝還是有很大把握的。」

胡小天道：「他們打得越熱鬧越好。」

諸葛觀棋笑道：「不錯！主公剛好可以圖謀發展，趁著這個機會，可以考慮一下雲澤的事情了。」

胡小天公開露面後的第二天，軍師余天星，水師統帥趙武晟，前往海州送糧歸來的李永福、熊天霸、梁英豪、祖達成等人全都來到了東梁郡。再加上已經從蟒蛟島返回的常凡奇，還有東梁郡太守李明成全都濟濟一堂。

常凡奇先向胡小天回稟了他們從蟒蛟島返回的狀況，這其中特地提到了一個重要的人物，楊元慶。這廝在蟒蛟島出賣胡小天，最終被擒，不過此人骨頭硬得很，到現在也沒說他的幕後指使人究竟是誰。

當天中午宴請眾將之後，余天星和趙武晟單獨留了下來，看到兩人的表情，胡小天就知道他們有重要事情想要稟報。

胡小天道：「軍師有什麼計畫？」

余天星笑道：「恭喜主公新收了一位內政能手啊！」

胡小天被他說得一愣，一時間想不起他說的究竟是哪個？

余天星解釋道：「想不到顏明居然這麼本事，處理內政井井有條，大康皇帝昏庸，這麼有能耐的一位官員也會棄之不用。」

胡小天這才知道他說的是顏宣明，不禁露出一絲會心的笑意，對顏宣明的出身來歷，胡小天並未對外太過宣揚，顏宣明來到這邊為官之後，乾脆用了顏明的名字，這是避免不必要的麻煩，省得別人知道他是蟒蛟島主閻天祿的兒子。胡小天並不瞭解顏宣明的能力，如余天星所說，自己這次真是撿到寶了。他的身邊雖然有不少文臣武將，可是卻缺少真正處理內政的高手，東梁郡太守李明成雖然勉強算一個，可他的能力明顯欠缺，顏宣明的出現剛好補充了這個短板。胡小天忽然想到了李明成，以李明成對律法的研究，在他到來之後，自己肯定是如虎添翼。

胡小天道：「他還年輕，還需多多錘煉。」說完這句話連他自己都不好意思地笑了，說別人年輕，他自己何嘗不是，其實他目前的這個團隊，除了李明成以外全都是年輕人。

趙武晟道：「主公此次結盟渤海國和蟒蛟島，以後咱們就沒有後顧之憂了。」

胡小天道：「也不能這麼樂觀，畢竟每人都有自己的一本賬。」

余天星微笑道：「所以想讓這個聯盟牢不可破，就必須要尋找共同的利益。」

胡小天點了點頭道：「我也在想這件事呢。」

余天星道：「主公有什麼打算？」

胡小天笑道：「我本想問你，你倒是問起我來了，你先說！」

余天星抱了抱拳道：「眼看天氣轉暖，我方水軍應該開始操練，初步打算從庸江入海。最近大雍運糧船隊頻繁經過這一區域，送糧給大康，又從大康牟取暴利通過海路北上。」

胡小天道：「你想搶劫啊！」

余天星道：「未必是我方出手啊！」

胡小天哈哈大笑：「跟我想到一塊去了，這件事由蟒蛟島出手最好不過，送糧船放過，等他們帶著錢財過來的時候，讓他們留下買路財。」

趙武晟道：「這樣既可練兵，又能落到實惠，兄弟的軍餉自然就有著落了。」

余天星道：「只是這種事情無法持久，做過一次之後馬上就要收手，就算大雍下次還有船隻經過，也必然會加強戒備，我們沒必要跟大雍水師發生正面衝突。」

胡小天連連點頭。

余天星道：「大雍北線告急，和黑胡之戰一觸即發，主公應該考慮趁著這個大好時機有所作為，擴張我們的地盤，穩固在庸江的防守。」

胡小天道：「軍師有什麼方案呢？」

余天星道：「白泉城太守左興建的確是個人物，他在短時間內已經將雲澤周邊城池的狀況調查清楚，我認為主公應該準備出手控制雲澤了。」

余天星的計畫和諸葛觀棋的建議不謀而合，胡小天道：「控制雲澤就等於要向南方推進，朝廷肯定會懷疑咱們有所圖謀，意圖進軍大康腹地，我們如果有所異動，鄖陽的蘇宇馳不會坐視不理，皇上把他安插在鄖陽，就是要在我的背後埋一顆雷，如果我們因為攻打雲澤而出動大部分力量，難保蘇宇馳不會趁虛而入，在背後突施冷箭。」

余天星笑道：「螳螂捕蟬，黃雀在後，主公不要忘了，蘇宇馳的背後還有興州郭光弼。」

胡小天道：「郭光弼和雲澤黑水寨的馬行空乃是聯盟，他怎會幫我？」

余天星道：「蘇宇馳自從到了鄖陽之後，就徹底切斷了碧空山黑水寨和興州之間的聯絡，郭光弼和馬行空之間的聯盟其實早已名存實亡，如今馬行空並無外援，此前雲澤一戰，讓他戰船毀去大半，以他現在的實力根本不可能有所作為。以郭光弼的性情，他不可能不顧自己的利益去救馬行空。」

胡小天道：「你是說讓郭光弼牽制住蘇宇馳的兵馬，我們集中兵力在最短的時間內蕩平黑水寨。」

余天星點了點頭道：「只要佔據碧心山，就等於佔據了雲澤，我方可以碧心山為據點發展水師，雲澤周圍的城池就唾手可得。」

胡小天微笑道：「軍師果然好計！」

對中原列國來說，三月發生了許多大事，先是黑胡人集結二十萬鐵騎南下入侵大雍，大雍方面以尉遲冲為帥，率領十五萬大軍守住北疆防線，雙方在大雍北疆開始了一場艱苦鏖戰，歷經兩場大規模的戰役之後，雙方死傷慘重，隨著一場延綿春雨的到來，戰爭陷入了僵持階段。

而大雍前往大康的運糧船隊，在歸程之中遭遇蟒蛟島海盜的突襲，二十艘戰船無一倖免，船上水師將士全部陣亡，隨之消失的還有從大康獲得的巨額糧款。

在蟒蛟島突襲大雍船隊的同時，東梁郡方面以蕩寇之名沿著望春江順流而下，集結二百艘戰船向碧心山黑水寨發動總攻。

鄖陽的上空暴雨如注，蘇宇馳站在城頭，遙望著正西的方向，興州反賊集結三萬兵馬已經推進到鄖陽城以西六十里的地方，這讓他感到空前的壓力。副將袁青山快步來到他的身邊，大聲道：「將軍，去避避雨吧，千萬別淋壞了身子。」

蘇宇馳點了點頭，和袁青山一起走入了警戒塔內，蘇宇馳脫下頭盔，將頭盔交給了一旁的親兵，來到篝火前坐了下去，袁青山在他對面坐下了，望著他瘦削的面孔，心中一陣難過，袁青山雖然是他的副將，可是從小就跟隨在他的身邊長大，經歷無數戰鬥方才磨練成一個驍勇善戰的將領，在袁青山的心中，蘇宇馳和他的父親差不多。

蘇宇馳道：「興州的這幫反賊來得真是時候。」

袁青山道：「已經派人刺探過，他們在六十里外紮營，並不急於推進。」

蘇宇馳的唇角泛起一絲不屑的神情：「他們不敢進攻！」

袁青山愕然道：「什麼？」

蘇宇馳伸出手去，從親兵手中接過地圖，將地圖在地面上展開，手指沿著望春江一直移動到雲澤的位置：「胡小天這邊開始蕩寇，興州郭光弼就大舉來犯，這世上哪有那麼多巧合的事情？」

袁青山低聲道：「將軍，您是說，胡小天和反賊勾結？」

蘇宇馳一雙虎目盯著熊熊燃燒的篝火，被雨水浸透的身體漸漸恢復了一些溫度：「我已經多次向陛下上奏，要求前往雲澤蕩寇，可是陛下卻對我的請求不聞不問，如今只能眼睜睜看著別人搶佔先機了。」

袁青山望著那張地圖，低聲道：「若是胡小天佔據了碧心山，會有怎樣的後果？」其實他已經想到了後果，只是出於尊敬，仍然在徵求蘇宇馳的意見。

蘇宇馳搖了搖頭：「這個人的野心實在太大，碧心山的馬行空根本不可能是他的對手，這場仗必敗無疑，以後的碧心山就將成為胡小天訓練水師的地方，控制了碧空山，等於控制了雲澤，雲澤周圍的七座城池危險了！」他的心中湧現出一陣莫名的悲哀，他雖然能夠看透眼前的局勢，可是卻無法獲得朝廷的更多支持，事實上

在皇上將他派到鄖陽，從胡小天那裡分走了十萬石糧食之後，皇上似乎就已經將他遺忘。

蘇宇馳甚至認為，除非胡小天挑起大旗明目張膽的造反，或許皇上還將繼續遺忘下去。

袁青山道：「將軍，我們應當怎麼做？」

蘇宇馳歎了口氣：「守城！」

二百艘戰艦在碧空山周圍弧形排列，裝載在戰船上的攻城弩和投石車輪番向碧空山發動攻擊，雨勢已經開始減弱，等到雨停之時，他們就會發動火箭的攻擊。黑水寨方面雖然有所反擊，可是他們的反擊在對方猛烈的攻擊下就像是在垂死掙扎。

胡小天和余天星站在主艦的甲板上，他們的頭頂臨時搭起了雨棚，這場雨讓雲澤的水位上漲了許多。身後高遠快步走了過來，來到胡小天面前行禮道：「參見主公！」

胡小天道：「如何？」

高遠道：「鄖陽方面果然沒有任何動作，蘇宇馳始終按兵不動，看來不敢輕舉妄動，應該是忌憚後方的興州反賊。」

胡小天點了點頭，他最擔心的就是鄖陽蘇宇馳，如果蘇宇馳沒有動作，那麼就沒有了後顧之憂，拿下碧心山應該不會有任何的問題。

碧心山的水賊在上次和姜正陽勾結劫糧的事情上損失慘重，大半戰艦都被摧毀，如今甚至組織不起一支像樣的艦隊進行反擊。

雨漸漸停了，余天星發出號令，讓前方船隊向碧心山進行挺進，開始準備火箭射擊。

就在五十艘戰船向前方靠近之時，卻見碧心山東側的水門打開，一條小船從裡面駛出，船上之人揮舞著白色旗幟，這意味著投降。余天星下令暫緩進攻，讓那艘小船靠近，又派人將小船上的使者帶到了主艦之上。

前來的使者乃是黑水寨的二當家阮景武，上次負責接應姜正陽的也是他，如果是在正規的軍隊之中，單單是阮景武上次損兵折將，幾乎將黑水寨戰艦損失殆盡就足夠殺他無數次的了，可黑水寨畢竟是烏合之眾，大當家馬行空念在和阮景武的結拜之情，並沒有殺他，而是讓他戴罪立功，從這件事就能夠看出這幫水賊不可能有什麼作為。

阮景武被人帶到胡小天的面前，抱拳深深一揖道：「參見胡大人！」

胡小天微笑道：「剛剛搖動白旗的可是你嗎？」

阮景武道：「正是在下，在下阮景武，奉了寨主之命特來議和！」

胡小天沒聽錯，這貨說的居然是議和而不是投降，他向兩旁望了望，不由得哈哈大笑起來，胡小天這一笑，眾人都跟著笑了起來。

阮景武也不是傻子，當然知道眾人的笑聲中充滿了嘲諷的意味，他清了清嗓子道：「不知大人為何發笑？」

胡小天道：「說說條件吧！」

阮景武道：「只要大人退兵，我們黑水寨保證永遠不再侵犯大人的疆界。」

胡小天冷笑道：「你知不知道這白旗意味著什麼？白旗意味著投降，不是議和！你們黑水寨也沒資格跟我議和。也罷，我給你們一條活路，打開寨門，所有人離開碧心山，交出所有的武器。」

阮景武道：「碧心山乃是我們賴以生存之地，大人想要碧心山，豈不是等於將我們逼上絕路！」

胡小天道：「送客！」他的態度堅決，斷無迴旋的餘地。

阮景武點了點頭道：「既然大人不答應議和，那麼雙方只有一戰了！」

胡小天道：「幫我告訴馬行空，這麼多人的生死全都在他的一念之間，不要因為一己之私利而連累了這麼多的無辜性命。」

阮景武離去之後，眾將同聲大笑起來，都覺得這阮景武是個跳樑小丑，黑水寨的這些水賊也實在太過不自量力，在兵臨城下的前提下居然妄想議和，還奢望能夠保住碧心山，他們難道不清楚胡小天對碧心山志在必得嗎？

碧心山之上，馬行空站在水寨的箭塔之上，他從望遠鏡內眺望對方的陣營，臉上蒙上一層深深的憂鬱，他轉向身邊的一名瘦弱青年道：「伯喜，你看我們沒有取勝的機會。」

身邊的年輕人就是黑水寨的首席軍師王伯喜，王伯喜實話實說道：「雙方實力懸殊，我們又缺少戰艦，想要取勝很難。」

馬行空道：「你以為咱們將碧心山交出去，就能有活路嗎？」

王伯喜道：「交出碧心山，咱們就失去了賴以容身之地，就算胡小天不追殺我們，這雲澤周圍也沒有我們的容身之地。」

馬行空道：「現在投降只有死路一條，跟他們打上一仗或許還有求生的機會。」望著王伯喜的雙目充滿期待：「伯喜，你一定有辦法對不對？」

阮景武已返回，馬行空和王伯喜走下箭塔，聽他將剛才去見胡小天談判的情況說了一遍，阮景武憤憤然道：「那胡小天實在囂張，根本不願議和，還說什麼讓我們打開寨門，交出所有武器，所有人都離開碧心山，他方才肯給咱們一條活路。」

馬行空道：「若是當真如此，等於將自己的性命交到他的手中，到時候生死就由不得我們了。」

阮景武道：「大哥，大不了跟他拚了！」

馬行空瞪了他一眼道：「拚了？你拿什麼去拚？你有船嗎？」

阮景武頓時把腦袋耷拉了下去，黑水寨落到如今這種境況，他應該首擔其責，如果不是在上次接應姜正陽的時候太過大意，也不會讓黑水寨蒙受這麼大的損失。

阮景武小聲道：「咱們派去興州求援的人或許就快回來了，只要支持幾日……」

馬行空呵呵冷笑道：「你有沒有腦子？」他對興州郭光弼早已不抱希望，自從船隊被胡小天一方擊潰之後，郭光弼這位昔日的盟友也幾乎斷絕了和他的聯絡，事實上蘇宇馳進駐鄖陽雖然意在制衡胡小天，可是也起到了切斷他和郭光弼聯繫的作用，如今的望春江已經完全在胡小天的控制中，就算郭光弼肯前來救援，他也難以逾越鄖陽，更不用說跨過望春江。

阮景武道：「其實興州方面可以繞過鄖陽，從西南前來雲澤的。」

馬行空甚至懶得再跟他廢話，這廝的腦子實在是讓人無奈，繞過雲陽，經由西南抵達雲澤岸邊，就算一切順利，興州方面又從何處弄來那麼多的船隻橫渡雲澤來到碧心山？

馬行空道：「伯喜，既然胡小天已拒絕了我們，你覺得應該怎麼辦？」

王伯喜道：「既然他給咱們一條活路，那麼只能按照他說的去辦。」

馬行空心中一怔，眉頭皺了起來。阮景武一旁大聲道：「不能降啊！失去了碧心山，天地之大，哪裡還有咱們的容身之處。」

王伯喜道：「不降我們就沒有放手一搏的機會，對方共有二百餘艘戰艦，我方完全處於劣勢，如果展開水戰，必敗無疑，如果閉門不出，也難以抵擋對方遠端攻勢，我方所剩箭矢不多，對方軍備充足，如今大雨已停，用不了太久時間，太陽就會出來，等到草木曬乾，他們就會發動火箭攻勢，到時候整個碧心山就會陷入一片火海之中。」

阮景武道：「那豈不是說，我們已經沒有退路了？」

王伯喜道：「既然準備放手一搏，就只能揚長避短，水戰不可勝，我們就採用陸戰，遠攻不可取我們就採取貼身肉搏，別忘了我們碧心山還有兩萬多兄弟，人數上我們並沒有劣勢。」

馬行空道：「你是說詐降，將他們引入水寨之中，然後再展開近身戰？」

王伯喜點了點頭。

馬行空道：「恐怕他們沒那麼容易上當。」

王伯喜道：「想讓他放下戒心，唯有一個辦法……」停頓了一下方才道：「一切全在大當家了。」

馬行空微微一怔，馬上就明白了王伯喜的意思，想讓胡小天放下戒心，除非是自己親自引人投降，王伯喜的計策可謂是兵行險招，自己投降胡小天之後，等若將性命交到了他的手中，而黑水寨的指揮權……

王伯喜已經考慮到了這一點：「水寨這邊可交給少寨主指揮。」

馬行空閉上雙目沉吟了一會兒，方才道：「好，我親自前去引領他們進入水寨！」

阮景武聽說馬行空要親自前往詐降，不由得驚恐萬分，顫聲道：「大哥，千萬不可啊，那胡小天為人殘忍冷血，你若是落到他的手裡豈會有好下場，再者說，你走了黑水寨群龍無首，又有誰能率領弟兄們抗擊敵軍？」

馬行空道：「我心意已決，你們將中天叫來。」馬中天是他的兒子，也是黑水寨最為出類拔萃的少年將領。

一輪紅日冉冉升起，萬丈金光灑落在雲澤廣闊的湖面之上，泛起粼粼波光，遠遠望去，無數金鱗浮光掠影，景色美輪美奐，天空中的烏雲在陽光的驅散下以肉眼可見的速度迅速退去。負責觀察敵情的高遠來到胡小天身邊，稟報道：「啟稟主公，黑水寨方面依然沒有任何動靜。」所有將士都在等待胡小天的命令，現在天氣已經放晴，是不是準備發動火箭攻勢。

胡小天瞇起雙目望著碧心山的方向：「軍師怎麼看？」

余天星道：「他們沒有任何的勝算，我看此前阮景武前來議和真正的意圖是試探主公的態度，多給他們一些時間倒也無妨。」

胡小天對余天星的話也深表贊同，人在現實面前肯定會選擇低頭，馬行空雖然只是一個水賊，但是他並不是傻子，在沒有任何取勝把握的前提下如果堅持一戰，只可能將整個黑水寨的兄弟和家眷葬送，擺在他們面前最現實的選擇就是投降。胡小天也沒有想要將這些水賊趕盡殺絕，他的目的是奪下碧心山。

胡小天點了點頭道：「那好，咱們就多等幾個時辰。」

余天星充滿信心道：「多等幾個時辰剛好可以等到林木曬乾，有助於火箭攻擊，如果他們執迷不悟，那麼我們再發動攻勢，碧心山的西坡和北坡多松柏，極其易燃，我們可以集中火力攻擊那裡，今天刮的恰恰是西北風，潮濕的松柏引燃之後必然生成大量濃煙，就算我們不攻入其上，他們也受不了煙薰火燎，碧心山不攻自破。」

胡小天笑道：「軍師果然運籌帷幄，將所有細節全都掌握其中。」

余天星聽到胡小天當眾如此推崇自己，臉上不免流露出得意之色，可是嘴上仍然謙遜道：「運籌帷幄的是主公，屬下可擔不起這四個字。」

當日黃昏時分，碧心山黑水寨的南部水門打開，這道水門乃是正門，一艘大船緩緩駛出，這是碧心山所剩不多的戰船，平時都是大當家馬行空使用，戰船之上白旗招展。

胡小天一方眾將士看到對方戰艦挑白旗而出，都知道黑水寨這次肯定是要投降了，眾人齊聲歡呼，雖然所有人都是鬥志昂揚，可是能夠避免一場血腥戰鬥當然最好不過，不費一兵一卒拿下黑水寨是最為理想的結果。

胡小天唇角也露出一絲微笑，此前出征碧心山，他們已經做好了充足的準備，可以說這場仗他們有必勝的把握，馬行空最終決定投降也不失為明智之舉，在雙方實力懸殊的情況下，負隅頑抗只能造成更大的傷亡。

不過胡小天也沒有被即將到來的勝利衝昏頭腦，低聲向眾人道：「提防有詐，還是小心為上！」

此時熊天霸樂呵呵前來稟報：「主公，來投降的是水賊頭子馬行空，應該沒錯了。」這廝心中倒是有些遺憾，原指望大殺四方的，可從眼前的情況來看應該是沒戲了。

胡小天和余天星對望了一眼，兩人的眼中都露出欣慰之色，看來錯不了，馬行空既然親自來降，表明了他的誠意，不然他沒理由隻身犯險。

余天星傳令下去，讓他們將馬行空帶上大船。

沒過多久，馬行空和手下的十多名頭目登上胡小天所在的主艦，熊天霸引著馬行空來到胡小天面前。馬行空恭恭敬敬道：「草民馬行空參見胡大人！」

胡小天望著眼前的馬行空，但見他四十多歲年紀，身材魁梧，樣貌粗獷，常年的風吹日曬讓他的膚色變得黧黑，雖然是前來投降，可是他的表情卻依然不卑不亢，目光桀驁不馴，透露出一股草莽霸氣。

胡小天向他點了點頭道：「馬寨主好！不知寨主此次親來有什麼事情？」

馬行空歎了口氣道：「胡大人的條件馬某已經知道了，馬某同意帶著兄弟們離開，將碧心山獻給胡大人，只求胡大人不要為難我的那些弟兄，碧心山上多得是老弱婦孺，還請胡大人放他們一條生路。」

胡小天道：「既然寨主答應我的條件，我可以保證你手下這些人的性命安全，至於你們的家屬，我們更不會為難他們，等我們接管碧心山之後，馬上就提供船隻讓他們離去。」

馬行空似乎對胡小天的回答頗為滿意，恭敬道：「胡大人，我這就傳令他們打開所有水門，恭迎大軍入港！」

余天星道：「馬寨主還準備回去嗎？」

馬行空淡然笑道：「這位應該是余軍師吧，看來對馬某並不放心，也罷，馬某就留在這裡，等到大軍全面接管碧心山之後再走，胡大人，希望你遵守承諾。」

胡小天道：「一定！」

黑水寨箭塔之上，少寨主馬中天和軍師王伯喜兩人並肩而立，當馬中天看到父親登上對方的主艦，緊緊抿起了嘴唇，雙手用力抓住憑欄，內心的情緒激動到了極點。

王伯喜看到他的表情不由得歎了口氣道：「少寨主千萬不要辜負了寨主的期望。」

馬中天點了點頭道：「與其跪著死，不如捨命一搏！李德剛！」

「在！」水鬼隊統領李德剛出現在馬中天的身後。

馬中天道：「你率領八百名水鬼隊精銳，從西門潛入水下，他們來接管水寨，必然會有不少戰艦在外面水域留守，你們二十人為一組，一共四十組，趁著天黑鑿穿船底，只許成功不許失敗！」

「是！」

李德剛離去之後，馬中天和王伯喜來到水寨內港的臨時指揮所，所有黑水寨的年輕統領全都在那裡等待，看到馬中天進來，眾人齊齊站起身來，恭敬道：「少寨主！」

馬中天頷首示意，他來到方桌前，桌上一張水寨的地形圖已經展開，馬中天道：「兄弟們，我們黑水寨已經到了生死存亡之時，胡小天率領二十艘戰艦，一萬五千名水師精銳兵臨城下，他們抱著必奪碧心山的野心而來。他們答應選擇投降，可以放我們一條生路，可是我們失去了碧心山，茫茫雲澤再無存身之地，對我們這些水上謀生的人來說等於死路一條，所以我們已經沒有了選擇。」

一人道：「可是大當家已經決定降了！」

馬中天向說話之人冷冷望去，那人嚇得慌忙垂下頭去。

馬中天道：「沒有人比我更加瞭解我爹，他這一生寧折不彎，即便是站著死也不肯跪著生，之所以主動祭出白旗，親入敵營，乃是為了迷惑對方主將，不如此又怎能取信於他們。」他向王伯喜望去。

王伯喜點了點頭，神情激動道：「大當家隻身犯險乃是為了我們這些兄弟啊！此前在接應姜正陽的那次事件中，我們損失了大部分的戰船，如今島上剩下的全都是不堪一擊的小舟，根本無力和官軍抗衡，如果他們發動遠端攻擊，動用火箭，整個碧心山西北多松柏，遇火即燃，而且這兩日的風向都是西北風，一旦燃著，火勢很快就會在碧心山蔓延開來。雨後初晴，煙霧必然很多，在西北風的吹送下，不久就會籠罩碧心山。」

馬中天道：「遠攻我們只能被動挨打，既然喪失了舟楫之利，我們唯有揚長避短，將他們引進來打！」

在場的統領全都望著馬中天，齊聲道：「少寨主，我們全都聽您的指揮，就算捨棄這條性命也會拚死保住黑水寨。」

馬中天欣慰地點了點頭道：「官軍雖然來勢洶洶，可是他們對黑水寨的內部結構並不瞭解，只要他們敢深入到水寨內部，我們就有了取勝的機會。」他的手指指向地形圖：「通往內港的水道雖然可以供他們的戰艦通過，但是水道下方設有暗閘，只要他們進入水寨，我們就能讓他們的戰艦失去效力。周勝，你率領一千人在明鏡坡埋伏，一旦官軍的船隻進入水寨，你就啟動機關，以滾木礌石從山坡上向水道發動進攻，力求給對方船隊造成最大的損失。」

「是！」

「方廣平，你在惡報池處準備，對方一旦發現我們攻擊他們，必然強行下船登陸，你在他們下船之前，將惡報池打開，放出噬人魚，只要他們敢進入水道，就讓他們絕無全屍！」

「是！」

「蔣秀正！」

「在！」

「你引領五千名兄弟，混入老弱婦孺之中，以他們作為掩護，和對方正面展開對戰！」

「是！」

……

黑水寨的水道大門已經全部開啟，胡小天望著水寨內四處招展的白旗，心中不知為何有些疑慮，這場勝利來得實在太容易了，他甚至懷疑這其中會不會有詐。

他將余天星叫到一旁，低聲道：「軍師，不知為了什麼，我總覺得事情進展得太順利，這馬行空該不會有詐吧？」

余天星笑道：「他應該不會拿自己的性命開玩笑，而且他已經打開了水寨的所有大門，我們只需先將水寨的大門控制住，再派人接管水寨箭塔，這樣就不怕他們動什麼手腳了。」

胡小天道：「凡事還需謹慎。」

此時一道白光從空中俯衝而來，降落在船尾處，卻是前去碧心山上空刺探的夏長明回來了，胡小天道：「長明，你來得正好，情況如何？」

夏長明道：「黑水寨暫時沒有異樣，水賊已經開始在空曠之處聚集，主動丟棄武器，看起來應該是準備投降了。」

余天星道：「算他們明智！恭喜主公！」

胡小天看了看遠方的天色，距離天黑應該還有兩個時辰。

余天星道：「請主公發號施令！」

胡小天道：「一切交給軍師安排！」用人不疑疑人不用，既然委任余天星為自己的軍師，在關鍵時刻就要表現出對他的信任。

進入水寨第一件事就是控制住各個水門，然後接管水寨內所有的箭塔，只要完成這方面的接管工作，就基本上控制住了黑水寨。

余天星和李永福親自率隊進入黑水寨，胡小天本來準備前往，可是余天星請他在外面坐鎮。

胡小天斟酌一下，也樂於將這次收服黑水寨的機會交給余天星，雖然余天星出謀劃策打贏了幾場戰役，可是在軍中的威望仍然不夠，尤其是武興郡的庸江水師對這位年輕的軍師還談不上信服。

一百二十艘戰艦分別經過水門，從三條主要水道進入黑水寨內，黑水寨大當家馬行空就在余天星和李永福所在的艦船之上，事實上他現在的處境如同人質一樣，如果不是馬行空主動前來投降，也不會輕易取信於人。

經過水寨南門的時候，馬行空忽然歎了口氣。

余天星笑道：「寨主因何歎氣啊？」其實他也猜到馬行空此刻的心情，眼看著一手機建立起來的基業從此易主，任何人的心中都不會好過。

馬行空搖了搖頭道：「希望你們能夠信守承諾！」

一旁傳來李永福的聲音：「你只管放心，我家主公向來一諾千金，既然答應了放你們離去，就絕不會食言。」

馬行空環視黑水寨道：「我自從來到這裡，辛苦經營已經十七年了，方才有今日之規模。」

余天星道：「識時務者為俊傑，良禽擇木而棲，其實以馬寨主的本領不妨考慮加入我方陣營，我家主公向來求賢若渴，馬寨主若肯歸順，以後建功立業，必然可以創下一片榮耀的功業。」

馬行空歎了口氣道：「沒有人生來就願做賊，如果不是昏君無道，逼迫得我等無路可走，我們也不會落草為寇。」

李永福冷冷道：「就算你們落草為寇也不是打家劫舍殺人放火的理由，雲澤周圍，有多少百姓被你們無辜殺戮，又有多少人因你們流離失所，你們為了自己活下去而不擇手段，魚肉相鄰，如果不是主公仁德為懷，此番絕不會將你們這些沾滿血腥的賊人放過。」

余天星向李永福遞了一個眼色，此一時彼一時，對方既然已經願意投降，提這些過去的事情又有什麼意義。

此時天色突然黯淡下來，剛剛放晴不久的天空再度烏雲密佈，黑沉沉的烏雲從正南方的天空中滾滾而來，很快就將碧心山籠罩，眼看一場風雨又要來臨。雖然天色驟變，可是交接卻順利進行著，黑水寨方面將所有水門的控制權交給了官軍，同時撤下了所有箭塔上駐防的嘍囉，余天星命熊天霸作為先遣，率領一千人控制水寨內所有箭塔。

在將箭塔和水門控制佈防之後，船隊方才繼續沿著水道前進，他們的目標就是水寨的內港，隨同船隻前來的一萬名精銳水師將會在內港登陸，接下來就是全面接管黑水寨。

夏長明來回奔波，將最新情報稟報給胡小天，胡小天聽說己方已經成功控制了各大水門以及所有箭塔，心中也漸漸安穩下來，看來這件事進行得還算順利。

夏長明道：「主公！又要下雨了！」

胡小天抬起頭來，看到烏雲低垂的天空，輕聲道：「今晚咱們應該可以在黑水寨擺慶功宴了！」

夏長明看到胡小天的臉上並沒有獲勝的笑意，低聲道：「主公好像有心事！」

胡小天並沒有瞞他：「總覺得一切過於順利。」

夏長明笑道：「不打仗不是更好，避免了流血傷亡。主公無需多慮了，現在水門和大部分箭塔都已經被我們控制，黑水寨的水賊也沒有反抗的跡象，等到我軍登陸之後，整個黑水寨都在我方的掌控之中了。」

一滴雨點落在胡小天的臉上，他擦去臉上的雨滴，可雨卻接二連三地落了下來，轉瞬之間已經密密匝匝籠罩了煙波浩渺的雲澤，以胡小天的目力都看不清碧心山的輪廓了。

夏長明勸道：「主公先進入艙內休息吧，等到那邊全面接管黑水寨之後，我會第一時間通報給您。」

胡小天點了點頭，緩步走入船艙內，進入船艙裡面，突然世界變得寂靜起來，胡小天在桌邊坐下，拿起棉巾擦了擦面孔，就在他準備端起桌上茶盞的時候，卻隱約感到腳下發出震動。開始的時候胡小天本以為是突然變強的風力使得船身顛簸，可是當他仔細分辨之後，馬上發現這震動聲非常頻繁，應該來自船底，好像是有人正在敲擊船底引起的震動。

在這樣風雨交加的惡劣天氣中，很難察覺到這細微的變化，剛才胡小天身在甲板之上，即便是以他的洞察力也未曾發覺這一變化，若非來到船艙內避雨，他可能會忽略這件事。

胡小天心中一沉，他蹲下身去，右掌貼在地板之上，閉上雙目凝神屏氣，拋除心中的一切雜念，震動通過地板傳達到他的掌心，變得越發清晰起來。

胡小天頓時想到了什麼，他的內心變得沉重起來，迅速起身向艙外走去，大聲道：「夏長明，高遠！」

高遠第一時間出現在胡小天的面前：「主公有何吩咐？」

胡小天低聲將自己剛才的發現告訴了高遠，高遠聞言不由得大吃一驚，他慌忙道：「我馬上調集人手下去查看！」

胡小天道：「將這件事告訴其他艦船知道，要在最短的時間內下水。」

夏長明聞訊也來到胡小天的身邊，胡小天道：「長明，你馬上去通知軍師，讓他務必要多加小心，黑水寨方面很可能有詐！」

夏長明領命呼喚雪雕，躍上雕背冒著風雨向黑水寨的方向飛去。

此時甲板之上十名水性絕佳的士兵已經準備完畢，他們穿上了灰色鯊魚皮水靠，手握分水刺準備下水。

胡小天也換上了水靠，高遠看到他要親自下水，趕緊過來道：「主公，您在這裡等消息就是！不必親自下去！」

胡小天道：「論到水性強過我的，只怕不多！」他拍了拍高遠的肩膀道：「讓所有船隻起錨向黑水寨靠近！」

高遠道：「已經通知下去了！」

胡小天點了點頭，帶著已經換好水靠的士兵縱身躍入冰冷的湖水之中，胡小天下水的速度奇快，水下光線雖然黯淡，可是胡小天的目力仍然可以看清三丈範圍的狀況，他第一個來到船底附近，看到下方有數條黑影正聚集在船底。他的感覺果然沒有錯誤，有人正在試圖鑿穿船底，由此可見馬行空只是詐降，胡小天暗罵馬行空陰險狡詐，竟然不惜以整個水寨兄弟家眷的性命相搏，他向船底無聲無息靠近，挺起手中分水刺，在對方還未發覺之時，連續出手，已經接連刺殺了兩名水寇。

其餘水寇方才意識到他們的行動已經被人發現，十多名水寇停下對船底的破壞向胡小天圍攏而來，此時胡小天方的入水士兵也已經游到近前，雙方在水底展開了一場貼身肉搏戰，因為是生死相搏，誰也不會手下留情。胡小天惱怒黑水寨方面虛與委蛇，竟然敢跟自己玩詐降這一套，更是連下殺手，轉瞬之間已經有十人在他手下送命，那些水寇看到勢頭不妙，一個個慌忙逃竄，又被胡小天這邊的士兵幹掉了數個。

水寇雖然對雲澤的環境熟悉，但是他們潛入水底之後不久就得上來換氣，沒有人可以做到像胡小天這樣可以長時間待在水下的。有些水寇剛一露出水面，就被上方巡視的士兵射殺。

此時戰艦也開始起錨移動，雖然如此，終究還是有三艘戰艦底部被鑿穿，底艙開始進水。

就在胡小天察覺船底有異常狀況，入水開始剷除水寇的時候，黑水寨方面也發生了狀況。

一百餘艘戰船大都駛入了黑水寨的水道之中，余天星看到己方已經控制了出入黑水寨的水門和箭塔，認為基本上控制住了局面，就在他們即將進入內港的時候，卻看到前方一座鐵閘從水下緩緩升起，阻擋住了他們前往內港的通道。

李永福大吼道：「馬上停船，情況不對！」

此時在他們後方的水道之中，一道道鐵閘緩緩升起，將他們的船隊分隔開來，有些鐵閘剛好從船底升起，竟然將艦船整個托起，艦船失去平衡，向河道中側翻，船上的水軍將士紛紛向河水中跳去，河岸距離他們並不遠，他們試圖游向河岸，可是這些將士剛剛入水，就開始發出一陣陣驚恐的慘叫，整條水道猶如沸騰一般，數以萬計的噬人魚在水中向他們發起了瘋狂的攻擊，將士的鮮血很快就將水道染紅。

余天星萬萬沒有料到局勢竟然在幾乎被他們控制的情況下會發生逆轉，他轉身望去，卻見已經控制的水門被從水底升起的鐵閘重新封死。原本被他們掌控的箭塔竟然一座座向下倒去，箭塔上的士兵不及逃走，慘叫著從高處落下。

此時數以千計的水賊向駐守箭塔的士兵衝去，有些士兵摔下來還未氣絕，被水賊衝上去擰斷了脖子。現場的變化實在太過突然，連熊天霸都沒能反應過來，他揮舞雙錘將來到身邊的兩名水賊砸飛，前方又有兩名挺著長槍的兒童向他衝了上來。熊天霸久經沙場，什麼樣的場面都經歷過，可是看到這些老弱婦孺殺氣騰騰地衝殺而至，也不禁猶豫起來。

第五章

絕對的實力

王伯喜搖了搖頭，茫然望著前方混戰的場面，
他心中被莫大的悲傷籠罩著，
忽然意識到智慧在絕對的實力面前顯得如此的微不足道，
他的計策只是拖慢了對方攻佔黑水寨的進程，
根本無法改變勝負的結果。

李永福一個箭步衝到馬行空的身邊，刀鋒抵住馬行空的咽喉道：「出爾反爾的狗賊！還不讓你的人住手，難道你不要性命了？」

馬行空哈哈笑道：「生死有命，富貴在天！我馬行空這幾十年都過著刀頭舐血的日子，何嘗怕過？不怕告訴你，我和我的這幫兄弟，早已決定和黑水寨共存亡！有種你就殺了我，讓我低頭？癡心妄想！」從他決定詐降騙取對方信任的一刻，就已經將生死置之度外。

李永福怒吼一聲，一拳重重擊打在馬行空的下頷上，將他打得坐倒在地，讓人將馬行空綁起來，他望向余天星，徵求他的意見，希望余天星能夠想出應對眼前困境之法。

余天星臉色慘白，他本以為勝券在握，根本沒料到會突然生變，遇到這種狀況一時間也想不出太好的辦法。水道兩岸，上萬名水賊已經湧了過來，衝在最前方的全都是老弱婦孺，胡小天一方的水師將士全都愣了，黑水寨水賊之頑強前所未見，無論男女老少竟然做到全民皆兵，面對訓練有素的大康水師竟然無人害怕。

李永福看到余天星呆立在那裡，大聲道：「軍師！」

余天星被他嚇了一跳，如夢初醒，這才回過神來，望著兩岸人潮湧動，一時間拿不定主意，他咬了咬嘴唇，內港的入口和水門的出口全都被鐵閘封住，他們現在是進退兩難，唯有強行登陸和對方展開近身搏殺了。

此時左側山坡之上傳來轟隆隆的聲音，余天星舉目望去，因為落雨的緣故看不太清楚，當他看清的時候，滾木礌石已經從明鏡坡上轟然落下，有十多艘船隻被砸中，有一艘戰船因為被礌石洞穿了甲板，而緩慢下沉，船上將士不得不棄船強行登陸，剛剛躍入水中就被瘋狂的噬人魚圍攻，一時間河面上盡是淒慘的呼救哀嚎聲，場面慘不忍睹。

李永福看到余天星似乎被眼前場面嚇住，心中暗歎畢竟是個書生，遇到這種場面只怕被嚇得六神無主了，他大聲道：「兄弟們，準備弓箭！強行登岸！」

其實已經有戰船靠岸，士兵剛剛來到岸上，水賊就衝上來開始肉搏，黑水寨的這群水賊極其險惡，都讓老弱婦孺衝鋒在前方作為掩護，大雍水師雖然在戰鬥力上佔有相當的優勢，可是面對那些老弱婦孺他們不忍下手，這樣一來己方傷亡的狀況變得嚴重起來。

余天星望著眼前失控的場面，眼圈都紅了，他轉過身去衝到馬行空的面前，抓住他的頸部，聲嘶力竭地大吼道：「快讓他們住手，快讓他們住手！」

馬行空望著余天星瘋狂笑道：「想拿下碧心山，你們就要付出慘重的代價！我們黑水寨絕不會屈服！」

李永福的聲音在一旁響起：「射！兄弟們，不可心慈手軟，格殺勿論！」生死關頭來不得半點猶豫，羽箭如同飛蝗一般向人群中射去，有不少人倒了下去，其中不乏女人和孩子，李永福緊握雙拳，他已經沒有選擇，他看到一名己方士兵被一個十二三歲的孩童割開了咽喉，只不過是個孩子，怎麼會如此殘忍？生死關頭容不得半點仁慈。

馬中天在高處觀察著現場的戰況，他的眼圈也紅了，雖然父親成功將官軍引入水寨之中，他們也取得了一些局部的勝利，可是這場肉搏戰沒有人會成為勝利者。

身後傳來一陣騷亂，卻是幾名身穿水靠的弟兄抬著一人逃了回來，他們都是水鬼隊的成員，抬著的那人乃是水鬼隊的頭領李德剛，他們去了八百人偷襲外面的艦船，可是因為被官軍發現，活著逃回來的只剩下不到十人。

李德剛氣息奄奄，馬中天和他一直情同手足，李德剛的嘴巴一張一合眼看就要斷氣了，馬中天含淚來到他的身邊握住他的手掌，李德剛艱難道：「對不住……少寨主……我沒能……完成你交給我的使命……」

馬中天搖了搖頭道：「別這麼說！」

李德剛忽然抓住他的手臂：「少寨主……求你件事……別拿那些婦孺和老人去……我們可以為家人死……可不能讓家人……」話未說完已經斷氣了。

馬中天轉過身去偷偷抹去熱淚，伸出手去為李德剛合上沒有閉上的雙眼。

王伯喜歎了口氣道：「少寨主，你看！」

馬中天順著王伯喜所指的方向望去，卻見父親已經被人高高吊在桅桿之上，對方顯然要用這種方式來逼迫他們屈服，馬中天咬了咬嘴唇道：「我爹說過，誓與水寨共存亡！」他堅決執行父親定下的策略。

讓馬行空親自前去詐降，取信對方，將對方船隊引入水寨之中，然後展開貼身近戰，這一切源於王伯喜的計畫，可是王伯喜看到眼前的慘狀卻率先開始動搖了，殺敵一萬自損五千，這場仗如果打下去，雙方必然損失慘重，他們又能從中得到什麼？從王伯喜內心而言，他並不想與對方兩敗俱傷，可是馬行空對碧心山視如生命，身為下屬他只能遵照馬行空的命令。

馬中天猛然抽出腰間佩劍，王伯喜打了個激靈，低聲道：「少寨主！」

馬中天望向王伯喜，臉上充滿質詢。

王伯喜道：「水鬼隊全軍覆沒，咱們必敗無疑了！」

馬中天道：「那又如何？殺一個是一個，殺兩個賺一雙！」他的話音剛落，卻聽到一聲炸雷的巨響，南方水門的鐵閘升起硝煙，鐵閘不知被何物炸得四分五裂。

胡小天此次攻打碧心山只帶了一門轟天雷，他壓根沒有準備動用這威力巨大的武器，事實上他的手頭目前也只有五門大炮，為了避免洩密，他將工匠解散，圖紙銷毀，因為工匠製作轟天雷的時候全都是分開作業，所以沒有人可以單獨掌握所有的工藝，至於火藥配方更是胡小天親力親為。來雲澤之前，胡小天本以為這會是一場輕易取勝的戰鬥，卻沒有料到會遭遇黑水寨的水賊如此激烈的頑抗，包括他自己在內的多數人都對這場戰爭的艱苦估計不足。如果能夠預料到眼前的局面，他會將五門轟天雷全都帶來，五炮齊發，拿下碧心山就可不費吹灰之力。

眼看著水閘升起，將己方船隊困於水寨之中，胡小天在清除了水下隱患之後，馬上下令向黑水寨行進，讓高遠準備好轟天雷，這一炮打得極其精準，威力也非常巨大，直接將封鎖水道的鐵閘給轟開。

發射一炮之後，炮手們馬上清洗炮膛，重新裝入彈藥，第二炮瞄準的卻是明鏡坡的方向，震耳欲聾的巨響聲中，炮彈呈拋物線狀飛向天空，然後急速落下，擊中明鏡坡上的一塊巨石，巨石被砸得粉碎，碎石四處亂飛，這一炮雖然沒有直接擊中目標，可是造成的傷害更大，四處亂飛的碎石和木屑成為追魂奪命的散彈，向四周輻射而去，埋伏在明鏡坡上用滾木礌石向水道內被困戰船發動進攻的水賊死傷慘重，竟然有二百多人頃刻間死在了碎石的散射之中。

硝煙過後，明鏡坡上宛如人間煉獄，死傷遍地，到處都是殘肢斷體，慘叫聲哀嚎聲不斷。

馬中天和王伯喜等人感覺地動山搖，下意識地伏倒在地，彼此相望，雙目中都流露出深深的恐懼，馬中天驚聲道：「是什麼？」王伯喜搖了搖頭，此時外面一名衣衫襤褸滿身血污的嘍囉奔了進來，驚慌失措道：「少寨主……南門水閘被攻破了！」

馬中天站起身來，南門水閘乃是黑水寨中最為堅固的水閘之一，怎麼會輕易就被攻破：「你說什麼？」

那嘍囉驚魂未定道：「我們也不知道怎麼回事，突然就看到一個大鐵球從遠處飛了過來，砸在鐵閘上，將鐵閘轟得四分五裂……」

馬中天大吼道：「隨我來！」他大步走出指揮所。

原本在水道兩旁和對方肉搏纏鬥的手下，顯然被這兩聲驚雷般的爆炸聲嚇住，此時胡小天一方戰艦已經從初始時的混亂中穩定下來，士兵們一邊向岸上發射，一邊齊聲高呼：「順我者昌，逆我者亡，天命所在，唯我胡公！」這聲音宛如驚濤駭浪般衝擊著水寇們的心理防線，他們的強悍和凶頑，在宛如驚雷般的爆炸聲中開始動搖。

第三炮就轟擊在指揮所上，指揮所頃刻間坍塌瓦解，馬中天等人剛剛離開指揮所一段距離，雖然僥倖逃過滅頂之災，卻因為地面強烈的震動而失去平衡，一個個東倒西歪地摔倒在地上。

這三炮造成的敵方損傷雖然有限，可是卻極大地震撼了對方的內心，穩住陣腳的庸江水師開始展開全面進攻，羽箭如同飛蝗一般向下方射去，原本瘋狂進擊的人群開始向後方撤退。

此時前來救援的船隊從破開的缺口駛入，局勢迅速向庸江水師的一方傾斜。到處都響徹著他們的口號：「天命所在，唯我胡公！」

馬中天望著眼前的場面，兵敗如山倒，作為掩護頂在最前方的老弱婦孺已經被三記重炮嚇住，失去了初始時一往無前的勇氣，一個個轉身向後方逃來，那些藏身在他們身後的嘍囉的陣型也開始混亂起來。

馬中天心中暗暗叫苦，天亡我也！好不容易方才經營起來的優勢局面在一瞬間就已經逆轉。他向王伯喜道：「軍師，你還有什麼計策？」

王伯喜搖了搖頭，茫然望著前方混戰的場面，他心中被莫大的悲傷籠罩著，他忽然意識到智慧在絕對實力面前顯得如此的微不足道，他的計策只是拖慢了對方攻佔黑水寨的進程，根本無法改變勝負的結果，而馬行空與碧心山共存亡的決定，實際上等於將山寨內的部下和家眷推入水火之中，對他們的生命是何其的不負責任。

此時胡小天的最新命令已經傳達了下去，眾將士大聲高呼：「舉手投降，既往不咎，負隅頑抗，死路一條！」

馬行空被高高吊在桅桿之上，他將戰場全域看得清清楚楚，瘋狂大叫著：「跟他們拚了！兄弟們，和碧心山共存亡……」

一隻羽箭從側方飛來，咻地一聲射入馬行空的右腿之上，痛得馬行空悶哼一聲，順著射箭的方向望去，卻見對方的主艦已經進入水寨內的航道，這一箭正是胡小天所射。

胡小天雖然箭術不怎麼樣，可是放著這麼大的目標不可能射不中。此時轟天雷彈藥再次裝填完畢，這次瞄準的是封住內港的鐵閘，蓬的一聲巨響，炮彈擊中鐵閘，炸開了通往內港的入口，被捆在水道內的戰艦魚貫進入內港，控制內港就等於控制了黑水寨的中心。

胡小天朗聲道：「所有人聽著，只要你們繳械投降，今日發生的事情既往不咎，我要的是碧心山，不是要將你們趕盡殺絕，馬行空為了一己之私，犧牲你們的父母妻子，讓你們家破人亡，妻離子散！你們又真能忍心將自己的家人一手送入萬劫不復的深淵，我胡小天說到做到，只要繳械投降，絕不會追究你們此前做過的任何事情，還會發給你們乾糧盤纏送你們安家上路！」

他中氣渾厚，聲音隨著山風遠遠送了出去，戰場上的廝殺聲根本無法將之掩蓋。

聽到胡小天的這番話，眾寇之中果然有一些人將武器扔下，舉起雙手表示不願再戰。其實馬行空決定讓老弱婦孺頂在前頭作為掩護的做法不得人心，許多手下都對此頗為反感，可是因為馬行空在黑水寨的威望極高，很少有人敢質疑他的決定。戰事剛一爆發的時候，眾寇熱血上湧，奮不顧身衝上前去，可是親人的鮮血和死亡讓他們馬上就認清了殘酷的事實。

轟天雷的連續炮擊，讓他們一個個熱血上湧的頭腦漸漸變得清醒起來，生存永遠要比死亡更有誘惑力。

心中的防線一旦開始崩潰，馬上就變得潰不成軍，戰場中的水寇成片跪下，丟掉武器舉手投降。

馬行空看到眼前情景，目眥欲裂，他瘋狂大吼道：「懦夫？你們全都是懦夫，誰敢後退定斬不饒……」

又是一箭，這一箭正中馬行空的咽喉，箭鏃穿過馬行空的咽喉將他釘在桅桿之上，馬行空圓睜雙目，已然氣絕，胡小天將手中的弓箭扔給了高遠，冷冷道：「因為這混帳害死了多少無辜性命！」

庸江水師將士看到胡小天果斷處死了馬行空，頓時歡聲雷動，歡呼道：「馬行空死了！馬行空死了！」己方士氣如虹，反觀黑水寨水寇方面，目睹馬行空被殺，頓時陷入群龍無首的狀態之中。

「爹！」馬中天目睹父親被射殺，發出一聲痛徹心扉的悲吼，他不顧一切地向河道的方向衝去，王伯喜一把將他的手臂抓住，被他用力甩開，身後衝上來兩名部下，將馬中天緊緊抱住，王伯喜大聲道：「少寨主快逃！大勢已去，我們頂不住了！」馬中天的影響力根本無法和馬行空相提並論。

馬行空的死完全擊潰了黑水寨群寇的內心，原本堅持負隅頑抗的水寇也喪失了鬥志，紛紛棄械投降。眼看大局已定，余天星深深鬆了口氣，抬頭向上方望去，卻見馬行空的屍體仍然吊在桅桿上，死狀極其可怖，不由得打了個冷顫，恐慌之餘，忽然意識到自己在剛才戰況突變之時喪失了冷靜，變得六神無主，原本應當負擔起指揮之責的自己卻淪為了一個惶恐的看客。

在最為艱難的時刻，是李永福站出來承擔了指揮之責，余天星心中暗自慚愧，雨停了，馬行空的屍體投影在地上，遮住了他的面孔，余天星有些惶恐地從屍體的陰影中走了出來，他開始考慮胡小天射殺馬行空的做法。

胡小天顯然是經過深思熟慮的，擒賊先擒王，馬行空是黑水寨群寇的精神支柱，他活著就是對群寇的一種鼓舞，自己怎麼沒有想到，如果在第一時間殺掉馬行空，也許就不會蒙受這麼慘重的損失，造成那麼多的死傷。論到對大局之掌控，自己距離胡小天差的不是一丁半點。

李永福看了余天星一眼，並沒有說話，剛才余天星的表現已經讓不少人感到失望。

夜幕降臨之時，胡小天一方終於完全控制了黑水寨，胡小天讓戰俘分成兩部分，老弱婦孺單獨送到一處看管，因為今天發生的事情，眾將士都不敢大意。

胡小天傳令下去，儘量安撫這些俘虜的情緒，他說到做到，對今日發生的事情既往不咎，從明天開始，就會陸續將這些人送出雲澤，並發給他們盤纏，讓他們各奔東西。

經過清點之後，他們在今日這場肉搏戰中共有五千餘人傷亡，當場戰死者達到了兩千三百七十人，自胡小天入住東梁郡以來，還從未有過如此慘重的傷亡。更讓胡小天鬱悶的是，這一切都發生在他們占盡優勢的前提下。

黑水寨之戰讓胡小天的頭腦徹底冷靜了下來，他想起一句話，即便是一顆小小的石子也能硌傷你的雙腳，站在橫死遍野的戰場之上，望著地上一具具屍體，忽然聽到一陣嬰兒的啼哭聲，胡小天循聲走了過去，從一具女人的屍體下發現了一個嗷嗷待哺的嬰兒，他抱起那個嬰兒，望著嬰兒流滿淚水的小臉，心中一陣歉疚，正是自己發起的這場戰爭讓他失去了父母親人。

可是他沒有選擇，想要在庸江流域立足，想要佔領雲澤，壯大自身的實力就必須要拿下碧心山。

熊天霸渾厚的聲音在他身後響起：「主公！黑水寨方面死了六千多人。」

胡小天點了點頭，將那嬰兒交給熊天霸：「去，幫他找個奶媽！」

「啥？」熊天霸抱著這嬰兒顯得手足無措。

胡小天狠狠瞪了他一眼，熊天霸這才無可奈何道：「遵命！」

李永福和高遠、夏長明等人來到胡小天的面前，李永福道：「主公，局勢已經控制住了。」

胡小天道：「死傷慘重啊！」

高遠道：「主公，我們在後山發現了一個藏寶洞，馬行空這些年燒殺搶掠得到的金銀財寶全都藏在裡面，還有不少的糧食。」這算得上是一個好消息。

胡小天道：「一共俘虜了多少人？」

李永福道：「算上家眷大概有兩萬三千人，這些人怎麼處置？」按照李永福的想法，乾脆將這些人屠殺殆盡，畢竟給他們造成了那麼多的傷亡，因為水賊的負隅頑抗讓他失去了那麼多的兄弟。

胡小天沒有說話，抬頭仰望殘陽如血的天空，心中暗忖，屠殺固然是一個斬草除根一勞永逸的辦法，可是若是血洗黑水寨的消息傳出去，天下人豈不是將自己視為一個雙手沾滿鮮血的屠夫？

李永福道：「若是放了他們，只怕後患無窮。」

遠處兩名士兵押著一個衣衫襤褸的書生走了過來，此人卻是黑水寨的軍師王伯喜，原本他混在俘虜的陣營之中，此番乃是被人舉報而暴露。

胡小天聽說他的身分之後，讓人將他帶到自己的面前。

兩名士兵呵斥王伯喜跪下，王伯喜傲然站在那裡，非但不跪反而將面孔高高昂起，冷冷道：「要殺就殺，何必辱我？」

胡小天道：「你就是王伯喜，為馬行空出謀劃策，蠱惑他負隅頑抗的，就是你吧！」

王伯喜道：「成王敗寇，不必廢話，殺了我就是！」

李永福鏘的一聲抽出佩劍，怒道：「混帳東西，竟敢對我家主公不敬！」

胡小天伸手將他攔住，輕聲道：「不知王先生目睹眼前慘狀，有何感想？」

王伯喜咬了咬嘴唇，臉上露出愧疚之色，看到眼前慘狀，看到己方死傷這麼多人，他的內心中早已開始後悔，或許投降可以避免付出如此沉重的代價。他低聲道：「他們都是無辜的百姓，若不是被朝廷逼得無路可走，誰願意落草為寇，大人要殺就殺我吧，為寨主出謀劃策的人是我，造成眼前局面的人也是我，我理當承擔責任。」

胡小天道：「我的本意不想造成殺戮，王先生當真想救這些人？」

王伯喜點了點頭，目光中流露出希望。

胡小天道：「罪魁禍首是馬行空，我聽說他還有一個兒子，勞煩王先生將他找出來。」

王伯喜搖了搖頭道：「已經走了！」

胡小天一臉的質疑。

王伯喜道：「這碧心山有一條絕密水道，也不像大人所見的那麼簡單，如果大人肯放過其他人，伯喜不才，願意將碧心山的秘密坦誠相告。」

胡小天原本就沒打算屠寨，聽聞王伯喜這樣的條件心中暗喜，他冷冷道：「我憑什麼相信你？」

王伯喜道：「在下賤命一條，死不足惜，可是今日之殺孽實則是我一手造成，上天有好生之德，聽聞大人一向仁德為懷，還望大人能夠放過這島上的百姓，伯喜知道大人心中猶豫什麼，大人一定擔心他們日後會找大人復仇，我手上有黑水寨的花名冊，除了少寨主馬中天和三人外逃，其餘大小統領全都被俘，我可幫助大人將他們找出來，大人可將我等囚禁斬首，我等絕無怨言，一旦殺掉我們，大人自然不會擔心以後黑水寨的人找您復仇。」

胡小天並沒有直接回答他的請求，輕聲道：「這黑水寨構造精巧，機關重重，究竟是何人設計？」

王伯喜道：「是我！」

胡小天並沒有掩飾對王伯喜的欣賞：「王先生可願意為我效力？」

王伯喜微微一怔，他並沒有想到胡小天會提出這樣的要求。反問道：「大人不怕我會對您不利？」

胡小天呵呵笑道：「倉木到峰林峽之間有大片荒蕪的土地，我可以劃出一塊地方提供給你們的人作為安家之地，還會提供給你們安家所需的一切物資，王先生若是願意，可以親自率領他們完成這件事，至於所謂的那份名冊，我大可不看，王先生若是覺得其中有優才，也可向我推薦，我保證不會計較他們之前做過的事情，會給他們同樣的機會，讓他們人盡其才。」

王伯喜幾乎不能相信自己的耳朵，他們的頑抗給胡小天造成了這麼大的傷亡，現在胡小天竟然可以既往不咎。

胡小天轉向李永福道：「戰爭沒有誰對誰錯，我的本意是要避免流血，可是馬行空為了一己之私，賭上黑水寨數萬人的性命，這場殺戮實非我願，此情此景讓我心痛萬分。」

李永福點了點頭。

胡小天向王伯喜道：「我不怕你們復仇，老百姓的眼睛是雪亮的，孰是孰非時間自有公論，王先生，我給你們一個安居樂業的機會，你要還是不要？」

王伯喜內心中激動無比，他一言不發，雙膝一屈跪倒在胡小天的面前，這一跪絕非是為了自己，而是為了黑水寨的一方百姓：「多謝大人！」

胡小天淡然笑道：「別忘了我的條件。」

王伯喜道：「只要大人看得上在下，伯喜必效犬馬之力！」

胡小天親手將他扶了起來，為他鬆綁，輕聲道：「黑水寨百姓的安撫事宜就交給你去做了，告訴你們的人，我不會追究過去的事情。」

王伯喜離去之後，李永福率先走了上來，恭喜胡小天收了一位謀士。

胡小天道：「永福兄，我知道你心中並不贊同我的做法。」

李永福道：「屬下不敢。」

胡小天歎了口氣道：「其實我心中也非常難過，可是以殺止殺，以血還血並不能從根本上解決問題，給他們可以生存的土地，讓他們在這塊土地上安居樂業，讓他們懂得珍惜生命珍惜家人，這才是解決之道。」

李永福心悅誠服道：「屬下明白主公的良苦用心。」

胡小天道：「怎麼沒見到余軍師？」

李永福道：「應該在山坡上吧！」

余天星獨自坐在山坡上，遙望著漸漸墜入水面的夕陽，戰事已經結束，可是余天星卻仍未能夠從血腥殘酷的戰場中抽離出來，他主動請纓進入水寨，卻被貼身肉搏的場面嚇住，生死關頭完全亂了方寸，余天星想起胡小天果斷射殺馬行空的場面，心中懊惱不已，自己因何沒有想到？如果他能夠早一刻斬殺馬行空，或許就能夠震懾黑水寨的水寇，不至於造成這麼大的傷亡。

「軍師！原來你在這裡！」胡小天的聲音在一旁響起。

余天星慌忙站起身來，躬身行禮道：「主公！」

胡小天微笑道：「為什麼一個人躲在這裡？」

余天星充滿內疚道：「天星輕敵犯下大錯，請主公責罰！」

胡小天搖了搖頭道：「勝敗乃兵家常事，輕敵的不是你，是我！馬行空主動來降，我被他麻痹，以為他誠心投降，卻想不到此人如此窮凶極惡，竟然拿黑水寨數萬人的性命殊死一搏。」

余天星聽到胡小天並沒有責怪自己的意思，方才放寬心思，低聲道：「主公打算如何處理那些俘虜？」

胡小天道：「你有什麼建議？」

余天星道：「以我之見，應該將他們全部殺死，斬草除根不留後患！」

胡小天看了余天星一眼並沒有說話，余天星意識到自己的這個建議並沒有得到胡小天的認同，慌忙將頭低了下去。

胡小天道：「王伯喜是個人才啊，這座黑水寨就是他的設計，軍師啊，他已經同意為我效力，軍師啊，你跟他多聊聊，從他那裡應該可以瞭解黑水寨的奧妙。」

「是！」

兩日之後，胡小天先行離開了碧心山抵達白泉城巡視。

白泉城太守左興建聽聞胡小天前來，一直來到青龍灣迎接，此人溜鬚拍馬是一把絕對的好手，胡小天雖然不恥這廝的為人，可是也不得不承認，留他在自己身邊還是很有些用處的，左興建將雲澤周圍七座城池的情報摸得一清二楚。

左興建滿臉堆笑道：「屬下參見主公，恭賀主公蕩寇成功，收復碧心山，凱旋而歸，功德無量，威震四海……」

胡小天毫不客氣道：「奉承的話還是少說，左興建！這次有不少的士兵受傷，暫且安置在白泉城內休養。」

左興建一口應承下來。

進入白泉城，一直在這裡留守的展鵬也前來相迎，他也聽聞碧心山之戰傷亡慘重，胡小天來到太守府，簡單吃了午飯，沐浴後睡了一覺，醒來已是黃昏時分。

左興建一直在外面候著，胡小天讓人將他傳了進來：「左大人有什麼事情？」

左興建笑道：「也沒什麼特別重要的事情，只是來向主公稟報調查的情況。」

胡小天點了點頭，左興建將幾張地圖放在他的面前，卻是他這段時間來搜集的雲澤周邊諸城的地圖。

胡小天粗略流覽了一下，地圖不但詳細標注了各城的地形狀況，還對其佈防情況，兵力分佈，以及守城將領的特點全都一一列出，胡小天對左興建的工作表示滿意，微笑道：「不錯！」

左興建道：「因為時間匆忙，屬下未能做得盡善盡美。」

「那就不急，有得是時間準備。」

左興建本來還以為胡小天在清剿黑水寨之後馬上就會著手進攻雲澤七城，沒想到胡小天決定暫緩擴張的節奏。

胡小天的本意是要在碧心山站穩腳跟，要在雲澤打造起一個水師基地，這個基地將會成為楔入大康核心的一顆釘子。

興州的兵馬開始緩慢後撤，蘇宇馳對這個結果並不意外，興州方面此次打著前往救援黑水寨的旗號，實則是想要牽制自己，避免自己插手碧心山的戰事。袁青山通報完最新的軍情，也是鬆了一口氣，雖然軍人的使命就是保家衛國，可是能夠避免流血衝突當然最好不過。

蘇宇馳道：「今年的播種情況怎麼樣？」因為連年饑荒，鄖陽百姓四處逃荒，周邊良田荒蕪，已經到了播種的季節，為了解決勞力短缺的問題，蘇宇馳組織麾下士兵卸甲入田，在操練之餘兼職農耕。

袁青山道：「一切順利，從目前的情況來看，今年秋天或許能夠迎來一次豐收。」

蘇宇馳的臉上露出會心的笑意，想要擁有戰鬥力，首先就要解決將士們的吃飯問題，胡小天雖然提供了十萬石軍糧，可是他們也不能坐吃山空，只要今秋能夠迎來豐收，他們就可以漸漸恢復元氣。

袁青山道：「其實今年總體的情況還算不錯，大康不少的地方都在開始耕作，逃難的百姓也陸續返回家鄉。」

蘇宇馳道：「大康病了太久，需要一段時間來康復。」

此時一名將領快步來到蘇宇馳的面前，面帶喜色道：「大將軍，黑胡人正式向大雍開戰了！」

蘇宇馳點了點頭，黑胡人進犯大雍，對大康來說卻是一件好事，可以預見，大雍不得不集中力量抵禦北方黑胡人，他們想要揮兵南下，覆滅大康的計畫就不得不向後推遲了，而大康得到了這次千載良機，剛好可以慢慢恢復，說不定這個沉睡的巨人會悄然醒來，這個垂暮的帝國重新煥發光彩也未必可知。

然而當蘇宇馳想到胡小天，他的心情頓時變得沉重起來，胡小天已經順利攻下碧心山，也就是說胡小天已經邁出控制雲澤的第一步，接下來他要做的應該是以雲澤為中心向周圍擴張，不斷擴大他的勢力範圍，雲澤會成為他的水軍基地，而望春江可以承擔源源不斷輸送物資的重任。和胡小天這樣的對手為鄰，絕不是一件輕鬆的事情。

蘇宇馳向袁青山道：「青山，我想你親自去帝都一趟，送一封密函給皇上。」

康都春天的氣息越來越濃，天空透出純淨的藍色，柳梢開始吐綠，茵茵綠草從泥土中鑽了出來，空氣變得溫暖而清新，水變得潤澤，連風都開始變得溫柔了。

吹面不寒楊柳風，龍宣恩也從宮中走了出來，在一幫宮人的記憶中，這個冬天他好像還從未來過御花園。

陽光並沒有帶給龍宣恩好心情，他的臉色陰鬱可怕，儘管他的髮鬚已經變得烏黑，看起來比實際年齡要年輕許多，可是他的目光充滿了躁狂和憤怒，宮人們都不敢靠近，一個個垂頭俯首，就在今晨，他們親眼目睹龍宣恩將他的愛妃活活扼死在床頭。

龍宣恩忽然轉過身去，怒道：「洪北漠呢？因何還未到來？」

貼身太監尹箏小心翼翼道：「啟稟陛下，已經派人去催了，應該就快到了。」

龍宣恩怒視那幫宮人道：「一個個都站在這裡做什麼？莫非爾等想對朕不利？退下去，讓朕好好靜一靜！」

聽到他的吩咐，這幫宮人如釋重負，一個個慌忙退了下去。

洪北漠踏著不緊不慢的步伐走入御花園，正看到宮人全都撤離的一幕，料到龍宣恩必然是心情不好。

龍宣恩看到洪北漠姍姍來遲，臉上不悅更甚，冷冷道：「你很忙嗎？」

洪北漠恭敬道：「陛下勿怪，臣見駕來遲乃是要為陛下準備丹藥的緣故。」他將準備好的一個木盒送上。

龍宣恩接過木盒，打開一看，裡面放著一顆朱紅色的藥丸，異香撲鼻，臉上的表情稍稍緩和了一些：「這可是長生不老藥？」

洪北漠道：「還未煉成，這顆丹藥可以讓陛下強身健體……」

龍宣恩聽說不是自己想要的長生不老藥勃然大怒，重重將那木盒擲在了地上，丹藥從中蹦了出來，滾入草叢之中，龍宣恩怒道：「洪北漠，你知道朕想要的是什麼？此前你答應過朕，可已經過了你的約定之期，為何還沒有煉成？為何還沒有煉成？」

洪北漠並沒有流露出任何的恐懼，依然不慌不忙道：「陛下稍安勿躁，丹藥就在爐鼎之中，再有七七四十九天就可煉成。」

龍宣恩將信將疑地望著他。

洪北漠道：「陛下現在比起過去已經年輕了許多。」他在暗示自己的丹藥對龍宣恩已經起到了作用。

龍宣恩冷哼了一聲道：「朕最近終日心緒不寧，不知是不是你丹藥的作用。」他懷疑洪北漠給自己吃的丹藥對自己的身體造成了損害，最近一段時間來，他明顯感到心緒不寧，幾乎每天晚上都會做惡夢，這樣的日子已經讓他苦不堪言。

洪北漠道：「陛下應該放寬心思，最近國內的狀況正在好轉之中，大康中興指日可待……」

龍宣恩擺了擺手示意他不要繼續說下去，低聲道：「朕現在只關心一件事。」

洪北漠道：「陛下放心，輪迴塔即將建成，您所需的丹藥距離煉製完成也近在眼前了。」

龍宣恩冷冷望著他道：「朕就快失去耐心了，這次你最好沒有騙我。」

洪北漠道：「還請陛下多些耐心。」看到龍宣恩的情緒平復了一些，他趁機進言道：「陛下是時候冊封太子了。」

龍宣恩望著洪北漠，內心生出警惕，洪北漠為何會對這件事如此熱衷，難道他想利用龍廷鎮取代自己的位置？他淡然道：「時機還未成熟。」

洪北漠也沒有繼續說這件事，輕聲道：「聽說胡小天發兵清剿了碧心山。」

龍宣恩咬牙切齒道：「打著剿匪的旗號，趁機擴大地盤罷了，狼子野心，昭然若示！」

洪北漠道：「永陽公主已經成年了，陛下是時候考慮為她和胡小天完婚了。」

一語驚醒夢中人，這段時間龍宣恩心中只想著長生不老，卻忽略了這麼重要的事情，不錯，為胡小天和七七成親，胡小天沒理由不回來康都，只要他敢回來，那麼自己就有機會將這個心頭大患除去。

七七聽權德安稟報完最新的情況，不由得歎息了一聲，目光盯在牆上的大康版圖之上，凝望良久方才道：「胡小天佔據雲澤，用不了多久，雲澤周邊城池都會落入他的手中。」

權德安道：「他的羽翼漸漸豐滿，已經不是昔日那個尚書府的紈絝子弟了。」在胡小天的事情上，權德安始終都不贊同七七的做法，如果沒有七七對他的幫助，胡小天走不到如今這一步。

七七道：「人總會變！」眼前浮現出胡小天英俊的面龐，卻不知他在遠方會不會想起自己？

此時丞相周睿淵前來拜會，七七讓權德安將他請進來。

周睿淵進門第一句話就是：「恭喜殿下，賀喜殿下！」

七七道：「何喜之有啊？」

周睿淵道：「剛剛皇上將我們幾個臣子召集過去，商量公主的婚事，準備五月為公主完婚！」

七七秀眉微顰道：「為我完婚，為何不先跟我說？」她馬上就想到皇上之所以急著為自己完婚，其動機並不單純，應該是看到胡小天的勢力不斷壯大，所以感到了威脅，所以才想要利用完婚這個藉口將胡小天召回康都，如此說來，這次的完婚絕非好事。

七七使了個眼色，權德安退了出去。

七七道：「丞相，你覺得皇上這麼做是不是有什麼目的？」

周睿淵微笑道：「公主的婚事一早就定下來了，現在完婚也是水到渠成的事情，胡大人少年才俊，自從前往東梁郡，為大康立下了不少功勞，皇上將公主嫁給他也是對他的褒獎。」

七七冷冷道：「原來在丞相眼裡，本宮只是一個獎品？」

周睿淵躬身道：「臣一時失言，還望殿下不要見怪。」

七七道：「皇上的心思丞相應該明白，胡小天若是當真回來，恐怕就再也沒有回去的機會了。」

周睿淵道：「他若是不回來，就證明他已經生出異心，公主想必也不願看到此事的發生。」

七七歎了口氣，周睿淵說中了她的心思，她就是在為這件事而矛盾，胡小天若是回來，老皇帝必然會對他下手，輕則將之囚禁，重則將之處死。可胡小天如果不願回來，就證明自己在他心中根本無關緊要，同時也證明胡小天的確生出謀反之心，想要割據一方自立為王。

她緩步來到窗前，望著窗外明媚的春光道：「丞相認為我應當怎麼做？」

周睿淵道：「此事臣不敢妄言，相信以公主的智慧必然可以找出解決之道。」

七七也明白這種事情別人是不方便說什麼的，她點了點頭道：「你去吧！」

周睿淵離去不久，天機局洪北漠前來拜會，在七七心中洪北漠始終都是她的冤家對頭，似乎過去從未有過主動登門的歷史，今次前來不知為了什麼？難道也和自己即將完婚的事情有關？

洪北漠的確為了這件事而來，他是為了徵求七七的意見，皇上決定在胡府原有的基礎上新建一座駙馬府，洪北漠此番前來就是為了徵求七七的意見。

洪北漠帶來了一張圖紙，圖紙就是他準備改建的部分。他將圖紙雙手呈獻給七七，七七看都不看就放在了一邊，淡然道：「洪先生費心了，大康正值多事之秋，百姓食不果腹，流離失所，哪還有那麼多的錢財去大興土木，尚書府原本的規制就挺好，稍事修整就能入住，不必多費錢財了。」

洪北漠道：「公主殿下果然一心為民，實乃大康之幸。」

七七淡然道：「只可惜妖孽橫行，奸臣當道，本宮一個人的力量難以帶大康走出困境。」

洪北漠微微一笑，知道她在拐彎抹角的嘲諷自己。

七七道：「洪先生還有什麼其他的事情嗎？」說這話的意思等於是送客。

洪北漠並沒有急著走，而是坐了下去，看似漫不經心道：「公主殿下以為胡大人接到消息之後會不會回來呢？」

七七充滿警惕地望著他：「洪先生操心的事情還真是很多，如果你不放心，不如你親自去東梁郡將他接回來就是。」

洪北漠呵呵笑了起來：「公主殿下對洪某好像充滿了戒心呢。」

七七道：「洪先生乃是陛下最忠誠的臣子，本宮又怎會提防你？」

洪北漠道：「洪某不僅僅忠於陛下一人，洪某效忠的乃是大康啊！」他望著七七道：「陛下有沒有跟公主殿下說起過另外一件事情？」

七七皺了皺眉頭道：「什麼事情？」

洪北漠道：「殿下的三皇兄龍廷鎮已經找到了！」

第六章

最好的安慰

七七不得不承認洪北漠的這番建議對她有著無法抵擋的誘惑力，
她從小就在皇宮中長大，見慣了爾虞我詐和勾心鬥角，
越發明白權力的重要，胡小天對她來說也非常重要，
若是按照洪北漠的計畫，
她不但可以為亡母報仇，而且可以奪了大康的江山，
這才是對當年母親飽受欺凌，含恨而死最好的安慰。

七七內心劇震，她的雙目充滿了震駭，三皇兄還活著？而且已經被找到了？皇上為何沒有對自己說？他瞞著自己，是不是準備隨時讓龍廷鎮取代自己手上的權力？洪北漠又因何會對自己吐露真相？他究竟出於怎樣的目的？

洪北漠說話的同時不忘觀察七七的表情，唇角露出會心的笑意：「公主殿下現在有沒有興趣和我做一番深談呢？」

七七迅速冷靜了下來，輕聲道：「洪先生請喝茶！」雖然沒有直接回答洪北漠的問題，可是這句話已經標明她的態度開始軟化。

洪北漠指了指那張圖紙道：「公主殿下不妨仔細看看。」

七七聽出他話裡有話，難道這幅圖內另有玄機？她點了點頭，當著洪北漠的面將那幅圖展開，完全展開之後，七七大驚失色，這幅圖畫的根本就不是什麼駙馬府，而是一位風姿綽約的絕代佳人，其容貌和自己竟然有七分相似，這幅畫應該有了不少年月，畫面都開始泛黃，畫面的落款提有一首小詩，因為被沾濕返潮的緣故，字體大都已經模糊不清。

洪北漠道：「這幅畫畫的乃是昔日太子妃凌嘉紫。」

七七咬了咬櫻唇，太子妃凌嘉紫豈不就是她的娘親，不知洪北漠從何處得來母親的這幅畫像，這幅畫又是何人所畫？

洪北漠道：「公主殿下就要十六歲了，若是太子妃活到現在，看到殿下今日的成就，想必心中一定感到安慰。」

七七靜靜望著洪北漠，她竭力保持著平靜，可是內心之中卻宛如潮水般波浪起伏，洪北漠不是平白無故而來，他今天來見自己必然有著不為人知的動機，從他的這番話就可以推斷出，他應當知道當年的事情，母親因何而死？自己和老皇帝究竟是怎樣的關係？

洪北漠看到七七小小年紀在這樣的狀況下仍然能夠保持平靜，心中暗暗稱奇。

七七輕聲道：「我沒有見過她！」

洪北漠歎了口氣：「殿下出生之日就是太子妃的離世之日，你當然不可能見到她。」

七七道：「你好像知道很多事？」

洪北漠的目光落在那張畫像之上：「大年初一，既是你的生日也是她的忌日，你娘生你之時，遭遇難產，幸得鬼醫符刓相助，方才化險為夷，本來以鬼醫符刓的醫術，你們母女二人都可平安，可是有人卻容不得你娘親活在這世上。」

七七道：「你是說我娘乃是被人所殺？」

洪北漠並沒有回答她的問題：「雲廟內本來也有一幅太子妃的畫像，乃是當今陛下親手所繪，雖然畫得也頗有神韻，可是和這幅繪於三十八年前的畫像相比仍然無法相提並論，你一定很好奇，為何皇上會有太子妃的畫像？這幅三十八年前的畫像又是何人所繪？」

七七沒有說話，可是洪北漠已經完全吸引了她的注意力。

洪北漠緩緩站起身來，向前走了幾步，雙手負在身後，留給七七一個孤獨的背影：「凌嘉紫未入宮之前乃是我唯一的女弟子，她不但美貌出眾，而且智慧高絕，當時朝中有不少人仰慕她的風華，托人提親者絡繹不絕，可是她性情高傲，當然看不上這些凡夫俗子，後來當時的太子龍燁霖也來提親，想要將她納為妃子。我當時問過嘉紫的意思，如果她不願意，我就會遵照她的意思拒絕。」

洪北漠長歎了一口氣道：「我並沒有料到她居然會答應這門親事，後來我才知道，當時我為了尋求丹鼎之道雲遊四海，將天機局的很多事情交給了她去處理，而在我離開的這段時間發生了一件讓人意想不到的事情。」他轉過身來望著那幅畫像道：「這幅畫乃是天龍寺數百年難得一見的奇才所繪，他叫明晦，當時天龍寺和天機局之間有過一段時間的來往，凌嘉紫因此而認識了明晦，因為朝夕相對，兩人竟然生出情愫，這幅畫就是那時所繪。據我所知，當時凌嘉紫對明晦芳心暗許，可是明晦卻礙於佛門弟子的身分，將之拒絕。凌嘉紫乃是一個敢愛敢恨的女子，兼之性情孤傲，自視甚高，被明晦拒絕之後，心性大變。而此時剛好太子龍燁霖派人前來提親，她在這種狀況下答應了成為太子妃。」

七七緊握雙拳，雖然洪北漠說的這番往事如同一根根鋼針刺入她的內心，可是她卻相信事實的真相距離已經不遠，洪北漠所說的一切和她掌握的一些支離破碎的線索幾乎能夠吻合。

洪北漠道：「這件事一直讓我引以為憾，我當時一心求索丹鼎之道，並未注意到凌嘉紫的變化，甚至連她嫁人之日，我當時還在大雍北疆，未能歸來祝賀。等我回來之時，她已經懷胎八月，武功全失，我問她到底發生了什麼事情，她始終避而不談，只是說要這樣安安穩穩渡過一生。」

七七秀眉顰起，洪北漠並沒有真正解答自己心中的迷惑，為何老皇帝說他才是自己的親生父親？這番話她問不出口。

洪北漠道：「你娘難產之時，是我將鬼醫符刓請到了宮中救她，她本可以活下來，可是卻一心求死，臨終之前方才向我吐露實情，她在嫁給龍燁霖半月之前，明晦過來找她，向她坦露心跡，你娘被他感動，決定要放棄一切跟他私奔，卻不知明晦真正的目的乃是要盜取我師門寶典《巡天寶篆》，你娘利用她從我這裡得到的學識，找到了那本《巡天寶篆》，就在那一天，他們偷食了禁果。」

七七俏臉發熱，雖然感覺到羞愧，可是仍然想繼續聽下去。

洪北漠道：「凌嘉紫本以為從此可以和明晦浪跡天涯，卻想不到明晦根本是在騙她，在得到《巡天寶篆》之後，他利用《虛空大法》將凌嘉紫的內力吸取一空，等凌嘉紫醒來，發現自己已經失去了一切。她知道，我回來了之後所有事情必然敗露，她本不想活下去，可是想起明晦對她所做的一切，她又不甘心就此離開人世，她要復仇，她已經武功盡失，唯有借助皇家的力量，於是她決定嫁入皇家。」

洪北漠的臉上蒙上了一層悲憫之色：「她並沒有想到這個決定卻是她另外一個悲劇的開始，龍宣恩自從見到她之後，就驚為天人，覬覦她的美色，他以皇位作為要脅，讓龍燁霖將凌嘉紫雙手奉上。如果是過去凌嘉紫必然不怕他們，可是她失去武功之後已經成為一個弱不禁風的廢人，命運根本由不得自己主宰，她的噩運可想而知。」

七七的眼圈都紅了，她想不到母親的命運竟然如此淒慘。

洪北漠道：「我歸來之時發現《巡天寶典》被盜，同時丟失的還有我耗盡半生精力煉製的丹藥，當時我就想到問題出在哪裡，凌嘉紫實在太聰明，她對我隱瞞真相，利用我急於找回《巡天寶篆》的心情，讓我為她去找明晦，明晦智慧高絕，發生這件事之後，就逃離了天龍寺，宛如人間蒸發，我哪裡去找他？那時候凌嘉紫已經懷孕，我不瞞你，如果不是因為《巡天寶篆》我不會盡力去救她，可是我並沒有料到她生下你之後，就一心求死，臨終之前，她把所有一切告訴了我，你並非早產，乃是足月生，你是她和明晦的女兒！」

七七雖然隱約早已猜到了結果，可是聽到洪北漠說出這句話的時候仍然被深深震撼到了，她感覺似乎有一雙無形的手在扼住她的咽喉，讓她無法呼吸。

洪北漠道：「我後來方才發現她的精明之處，從明晦遺棄她開始，她就已經在為復仇做準備，可是當她發現自己懷上了明晦的骨肉，她心中萬念俱灰。她準備去死，卻又要為你未來在宮中能夠活下去鋪路，所以她才忍辱負重，讓龍宣恩父子都以為你是他的親生骨肉。」

七七已經淚流滿面，直至今日她方才知道自己的身世來歷，她從未想過也根本想像不到母親當年的命運會如此淒慘。

洪北漠道：「你娘親是我遇到最聰明的一個女人，她這一生最大的挫折就是明晦所賜，為了讓你好好活下去，她為你勾畫好了未來的每一步，她救過權德安的性命，所以權德安死心塌地的為她效力，始終守護在你的身邊，她工於心計，擅長計畫，甚至計畫好了十六年以後的事情，我知道你掌握了不少的事情。」

七七轉過俏臉，悄悄擦去眼淚，她的情緒很快就平復了下來：「你告訴我這些，究竟想得到什麼？」

洪北漠道：「《巡天寶纂》，明晦雖然搶走了《巡天寶纂》，可是他應當無法參悟到其中的秘密，我對這本寶典也只是參悟了一小部分。」

七七道：「那你會失望了，我根本就沒聽說過這本書。」

洪北漠道：「記憶可以傳承，我沒做到的事情，凌嘉紫做到了，她非但將整本《巡天寶纂》全都記在心頭，而且她已經將其中的秘密參透。」洪北漠盯住七七道：「這個秘密早已傳給了你。」

七七搖了搖頭。

洪北漠道：「有些事權德安不會知道，而你是如何知道？你過去從未見過你娘親的畫像，為何會見到畫像第一眼就能夠認定她是你的娘親？」

七七冷冷道：「你想得實在太多了，編出這麼一通謊話來騙我，真是辛苦你了。」

洪北漠道：「我沒那個必要騙你，凌嘉紫的體質和常人不同，我所說的傳承，你應該清楚，隨著年齡的增長，你會在夢中得到很多的秘密，你是不是經常有過按照夢中的指引去做事，竟然真的應驗了？」

七七心中一緊，這秘密她從未告訴過任何人，洪北漠何以會知道？

洪北漠道：「記憶可以傳承！」他的目光中充滿了希冀。

七七道：「你既然知道那麼多的秘密，為何不將這些事告訴陛下？」

洪北漠道：「他一心只想長生，絕不會兼顧別人的感受，這些年來我對他並非是忠誠，我和他之間始終都是彼此利用。」

七七明澈的美眸盯住洪北漠道：「你在皇陵之中到底藏有怎樣的秘密？」她從直覺就意識到這件事必然和皇陵有關。

洪北漠微笑道：「殿下果然冰雪聰明，皇上想要長生不老藥，這些年來我一直為皇上做這件事。」

「這個世界上真有長生不老藥?」

洪北漠笑著搖了搖頭。

七七充滿迷惑地望著洪北漠道:「你既然知道沒有,為何要騙他?難道你不怕殺頭?」

洪北漠道:「我信不信並不重要,關鍵是皇上相信。不過騙了他幾十年,他現在也開始懷疑了,這件事很快就會掩飾不住。」

七七道:「以洪先生今時今日的地位,應該沒什麼好顧忌的。」

洪北漠呵呵笑了起來:「這些年來,如果沒有皇上財力上的支持,洪某也無法完成自己的心願,眼看距離我的目標越來越近,可卻又有功虧一簣之憂。」洪北漠並沒有隱瞞自己的處境,如果龍宣恩發現所謂的長生不老根本就是一個騙局,那麼結果可想而知。

七七道:「洪先生想從我這裡得到什麼?」如果僅僅是因為所謂的記憶傳承,為了一個自己連絲毫印象都沒有的《巡天寶纂》,七七當然不會相信,任憑洪北漠說得天花亂墜,他想要從自己這裡得到的絕不僅僅是這一點,七七意識到洪北漠之所以說出那麼多的秘密,其真正的用意就是跟自己合作。

洪北漠道:「我知道殿下未必肯信我說的這一切,不過有件事卻迫在眉睫,皇上已經找到了龍廷鎮，目前龍廷鎮就在縹緲山靈霄宮內，估計用不了太久時間，皇上就會冊封他為太子。」

七七淡然道：「他是我皇兄……」說到這裡不由自主停頓了一下，如果洪北漠所說的一切屬實，那麼自己和龍廷鎮根本就沒有任何的血緣關係，自己甚至都不姓龍，不是大康皇室的血脈。

洪北漠道：「我對江山社稷毫無興趣，我最大的心願就是將這座皇陵建成，如果沒有朝廷的財力支持，這件事根本無法做到，公主殿下心中的想法，洪某多少也知道一些，若是你我攜手，各取所需，大康未嘗不會改換天地。」

七七心中不由得一動，可表面上仍然平靜無波，冷冷道：「洪先生是在勸我謀反嗎？」

洪北漠道：「凌嘉紫雖然因明晦而死，可是如果沒有龍宣恩父子給她的屈辱，或許她不會最終選擇絕路。」他在委婉地提醒七七，龍宣恩父子也是她的殺母仇人。

七七道：「大康自開國以來，從未有過女子登基的先例！」

洪北漠微笑道：「歷史乃是當權者書寫，以你的智慧，當然可以成為開天闢地的一代女皇。」

七七淡然笑道：「洪先生找錯了人，也會錯了意，我對權勢並不熱衷。」

洪北漠望著這個口是心非的少女，臉上的笑容顯得耐人尋味，他低聲道：「公主殿下知不知道是誰將龍廷鎮救出？」

七七眨了眨眼睛，已經猜到這件事和洪北漠有關。

洪北漠道：「我救出了龍廷鎮，又是我將他的事情稟告了皇上，不瞞殿下，我在龍廷鎮的身上動了些手腳，激發了他的潛力，用不了多久，龍廷鎮就會謀反。我會在這件事上推波助瀾，皇上會在這次宮變中出事，而龍廷鎮的結局必然失敗，公主殿下願不願意成為平定叛亂之人？」

七七心中暗歎，洪北漠果然老謀深算，幾乎將每一個步驟都計算其中。

洪北漠道：「公主殿下其實已經沒有了其他的選擇，因為胡小天的事情，皇上對你產生了戒心，你和胡小天大婚之時，恐怕就是他出手對付你們的日子。」

七七道：「胡小天未必會來。」

洪北漠道：「他若是不來就是向天下人表明想要謀反，而公主殿下和他的婚約也就不復存在，公主殿下以為皇上仍然會安之若素？」他搖了搖頭道：「皇上已經做好了準備，一旦此事發生，他就會撕毀婚約，將公主遠嫁他國。」

七七咬了咬櫻唇，她相信洪北漠絕不是危言聳聽，以龍宣恩的冷血性情，任何事都可能做得出來。

洪北漠道：「胡小天若是肯來，若是肯和公主聯手當然最好不過，如果他對公主出自真心，一定會盡心盡力輔佐公主，將手上的勢力盡數交給公主，微臣也樂於促成你們的婚事，到時候公主可成為大康古往今來的第一位女皇，而胡小天可與你共用江山，公主憶起《巡天寶篆》之後，交給微臣，並幫我完成皇陵的建設，最多三年，微臣完成心願之後，就會自行消失，解散天機局，再不給公主殿下造成任何的麻煩，你我各得其所，公主以為如何？」

七七不得不承認洪北漠的這番建議對她有著無法抵擋的誘惑力，她從小就在皇宮中長大，見慣了爾虞我詐和勾心鬥角，歷經數次宮變，越發明白權力的重要，而胡小天對她來說也非常重要，若是按照洪北漠的計畫，她不但可以為亡母報仇，而且可以奪了大康的江山，這才是對當年母親飽受欺凌，含恨而死最好的安慰。擁有了大康的江山，再嫁給自己喜歡的人，自己的人生也就沒有了太多的遺憾。

七七望著眼前的洪北漠，雖然擁有著共同的利益，可是她對洪北漠這個人卻不敢相信，一個始終都在利用大康皇室的人，一個不把江山社稷放在眼裡的人該是怎樣的可怕。七七輕聲道：「如果你今日跟我所說的全都是實情，那麼你心中最恨的人本該是我娘才對！」

洪北漠微笑道：「仇恨不能解決問題，等你到了我的年紀，等你經歷了和我同樣多的事情，你就會明白，什麼江山社稷，什麼愛恨情仇，只不過是過眼雲煙。」他指了指那張畫像道：「這張畫像還是交給我保管的好，公主不妨好好想想。」

他來到門口的時候，又轉過身去：「對了，有些秘密只能你我知道，就算是權德安或者是胡小天也不能透露半點風聲。」

洪北漠離去之後，七七陷入長久的沉默之中，甚至連權德安走入室內都沒有覺察到，權德安低低咳嗽了一聲，方才將七七驚醒。

權德安道：「殿下，他來做什麼？」

七七道：「陛下將改建駙馬府的事交給他了，特地前來徵求我的意見。」

權德安道：「胡大人那邊是否已經得到了消息？」

七七的目光變得有些迷惘，搖搖頭道：「不知道，我甚至不知他會不會來？」

龍宣恩派往東梁郡的特使乃是胡小天的老相識，也是他的拜把兄弟史學東，史學東最近在宮中也混得春風得意，新近又統管了尚膳監，這可是皇宮內油水最大的肥缺。

胡小天和史學東也有日子沒見面了，再見史學東，發現這廝生得白白胖胖，肌膚也變得細皮嫩肉，聲音比起過去也尖細了許多，典型的太監外貌了，不知過去這廝所說的隱睪，是不是那顆隱藏的睪丸已經壞死了。

這對難兄難弟因為際遇不同，現在的身分也完全不同，自從胡不為叛逃之後，龍宣恩疑心更重，對既往的那幫老臣子全都不再啟用，史學東的老爹史不吹也被連累，如今雖然獲釋，可是官復原職再無希望，只能老老實實當一個布衣百姓。

結拜大哥來了，胡小天當然要盛情款待，兩人酒足飯飽，來到陽光和煦的院落中飲茶。史學東這才說起自己前來的任務：「恭喜兄弟，賀喜兄弟，為兄這次來是特地為皇上傳旨來了。」

胡小天作勢要起身跪下接旨。

史學東拉著他笑道：「反正也沒人看見，你自己看看就是，咱家也懶得念。」

胡小天原本也只是作作樣子，就算老皇帝親來，他都不願意跪，更何況一張聖旨。伸手接過之後看了看，然後放在桌上。

史學東對聖旨的內容是清楚的，微笑道：「皇上要給你和永陽公主成親呢，婚期已經定下了，就在五月，而且皇上對這件事極為重視，特地委託洪北漠為你設計駙馬府，就在原來的戶部尚書府的基礎上改建。」

胡小天呵呵笑了一聲，然後搖了搖頭。

史學東道：「兄弟，你好像不開心的樣子？永陽公主現在可出落成了一個絕代佳人，再不是昔日那個青澀的小丫頭，兄弟豔福無邊，讓為兄羨慕死了。」只有在談起這方面話題的時候，史學東才流露出他猥瑣的本來面目，胡小天因此相信他那顆隱罣應該還有些作用。

胡小天道：「完婚本是好事，可皇上的動機卻不僅僅是讓我們完婚那麼簡單呢。」

史學東低聲道：「你是說，皇上借著為你們完婚的名義，將你騙回康都？」

胡小天微笑不語，這件事連三歲小孩都能看得出來，他不信史學東看不透。

史學東道：「那你就是不回去嘍？」

胡小天端起茶盞飲了口茶。

史學東道：「不回去就是抗旨不尊，等於公然撕毀婚約，皇上就有了收回你兵權和領地的理由。」

胡小天道：「我說過我不回去嗎？」

史學東道：「可是你要是回去了，皇上當真對你不利怎麼辦？」

胡小天笑瞇瞇道：「大哥不必擔心，你幫我回覆皇上，我會在五月十六日婚期之前回到康都。」

史學東萬萬沒有想到胡小天竟然答應得如此痛快，歎了口氣道：「兄弟，你要三思而後行啊！」

胡小天道：「我自問沒有什麼對不住朝廷的地方，皇上為我完婚乃是好事，我若拒絕前往，那麼我就在天下人面前失了禮數，我相信皇上也不至於利用這件事對我下手，他畢竟是一國之君，如果當真做了這樣的事情，豈不是讓天下人恥笑。」

史學東看到胡小天說得如此堅決，唯有歎息，他對胡小天還是有些瞭解的，知道他只要決定下來的事情斷無更改的可能。

「你當真要去康都？」諸葛觀棋的語氣雲淡風輕，他的表情一點都不意外，似乎早已想到了胡小天會做出這樣的選擇。

胡小天道：「我好像沒有其他的選擇。」

諸葛觀棋微笑道：「主公是不是已經有了計畫？」

胡小天道：「談不上什麼計畫，只是認為，即便皇上想借著這次機會對我不利，我應該也可以全身而退。」

諸葛觀棋道：「主公打算何時動身？」

胡小天道：「很快，我只需在五月十六日出現在康都就好，還有近百天的時間，這段時間我應該可以將一切安排妥當。」如果沒有飛梟，那麼胡小天就算一來一回也需要耗去一個半月的時間，可是擁有飛梟之後，一個日夜抵達康都已經成為可能。而且他有易筋錯骨的本事，想要蒙混入城掩人耳目非常容易。

諸葛觀棋道：「雖然皇上想要對你不利，可是他做這件事的時候必然要好好斟酌一番，等到主公大婚之前，我們可以在雲澤操練兵馬，名為操練，實則為了震懾朝廷。」

胡小天點了點頭，他低聲道：「龍宣恩這個人醉心於長生之道，對大康的江山社稷並不在乎，本來我以為他準備安於現狀，和我互不侵犯，卻想不到他突然又想興風作浪。」

諸葛觀棋道：「或許他是在賭主公不敢回去。」

胡小天笑道：「我若是不回去，他肯定占盡了道理。」

諸葛觀棋道：「主公娶了永陽公主就是大康駙馬，他就算是想害你，也不敢明目張膽的做動作。」

胡小天道：「不瞞觀棋兄，我最擔心的還是公主，我離開康都的這段日子，她為我做了許多事，也承受了不小的壓力。」

諸葛觀棋道：「主公對公主殿下也是情深義重啊！」

胡小天道：「我卻又不知如何面對她。」

諸葛觀棋有些不明白胡小天的這句話，微笑道：「主公為何不敢面對她？」

胡小天道：「她不是個尋常的女孩子，她的心很大，甚至不認為這皇位一定要男人來坐！」

諸葛觀棋此時方才明白胡小天指的是什麼，他目光閃爍，內心不由得一沉，他對永陽公主並不瞭解，只是聽說永陽公主聰慧過人，胡小天的這番話分明在說永陽公主有入主大康之心，如果當真如此，胡小天前往康都的這一趟還真是前途未卜呢，諸葛觀棋低聲道：「如果一個人的心中太在乎權力，那麼她就會犧牲其他一切自認為不重要的事情，自古以來皇家親情淡漠，主公此去需要搞明白一件事，究竟是為情而去，還是為利而去？」

為情就是胡小天因為永陽公主而不惜隻身犯險，為利就是為了掃平朝廷內的障礙，通過這次完婚穩固他在朝中的地位，讓他在大康的權勢更上一層樓。為情難免盲目，為利才可能保持清醒的頭腦，這個問題看似簡單，卻極為重要。

胡小天沉思了一會兒，方才回答道：「我不喜歡太強勢的女人。」可他心中還有一半沒有說完，我喜歡征服強勢的女人。

諸葛觀棋道：「假如永陽公主提出讓主公輔佐她登上皇位呢？」

胡小天道：「她在位上總比龍宣恩對我有利得多。」

諸葛觀棋緩緩搖了搖頭道：「無論男人還是女人，一旦坐上那個位子，他的心性就會改變，主公若是將她當成妻子，那麼就必須要消除她的野心，讓她臣服於你，主公若是將她當成女皇，那麼，你們之間就只有相互利用的關係，她不對你動情，主公最好也要把握住分寸。」

胡小天何嘗不明白這個道理，他有些疲憊地閉上雙目，低聲道：「我不知道她怎麼想，也許一切只有等我見到她的時候才知道。」

諸葛觀棋有些同情地望著胡小天，知道這無論對誰而言都是一個難以做出的決定，他低聲道：「主公只要記住，眼前的局面全都是靠主公自己的努力一點點開創起來，麾下將士追隨的是主公，他們心服的是主公，主公的每一個決定都關乎將士們的生死，都關乎這方百姓的存亡！」

胡小天內心一震，諸葛觀棋的這番話讓他的內心突然變得沉重起來，他開始意識到，自己的這趟康都之行並不僅僅是能否全身而退那麼簡單，他和七七的這場婚事關乎到未來大康的格局，甚至將影響到天下大勢，他想起諸葛觀棋剛剛的那個問題，自己究竟是為情而去還是為利而去？他是應當將七七當成自己的妻子還是將她當成一個稱霸路上的合作夥伴？也許後者才是明智的抉擇。

「主人！這次我想跟你一起去！」維薩自從追隨胡小天以來，還從未提出過任何要求。

胡小天笑了起來，望著憂心忡忡的維薩，心中憐愛之情頓生，伸出手去牽住維薩的柔荑道：「怎麼？不想讓我成親？」

維薩撅起櫻唇道：「主人迎娶公主，維薩當然開心，你和公主殿下門當戶對，郎才女貌……」說到這裡，維薩鼻子一酸，冰藍色的美眸中泛起晶瑩的淚花，擔心固然擔心，可是若說心中沒有失落也是不可能的事情。

胡小天笑道：「怎麼了？」

維薩含淚道：「天下人都知道那昏君想借著完婚的事情害你，你為何明知山有虎偏向虎山行？」

胡小天道：「天下間想害我的人多了，可這麼久你看誰能夠如願？想要對付我的人誰會有好下場？」

維薩道：「可是我仍然擔心，維薩雖然沒什麼本事，可是跟在主人身邊好歹能夠伺候您的飲食起居。」

胡小天呵呵笑了起來：「我要的可不僅僅是飲食起居那麼簡單。」

維薩俏臉緋紅，聲如蚊蚋道：「只要是維薩能夠做到的，絕不會拒絕主人。」

胡小天聽到她表白心跡，內心不由得一熱，面對著這麼漂亮的美人兒，但凡是個男人又怎能把持得住，胡小天輕輕一扯，將維薩拉得失去了平衡，跌坐在了他的雙腿之上，胡小天抱住維薩的嬌軀，輕聲道：「那就讓我看看我的乖維薩要怎樣做。」

「主人……」維薩嬌嗔道。

胡小天正準備採取下一步行動之時，忽然感覺身上一陣奇癢，五彩蛛王內丹的副作用早不發作，晚不發作，偏偏現在又來了。

維薩看到他表情古怪，關切道：「主人怎麼了？」

胡小天道：「壞了，癢！好癢！應該是內丹的毒性又發作了。」

維薩慌忙從他身上站了起來：「我去請雨瞳姐。」

胡小天搖了搖頭道：「不用，不用！我去冰窖……」可這奇癢說來就來，胡小天說話都顫抖起來。

維薩道：「我去冰窖給你取冰磚過來！」她慌忙轉身去了。

沒過多久，維薩就抱著兩塊冰磚回來，雖然天氣轉暖，可是徒手抱著冰磚仍然凍得不輕。

胡小天已脫掉上衣，精赤著上身，維薩將冰磚教給他，然後又起身去拿冰磚。

胡小天已經很久沒有發作過，本以為已經完全康復，卻想不到時隔半月這奇癢再度捲土重來，而且這次發作得格外嚴重，如同有千萬隻螞蟻在經脈中爬行，雖然冰磚在胡小天的懷抱中漸漸融化，奇癢的感覺從經脈彙集到丹田，似乎丹田氣海上被千萬隻蟻蟲叮咬，灼熱的亂流四處衝撞，隨時都有爆裂之危，胡小天越是行功越是心驚。

維薩因為來回搬運冰磚也凍得嘴唇烏青，看到胡小天的模樣，心中又是擔心又是害怕，顫聲道：「不行，我要去叫雨瞳姐過來。」

胡小天搖了搖頭，他忽然站起身來一把將維薩橫抱而起，喉頭發出壓抑而低沉的聲音道：「只能你來幫我……」

半夜時分胡小天醒來，看到維薩仍然伏在自己懷中沉睡，金色的秀髮散亂在自己的胸前，嬌嫩的肌膚在夜色中泛出月光一樣皎潔的光暈，胡小天輕輕移開她的手臂，發現維薩的皓腕上有幾道淤痕，顯然是自己給她留下，再看她細膩如玉的頸部，也有幾處明顯的淤痕，胡小天搖了搖頭，忽然想起了一句話，兔子不吃窩邊草，可真正吃過方才發現，這窩邊草如此誘人如此美味，不吃才是傻子。

他為維薩蓋好被子，自己悄悄溜下床來，穿上衣服，來到院落之中，一輪明月薄冰般懸掛在夜空之中，胡小天舒展了一下雙臂，當真是通體舒泰。想起自己昨晚的所為，這廝也不禁有些臉紅，自己對維薩所做的事情實在太過粗暴，而他也沒有料到維薩顛沛流離，如同飄萍般四處流落，卻仍然是處子之身，希望自己的這番粗暴耕耘沒有給她造成太大的心理陰影。

站在月光之下，默默調息，胡小天驚奇地發現，自己的丹田氣海比起此前似乎擴展了許多，這就意味著他的丹田氣海可以容納更多的內力，這是他自從服下五彩蛛王內丹之後感覺最好的時候，當然這跟他今晚利用射日真經輸出了不少的內力也有關係。

身後房門輕動，卻是維薩出來找他，胡小天轉過身去，維薩一臉嬌羞地投入他的懷中。

胡小天小聲道：「夜冷風寒，小心著涼。」

維薩溫柔點了點頭，柔聲道：「你為何拋下我一個人跑出來了？」

胡小天道：「你太美，在你身邊擔心把持不住又要對你做壞事。」

維薩紅著俏臉道：「無論主人做什麼，維薩心中都喜歡得很呢。」

聽到維薩的這句話，胡小天哪還按捺得住，伸手又將她抱起，低聲道：「那我就讓你更加喜歡我……」

胡小天並沒有急於前往康都，他先讓夏長明前往康都打探情況，又派展鵬和梁英豪兩人先去康都城外的鳳儀山莊負責打前站。一晃半個月過去了，夏長明已經從康都打探到最新的情況返回，也到了胡小天離開之時。

水軍調度有趙武晟和李永福在負責，內政方面有顏宣明。余天星自從雲澤受挫之後就生了病，一直都在武興郡養病，這兩天方才到了東梁郡。

胡小天離開之前特地去探望了余天星，來到余天星住處的時候，就聽到裡面傳來余天星的怒吼聲：「拿酒來……」

「軍師，您不能再喝了……」

「混帳！連你也看不起我是不是？連你也敢看不起我？」

胡小天皺了皺眉頭，緩步走入其中，看到余天星正在面紅耳赤地叱罵傭人，顯然已經喝多了。

胡小天走了過去，余天星仍然沒有察覺到，大吼道：「拿酒來，不然我就把你們全都處死……」一盆冷水兜頭落下，余天星被澆了個透心涼，他勃然大怒，回頭望去，卻發現潑他的人乃是胡小天，嚇得酒頓時醒了，從椅子上撲通一聲就跪了下去：「主公……天星不知主公到來，言行無狀……衝撞之處還望恕罪……阿噓……」

胡小天不禁笑了起來，讓他趕緊回去換衣服。

余天星換了一身乾淨的衣袍出來，此時酒已經醒得七七八八了，想起剛才自己的醉相全都被胡小天看在眼裡，越發顯得拘謹了。

胡小天拍了拍身邊的椅子，示意他來到自己旁邊坐下，微笑道：「我記得，軍師很少喝酒的。」

余天星紅著臉，不知是羞愧還是酒精的作用。

胡小天道：「心裡不痛快吧？有什麼心事說出來給我聽聽！」

余天星抿了抿嘴唇，忽然又在胡小天的面前跪了下來：「求主公治罪！」

胡小天道：「恕你無罪，起來吧，男兒膝下有黃金，余天星你是不是缺錢呢？」

余天星尷尬道：「黑水寨之戰，天星過於輕敵大意，方才導致我方這麼大的死傷，請主公治罪！」這件事已經成為籠罩在他心頭的陰影，雖然胡小天並沒有責怪他，可是庸江水師那幫將士卻因為這場戰役而質疑他的能力，事實上庸江水師那些將士自始至終對他都不服氣，包括趙武晟和李永福在內的將領都認為胡小天對余天星過於看重，認為余天星缺少實際作戰經驗，擔不起軍師的重責，原本胡小天在黑水寨這場戰鬥中對余天星委以重任，本來是想通過這場戰鬥樹立起余天星的威信，可是卻沒有料到最終的結果適得其反。

余天星在武興郡養病期間就遭遇了不少的冷眼，所以他這段時間心中也非常的苦悶，不然也不會借酒澆愁。他出身低微，好不容易才獲得了胡小天的重視，得到了施展才華和抱負的機會，成為軍師之後本以為可以大展宏圖，名揚天下，可是這次突然到來的挫折卻讓他此前的名聲掃地，能力受到質疑。

胡小天輕聲道：「我都說過，黑水寨的事情不怪你，要說承擔責任，也應該是我，軍師制訂的戰略並無錯誤，只是我們低估了黑水寨水寇的兇殘，沒有料到馬行空會抱著與寨俱亡的決心，起來吧！」

余天星這才站了起來，感激涕零道：「主公寬厚仁德，天星越發無顏面對，還請主公免去我的軍師之職，以作懲戒。」

胡小天道：「余天星啊余天星，我一直以為你是個胸懷廣闊之人，沒想到你這人怎麼這麼想不開？一場挫折能夠證明什麼？能夠抹煞你此前的全部功績嗎？沒有你的謀劃，我們又怎能先敗唐伯熙，再勝秦陽明，佔據東洛倉，在庸江下游站穩腳跟呢？」

余天星垂淚道：「皆因主公洪福齊天，絕非天星個人之功也！」聽到胡小天稱讚自己的功勞，余天星心中暗自欣慰，看來胡小天並沒有因為黑水寨的這場挫折而看輕自己。

胡小天道：「人非聖賢孰能無過，軍師既然沒有因為幾場勝利而目空一切，又何須因一場戰事的挫折而妄自菲薄，吃一塹方能長一智，此次黑水寨之戰，對我們來說未必是一件壞事，至少我就明白了一個道理，任何時候都不可掉以輕心，哪怕是最小的一場戰鬥也要當成最大規模的戰役去打。軍師，你若是就此消沉，我以後還依靠誰為我安邦定國逐鹿天下？」

余天星因胡小天的這句話而激動了起來，消沉了多日之後，他又想起自己的遠大抱負和宏圖大志，是啊，豈可因為一場戰事的挫折而妄自菲薄？若是從此消沉下去，非但那些本有偏見的將士會看不起自己，連胡小天也會看不起自己。

余天星道：「主公一語驚醒夢中人，天星慚愧！」

胡小天笑道：「沒什麼好慚愧的，軍師啊！我新近會外出一段時間。」

余天星這才想起最近傳得沸沸揚揚的胡小天和永陽公主完婚的事情，他關切道：「主公可是要前往康都和永陽公主完婚？」

胡小天淡然一笑，這件事如今已經是天下皆知。

余天星道：「主公，屬下有幾句話，不知當講還是不當講？」

「說吧！我正想聽聽你的意見呢。」

余天星道：「主公，那昏君為你和永陽公主完婚是假，想要利用這次機會對主公不利是真，主公此去康都無異深入虎穴，在屬下看來，大可不必走這一趟。」

胡小天道：「我若是不去，等於違背了婚約。」

余天星道：「成大事者不拘小節，主公現在已經在庸江水域穩固下來，望春江和雲澤也在我方的掌控之中，我們所面臨乃是前所未有之良好局面，昏君讓主公此時完婚，就是害怕主公的勢力坐大。康都之行凶險重重，主公又何必為了信義而隻身涉嫌？」

胡小天心中暗忖，信義乃是立足之本，我若是連這一點都做不到又怎能服眾？人生在世有所為有所不為，康都之行已成必然，他本以為余天星也會贊同自己的想法，卻想不到他會和多數人一樣反對。

余天星道：「其實主公大可派人潛入康都，向永陽公主說明情況，相信公主若是真心對你，絕不會因為這次主公拒絕前往康都而生氣。」

胡小天道：「你並不瞭解她！」其實他心中還有半句話沒有說出，你也並不瞭解我，儘管余天星的這番建議出自善意，但是胡小天仍然感到有些不悅。

余天星道：「若是主公決定要前往康都，天星不才，願意隨同主公前行。」

胡小天呵呵：「你還是留下吧，這邊還有很多事情需要你去做，如果沒有後方的軍事壓力，說不定這老皇帝更加肆無忌憚。」

余天星仍然有些不甘心，繼續勸說道：「其實主公已經有了獨霸一方的實力，又何必向朝廷低頭？」

胡小天搖了搖頭道：「我去康都不是為了低頭認錯，而是要解決一些事情，軍師只管放心吧，我既然敢去，就可以毫髮無損地回來！」

余天星此時方知胡小天去意已決，恭敬道：「天星在這裡靜候主公佳音。」

第七章

不錯的臨別贈禮

秦雨瞳望著胡小天挺拔的背影，
唇角卻露出一絲笑意，既然胡小天即將遠行，
何必要跟他分個高下，讓他以為氣到了自己，
讓他帶著優越感離去也算是一件不錯的臨別贈禮。

同仁堂前來問診的病人絡繹不絕，胡小天擔心從正門進入引起太大的騷亂，乾脆繞到後院翻牆而入，卻想不到正看到方知堂在那裡曬藥，他和女兒方芳都已經來到同仁堂幫忙，而且通過胡小天的牽線，方芳和展鵬已經訂下婚約。

胡小天咳嗽了一聲，方知堂方才驚覺有人來到院內，看到是胡小天，不由得笑了起來：「恩公，您怎麼翻牆過來了？」

胡小天道：「正門人太多，這樣過來省得麻煩。」

方知堂樂呵呵道：「恩公做事總是神龍見首不見尾。」他也是閱歷豐富之人，馬上猜到胡小天前來的目的：「恩公是來找秦姑娘的？」

胡小天笑了笑道：「也沒什麼要緊事，就是順路過來看看。」

方知堂道：「恩公可知道展鵬去了哪裡？」

展鵬和梁英豪兩人已經被胡小天先行派往康都，前去鳳儀山莊先做準備，不過因為此行的任務非常重要，即便是對自己的未婚妻方芳也沒有透露。

胡小天笑道：「我派他去做點事情。」

方知堂喔了一聲也就不再多問。

胡小天道：「他和方芳的婚事怎樣了？」

方知堂笑道：「定在今年九月初八，此事多虧了恩公撮合。」

胡小天呵呵笑道：「到時候我來當他們的主婚人。」

方知堂大喜過望道：「自然是恩公，小老兒多謝恩公了。」他這才想起正事：「恩公稍待，我這就去通知秦姑娘。」他為胡小天倒了杯茶，請他在後花園的涼亭中坐了，這才去請秦雨瞳。

方知堂之所以不急不躁也是有原因的，他對秦雨瞳的性情非常瞭解，秦雨瞳從不因為外來的事情耽擱了她問診的時間，還有半個時辰才是她休息的時候，她也不會因為胡小天的到來而改變安排。

果不其然，秦雨瞳讓胡小天等了足足半個時辰，這才姍姍來遲。

胡小天看到秦雨瞳一出現，禁不住抱怨道：「秦姑娘好大的架子，我等到花兒都謝了！」

秦雨瞳淡然一笑道：「花還未開，何談花謝？」

胡小天道：「看你秀外慧中，怎地那麼沒有情趣？」

秦雨瞳道：「因為你我本不是一類人，所以你看我無趣，我看你也是一樣。」目前敢於和胡小天這樣針鋒相對的也只有她了。

胡小天不以為意，指了指面前的茶盞道：「涼了，幫客人換些熱茶吧。」

秦雨瞳輕聲道：「你耐心等著，我換身衣服。」

胡小天在秦雨瞳身後道：「就是普通朋友拜訪一下，沒必要這麼隆重！」

秦雨瞳的腳步微微停頓了一下，並沒有說話，然後繼續向房中走去。

胡小天因為這句話又等了小半個時辰，雖然沒有誇張到花兒也謝了的地步，可太陽就快落山了，過份的是，秦雨瞳居然連熱茶都沒給自己續上。如果第一次是因為工作，而第二次就是存心故意了。

秦雨瞳從房間內出來，換上了一件褐色儒衫，可能是因為坐堂診病的緣故，她最近都以男裝示人，頭上帶著黑色髮冠，半邊面孔仍然黑紗敷面，既便如此，她的一舉一動仍然流露出超人一等的風姿。

胡小天對秦雨瞳真正的模樣頗為好奇，不過在秦雨瞳的面前他始終都能耐住性子，他也說不清為了什麼，在秦雨瞳身邊的時候，他的頭腦總是能夠保持足夠的冷靜。換句話來說，秦雨瞳是一個能讓他真正靜下來的女人。在覺察到秦雨瞳出門的時候，胡小天佯裝靠在涼亭內睡著了，還故意打起了輕微的鼾聲。

秦雨瞳來到他面前，輕聲道：「別裝了，讓你久等是我不對，我請你吃飯。」

胡小天睜開雙目：「秦雨瞳，別一副高高在上的樣子，你請我就得去啊？」

秦雨瞳道：「不樂意就走吧！」

此時方知堂端著托盤走了過來，笑道：「恩公，秦姑娘特地準備了好酒好菜。」

胡小天望著托盤內，其中果然都是素菜，秦雨瞳不吃葷腥，不過雖然是素菜，每樣菜式都是色香味俱全，極盡精緻，方芳也端著托盤過來了。

胡小天笑道：「這麼豐盛啊！」

方芳道：「嘗嘗師姐的手藝！」

胡小天向秦雨瞳看了一眼，想不到居然是她親手做的，原來秦雨瞳這會兒功夫不但把衣服換了，還特地去做飯了，自己倒是誤會了她。

胡小天熱情邀約道：「嫂子一起吃吧！」

方芳被他叫了一個大紅臉，心中卻喜不自勝，含羞道：「恩公又開人家玩笑，我不耽擱你們說話了。」她向父親使了個眼色，兩人擺好了酒菜轉身離去。

秦雨瞳也沒有邀請胡小天，自己先坐了下去，胡小天也不需要她邀請，在秦雨瞳的對面坐下，這貨盯住秦雨瞳的雙眼，好一會兒方才道：「你難道就打算帶著面紗吃飯？」

「我擔心自己的樣子嚇到你，害你沒了食欲！」

胡小天笑道：「又不是沒見過，我口味重，精神上有點怪癖，越是看到恐怖的樣子，越是食欲大增。」

秦雨瞳點了點頭，摘下面紗。胡小天本以為會看到她臉上縱橫交錯的刀疤，可這次卻變了樣子，當然不是變成讓他驚豔的天仙美人，只是一張蒼白到平淡的面孔，胡小天敢斷定秦雨瞳帶了面具。

秦雨瞳道：「滿意了？」

胡小天道：「你整天帶著面具活著累不累？」

秦雨瞳輕聲道：「每人都有權利選擇自己的生活。」她為胡小天斟滿酒杯，自己喝的卻是茶。

胡小天道：「不公平，你請我喝酒，自己多少也應該喝上一點。」

秦雨瞳道：「我這人最不喜歡別人強迫我，今天是為你送行，不然我不會請你喝酒。」

胡小天道：「既然是送行，那多少應該拿出一點誠意。」他喝了半杯酒，又將自己剩下的半杯酒遞給了秦雨瞳。

秦雨瞳對這廝的秉性多少瞭解一些，他總是喜歡強迫別人做不願意的事情，秦雨瞳歎了口氣道：「在我沒生氣之前，你最好把自己的口水吞下去。」她拿過酒壺，將自己面前的空杯添滿，居然主動一口飲盡。

胡小天滿意地笑了，他也將這半杯酒喝完，秦雨瞳終究還是在自己的強勢下做出了讓步，男人都有虛榮心，這廝心中暗忖，終有一日我要揭開你的層層面具，終有一日，我要讓你喝下我的殘酒，這貨意識到自己的內心多少有些扭曲。

「你打算什麼時候走？」秦雨瞳一邊為他斟酒一邊問道。

胡小天道：「趕得及參加五月十六的大婚就行。」

秦雨瞳的目光並沒有看他，淡然道：「別人都說你此行是凶多吉少，想不到你居然還是一個情聖，為了感情連性命都不要了！」

胡小天笑瞇瞇道：「你吃醋啊？」

秦雨瞳搖了搖頭道：「只是為曦月感到不平！」她和龍曦月感情深篤，情同姐妹，而且她也知道龍曦月並未死去，仍然活在這世上。

胡小天道：「皇帝不急急死太監！」

秦雨瞳的目光轉冷：「急著當駙馬吧！」

胡小天道：「我此去康都，有人反對，有人挽留，有人為我擔心，可對我冷嘲熱諷的你還是第一個。」

秦雨瞳道：「腿長在你自己身上，你想去哪裡，誰都攔不住你，不過，你去康都之前，有件事，我想你有權知道。」她停頓了一下道：「我師父去天香國的時候，遇到了一位故人。」

胡小天心中一凜，秦雨瞳的師父乃是玄天館主任天擎，此人乃是大康最為神秘的高手之一，這些年始終雲遊在外，不知是偶然還是故意，他剛好躲過了幾次宮廷政變，政權更迭並未對他造成任何的損害，玄天館雖然和朝廷關係緊密，卻能夠在每次風波之後得以保全，或許跟任天擎的處置有關。秦雨瞳口中的故人是誰？胡不為還是龍曦月？

秦雨瞳道：「她若是知道你大婚的消息，必然會為你開心！」

胡小天皺了皺眉頭，他已經可以斷定任天擎遇到的是龍曦月，如果龍曦月知道自己和七七完婚的消息，她會不會傷心？自己當初因為周默和蕭天穆兩位結義兄長的欺騙而誤解了龍曦月，自從那時候開始，他和龍曦月就斷了聯絡，甚至在他得知真相之後，仍然沒有主動聯絡過龍曦月，對胡小天而言，保持現狀才是對龍曦月最好的保護，在時機沒有成熟之前，他不會率先掀起這場風波，不過他在心中早已下定決心，在自己真正紮穩腳跟之後，就會前往天香國救出龍曦月，不惜任何代價。

「你為何不說話？」秦雨瞳表現出前所未有的咄咄逼人。

胡小天望著秦雨瞳道：「你雖然聰慧過人，可畢竟是一個女人，女人的見識和眼光畢竟局限，我心中想什麼你不會知道，而且我沒必要跟你解釋，就算我說出來，你也不懂！」

秦雨瞳咬了咬嘴唇，她被胡小天的蠻橫態度激怒了：「胡小天，你根本就是一個不可理喻的混蛋！」

胡小天呵呵笑了起來，他拿起酒壺給自己滿上：「我蠻喜歡你生氣的樣子，秦雨瞳，你知不知道，你只有生氣的時候才像個活人！」

「滾！」

天下間能夠逼著秦雨萌爆粗的只有胡小天，可胡小天在遭遇女神醫粗暴對待的時候仍然能夠保持心平氣和，甚至還有些得意。他輕聲道：「知我心者，於我何憂，亂我心者，謂我何求。」端起面前的酒杯一飲而盡，起身道：「告辭！秦姑娘保重！」

秦雨瞳望著胡小天挺拔的背影，唇角卻露出一絲笑意，既然胡小天即將遠行，何必要跟他分個高下，讓他以為氣到了自己，讓他帶著優越感離去也算是一件不錯的臨別贈禮。

胡小天的腳步卻停了下來，輕聲道：「你應該沒有真正生氣，無論怎樣，都謝謝你滿足了一個男人的自尊。」

這次胡小天真的走遠了，秦雨瞳抬頭看了看夜空，幽然歎了口氣，這個混蛋，竟然看穿了自己的心意，可是他自以為機關算盡，有些事他是不會預料到的。

胡小天回到府邸，看到梁大壯正在門外翹首期盼，胡小天笑道：「一直等著我呢？」

梁大壯道：「也就是剛剛才出來。」

胡小天舉步向府中走去，看到梁大壯表情有些猶豫，微笑道：「是不是有話想對我說？」

梁大壯點了點頭道：「是！少爺，您何時動身前往康都？」

胡小天道：「快了！」

「可不可以帶我過去？」

胡小天向梁大壯看了一眼。

梁大壯有些急切道：「少爺，大壯知道自己無能，可是跟隨在少爺身邊這麼多年，少爺的心思我最明白。再說，少爺大婚的日子，大壯想親眼見證，這也是夫人的心願。」

這個理由還是極具說服力的，胡小天道：「大壯，此去康都風險重重。」

「我不怕！」

胡小天點了點頭道：「好吧，不過你不能跟我一路，我準備了一些聘禮，你和常凡奇一路押運過去。」

梁大壯道：「常凡奇也去？」

胡小天點了點頭道：「他勇猛過人，自從追隨我之後，還沒有真正用武的機會，此次讓他前往康都，一是為了讓他知道我對他的信任，二也是為了讓他有個展現能力的機會。」

梁大壯低聲道：「此人乃是大雍舊將，他會不會從中作梗呢？」

胡小天笑道：「所以才讓你跟他一起。」

梁大壯連連點頭，胡小天痛快答應了他的請求，也讓他相當欣慰。

胡小天回到自己居住的院落中，維薩已經為他準備好了洗澡水。

胡小天脫去衣物，赤身進入浴桶之中，向維薩招了招手，示意她進來跟自己共浴。維薩搖了搖頭，她知道胡小天今晚就要遠行，而且拒絕她隨同前往，維薩心中難免失落萬分，柔聲道：「我為主人沐浴。」

胡小天並沒有勉強她，感受著維薩輕柔的指尖在自己頭皮上輕輕按摩，閉上雙目，輕聲道：「大壯會護送聘禮回康都。」

維薩附在他耳邊小聲道：「你不是懷疑他？」

胡小天道：「我始終無法斷定，他究竟為何人效力，不過有一件事我可以斷定，他對我應該沒有惡意，此次返回康都，我想他背後的勢力應該會暴露出來。」

維薩從後方抱住他肩頭，俏臉緊貼在他頸後，含淚道：「我還是不放心你。」

胡小天輕輕拍拍她的手背，將她的纖手握在掌心：「那就是對我沒有信心？」

維薩用力搖頭。

胡小天笑道：「放心吧！我一定會平安歸來！」

三更時分，胡小天從溫柔鄉中爬起，悄然離開了東梁郡，來到和夏長明約定的地點。夏長明已經帶著飛梟和雪雕在那裡等待。

飛梟已有多日未曾和胡小天相見，看到胡小天前來，興奮地張開雙翅，用力忽閃起來，頓時胡小天面前飛沙走石，草屑亂飛，這種獨特的迎接方式讓胡小天有種亂花漸欲迷人眼的感覺，笑罵道：「老弟啊老弟，你實在是太賊了，我給你想了個名字，以後就叫你大鵬好不好？」這名字實在是沒創意。

飛梟居然將碩大的頭顱點了點。

胡小天笑道：「居然喜歡呢！」

夏長明道：「主公，咱們出發吧！」

胡小天點了點頭道：「出發！」

展鵬和梁英豪都已經順利抵達了鳳儀山莊，梁英豪過去在渾水幫的那些兄弟大都留在了鳳儀山莊，如今這鳳儀山莊的下方已經被挖得縱橫交錯四通八達，鳳儀山莊所在的落雲山位於康都和皇陵的中點處，胡小天離開的這段時間，這些渾水幫的兄弟也沒閑著，已經開挖出兩條分別通往康都和皇陵的通道，通往康都的那條通道已經直接挖到了皇城根下，至於通往皇陵的那條通道，卻在掘進十五里之後遭遇了阻礙。

胡小天雖然動身較晚，可在展鵬和梁英豪抵達鳳儀山莊的第二天就已經來到。胡小天利用易筋錯骨易容，夏長明也戴上了人皮面具，兩人大搖大擺進入了鳳儀山莊。

總管胡佛聽說有人前來拜會梁英豪，以他的眼力當然認不出改變形容之後的胡小天。正在詢問兩人身分來歷時，展鵬迎了出來，笑道：「元甲兄來了！」

胡小天懶得想名字，直接就用上了津門大俠霍元甲的名字，沒用李小龍是因為龍字犯忌。

胡小天向展鵬抱了抱拳：「展兄！」

展鵬向胡佛道：「胡總管，這兩位全都是我的朋友。」

胡佛聽他這樣說自然疑心盡褪，他笑道：「你們聊著，我就不耽誤你們了。」

展鵬將胡小天邀請到山莊之中，來到西邊的院落，看到四下無人方才笑道：「想不到主公來得如此快捷，我們昨日才到，主公今日就來了。」

胡小天笑道：「飛得總比走得快！」

展鵬嘖嘖稱奇，胡小天果然是上天眷顧，單單是這番奇遇就不是尋常人能夠得到的。

胡小天道：「梁英豪呢？」

展鵬道：「他和那幫弟兄去後山林場觀察地道的進展了。」在鳳儀山莊挖掘差不多之後，他們就將鳳儀山莊的地下入口暫時封閉，從落雲山另覓出口進行開挖，平日裡就以伐木工的身分作為掩護，他們所在的位置也是距離康都最近的一處林場。

胡小天點了點頭：「我想先去我娘墓前上柱香。」

展鵬道：「我為主公安排。」

胡小天並未在鳳儀山莊多做停留，在展鵬的陪同下來到母親的墓前，看到墳塚清掃的一塵不染，前方擺放著鮮花貢品，鮮花也應該是採擷不久。

胡小天確信周圍無人，這才在母親墓前跪拜上香。

望著那些貢品道：「最近什麼人來過？」

展鵬道：「永陽公主昨天來過，她逗留的時間不長，只是掃墓之後馬上就離去，並未去鳳儀山莊。」

胡小天道：「山莊這邊有何異動？」

展鵬道：「胡佛應該信得過，根據梁英豪安插的這些弟兄反應，山莊內應該沒有可疑人物，主公放心，山莊下方挖掘密道的事情，即便是胡佛也不清楚。」

胡小天點了點頭，站起身來，靜靜望著墓碑上的銘文，眼前浮現出徐鳳儀慈祥的笑臉，在他心中徐鳳儀就是自己的親生母親，她的命運實在太過悲慘，而她的悲劇卻是她所謂的娘親徐老太太一手造成。

胡小天道：「過去尚書府的人是不是都調查過了？」

展鵬道：「目前留在鳳儀山莊的只有胡佛，其他人都已經遣散了。」

胡小天道：「我答應讓梁大壯回來了。」

展鵬道：「他回來做什麼？」在展鵬看來，梁大壯在即將開始的事情上未必能夠幫得上什麼忙。

胡小天向前走了幾步，雙手負在身後道：「梁大壯這個人並不是一個普通人物。」

展鵬微微一怔：「主公懷疑他？」

胡小天道：「不是懷疑，自從周默和蕭天穆背叛我之後，我開始重新審視一些事和一些人，我發現梁大壯這個忠心耿耿的僕從身上有著太多的巧合，從我前往青雲上任之時，他總是在製造一些讓我意外的事情，那些事看似合理，可事後仔細推敲就會發現非常的可疑。」

「主公為何不審問他？」

胡小天搖了搖頭道：「我雖然覺得他可疑，但是他好像也沒有做過對不起我的事情，我只是好奇他的立場和動機。我不明白他忍辱負重留在我身邊到底是為了什麼，在東梁郡的時候，我曾經讓維薩利用攝魂術去對付他，可是梁大壯的心性之堅定超乎我的想像，維薩對他無能為力。」

展鵬倒吸了一口冷氣，他知道攝魂術的厲害，即便是他也扛不住攝魂術的迷惑，而梁大壯的心性竟然如此堅強，看來武功還要在自己之上。他低聲道：「會不會是胡尚書的人？」

胡小天道：「我爹應該知道他身懷武功，所以才派他陪我前往青雲，可是梁大壯一路之上扮豬吃虎，大智若愚，根本沒有流露出半點懂得武功的跡象，我懷疑他可能有雙重身分。」

展鵬道：「難道是朝廷的人？」

胡小天搖了搖頭道：「我想到了一個人，只是現在仍然無法確定，也許這次就可以真相大白。」

對胡小天的智慧，展鵬向來深信不疑，他既然說能夠查出，應該就差不許多。拜祭之後，展鵬陪同胡小天前往落雲山後山林場，在這裡他見到了梁英豪，梁英豪看到他這麼快就抵達也是頗感驚奇，幾人來到林場木屋內。

梁英豪將地道的挖掘圖紙拿了出來，指給胡小天看，他點了點通往皇陵的地道，歎了口氣道：「這座皇陵還真是不惜血本，主公知不知道，我們從這裡向皇陵方向掘進了十五里之後遇到了什麼？」

胡小天笑道：「難道是銅牆鐵壁？」

梁英豪點了點頭道：「不錯，就是銅牆鐵壁。他們用大塊的岩石圈起，其間用銅汁澆築，兄弟們費盡千辛萬苦將一丈多寬的岩石鑿空，本以為可以突破外牆，卻發現裡面是整面的銅牆。距離皇陵還有三十里，我從未見過如此堅實的堡壘，也從未見過如此浩大的工程。」

胡小天道：「若是往下挖呢？」

梁英豪道：「根基極深，兄弟們沿著銅牆向下挖了十餘丈，仍然沒有找到盡頭，而且已經到了護陵衛隊巡邏的範圍內，我們也不敢做太大的動作。」

胡小天和展鵬對望了一眼，兩人都為之咋舌。

梁英豪道：「我對這皇陵也有興趣了，昏君勞民傷財，虧空國庫，將大康的財富大都投入到這座皇陵之中，若是能夠挖出一條通道，將其中的財寶全都盜出來，也算得上是替天行道。」

胡小天道：「這座皇陵乃是洪北漠一手設計，這個人深不可測，既然挖不通，就不必白費力氣。」

梁英豪道：「聽說洪北漠奉命為您修建駙馬府呢，我打算帶幾名弟兄混進去看看，這老東西會不會在裡面設置機關。」

胡小天笑著點了點頭，未雨綢繆當然是好事，洪北漠及其身後的天機局不可小覷，論到機關之術，洪北漠應該算得上當世第一。

展鵬道：「最好提前挖一條地道通往駙馬府，主公若是遇到什麼麻煩，就可經由地道直接出城來到這裡。」

梁英豪呵呵笑道：「這可不行，若是直接挖一條地道通往駙馬府，別人就會循著這條通道順藤摸瓜找到咱們的老巢，咱們豈不是要前功盡棄。而且這樣做耗時耗力，恐怕現在做已經來不及。不如在駙馬府周圍選幾套合適的宅院買下來，然後偷偷挖地道進入駙馬府，這做起來應該不難。」

胡小天道：「打洞方面你是專家，不過此事卻有些不妥，康都內遍佈天機局的勢力，洪北漠這個人老謀深算，我們竟然能夠想到往駙馬府內挖地道留後路，他就會預想到這一點，這次皇上讓他主持修建駙馬府的工作，他一定會提前佈局，清除種種潛在的威脅和漏洞，英豪，千萬不要在駙馬府附近做動作，你可以混入其中，觀察他們到底在駙馬府動了什麼手腳，我們提前做出防範就是。」

梁英豪點了點頭，胡小天想得畢竟要比自己周全得多。從洪北漠設計皇陵，在距離皇陵三十多里的地方就已經在地下澆築銅牆鐵壁防範挖掘來看，此人行事謹慎，考慮周全。

胡小天道：「皇陵的事情暫時放一放，從地下挖不進去，可以考慮從其他途徑進入其中，不過這事兒不急，當務之急乃是我的這場大婚。」

梁英豪道：「主公打算何時現身？」

胡小天瞇起雙目道：「提前七日出現足矣。」

梁英豪笑道：「也就是說咱們有兩個多月的時間可以做準備。」

胡小天道：「有沒有辦法挖一條地道深入皇宮之中？」

梁英豪道：「主公的意思是。」

胡小天這才將皇宮內有密道的事情告訴了梁英豪，他對皇宮內部結構非常熟悉，描述起來如數家珍，梁英豪聽完之後道：「如果能夠找到皇宮的結構圖，我們就可以從皇宮的地下排水道進入皇宮地下，確定距離司苑局最近的地方進行挖掘，還好司苑局距離宮牆並不算遠。只要能順利掘進到司苑局的下方，和原有地道貫通，那麼就可以大功告成。」

胡小天點了點頭道：「皇宮的詳細圖紙我會儘快落實，這兩天你們可以在皇城附近尋找合適的宅子。」

梁英豪道：「皇城應該比皇陵好挖得多，相信不會有那麼變態的銅牆鐵壁。」說到這裡他又歎了口氣道：「真是好奇啊，這皇陵裡面到底藏了什麼寶貝？」

胡小天道：「肯定是一個不可告人的秘密，老皇帝為了修建這座皇陵勞民傷財。大康的國庫多半被他花在這裡了，這皇陵中的真正秘密恐怕只有洪北漠才清楚，我推測，老皇帝之所以肯花這麼大的代價來修建皇陵，應該是相信這座皇陵可以讓他長生不老。」

展鵬道：「當真昏君，這世上哪有什麼長生不老。」

胡小天道：「我們都懂的道理，上位者未必能夠懂得。」

梁英豪道：「主公，這昏君擺明了是利用完婚的藉口將您騙到京城，他是要對你不利啊，此番咱們必須要做足準備，確保全身而退。」

展鵬也跟著點了點頭，他們都知道此行胡小天所要面臨的風險，全都為他深深擔憂著。

胡小天道：「他只要敢對我不利，我就要讓這康都天翻地覆，有兩個多月的時間去準備，我們有什麼好怕？」

梁英豪道：「對，就讓他賠了公主又折兵，讓他血本無歸！」

天空中忽然一聲春雷炸響，天色很快就陰沉了下來，沒多久就響起了簌簌的落雨聲，梁英豪道：「主公，我剛剛打了些野味，已經讓人燉上了。」

胡小天笑道：「人不留人天留人啊！這麼大的雨，想走只怕也不行了。」

梁英豪哈哈笑道：「主公這話可委屈我了，我可是誠心留您！」

胡小天道：「好，咱們好好喝上一場，明兒入城之後只怕沒有這樣開懷暢飲的機會了。」

此刻和大康以雲斷山脈相隔的天香國也下起了雨，不過細雨霏霏，輕柔如少女的髮絲，即便是這樣的下雨天，天氣也是非常溫暖舒適，桃紅柳綠，綠草青青。

天香國皇宮內，皇太后龍宣嬌坐在水榭內，百無聊賴地望著外面御花園的景色，從她的表情看，她並不開心。

一名身穿藍色儒衫的中年男子在一名宮女的引領下來到水榭前，那宮女細聲慢語地通報道：「啟稟娘娘千歲，藍先生來了！」

那中年男子赫然正是原大康戶部尚書胡不為，他走入水榭，向龍宣嬌恭敬行禮道：「草民藍靖參見太后娘娘。」

龍宣嬌淡然道：「免了，藍先生坐！」鳳目掃了掃周圍的那群宮人道：「你們且都退下吧！」

等到宮人都退下之後，龍宣嬌的目光在胡不為的臉上打量了一下道：「這裡只有你我二人，你又何必如此拘謹，坐！」

胡不為點了點頭，在龍宣嬌的身邊坐下。

龍宣嬌道：「今兒我收到了一張喜帖，猜猜是誰送來的？」

胡不為微笑道：「這讓我從何猜起？」

龍宣嬌瞪了他一眼道：「你這人好生無趣。猜！一定要猜！」

胡不為道：「既然太后想讓我猜，那好吧，太后讓我過來這件事或許和我有些關係，而喜帖是送給太后的，和太后也有關係，如此說來一定是犬子要成親了。」

龍宣嬌靜靜望著他，目光中流露出少女般崇拜和敬仰的目光，幽然歎了口氣道：「真是無趣，果然什麼事情都瞞不過你，你這人始終都是那麼精明。」

胡不為道：「不是我精明，而是這件喜事已經傳遍天下，猜出倒也不難。」

龍宣嬌意味深長道：「你怎麼想？」

胡不為道：「我怎樣想似乎無關緊要，你皇兄定下來的婚事當初我改變不了，現在我更加改變不了，一切順其自然就是。」

龍宣嬌道：「可外面都在說，他是見到胡小天逐漸坐大，所以想借著完婚的機會將胡小天除去，難道你一點都不為他感到擔心？他可是你的親生兒子啊！」

胡不為道：「從我離開大康的那天起，我在大康已經沒有任何親人了。」他的這番話說得毅然決然，並無半分的感情在內。

龍宣嬌道：「可無論如何，你和徐鳳儀也是夫妻一場，他是你們的親生骨肉這件事是改變不了的。」

胡不為平靜望著龍宣嬌道：「我有沒有告訴過你，他根本就不是我的兒子？我有沒有告訴過你，他是徐鳳儀和他人所生的孽種？你當初答應過我什麼？今天又在我面前提起此事，到底是何用心？」

龍宣嬌如同一個做錯事情的小姑娘，撅起嘴唇，把頭低了下去，雙手不安地揉著裙角，小聲道：「不為，人家錯了，人家只是嫉妒，只是怕你騙我。」

胡不為歎了口氣道：「難道我的心意你直至今日還不明白？你若是仍不信我，那我拋棄一切來到這裡又有何意義？大不了我離開就是。」

「不要！」龍宣嬌嬌呼道。

胡不為雖然揚言要走，卻沒有離開的舉動。

龍宣嬌小聲道：「人家錯了，給你賠不是還不行，大不了……」她停頓了一下又道：「我晚上去你那裡賠罪，你想怎樣就怎樣好不好……」這位在天香國凌駕於萬人之上的皇太后對胡不為竟然如此遷就。

胡不為道：「你皇兄請你，你去還是不去？」

龍宣嬌冷冷道：「除非是他死，我絕不會前往康都，不過人家過來相請，怎麼也要給一個面子，我準備讓隆越過去。」

楊隆越乃是皇弟，不過並非皇太后龍宣嬌親生，如今被封為福王，楊隆越和當今天香國皇帝楊隆景兩人乃是同父異母的兄弟，兩人相差僅有七天，兩人從小一起長大，手足情深，不過兩人性情卻完全不同，楊隆景性情優柔寡斷，仁慈寬厚，喜歡詩詞歌賦，琴棋書畫，而楊隆越卻性情豪放粗獷，為人堅忍果決，從小喜歡舞刀弄劍，又是天香國有西南刀聖之稱的謝天元的得意弟子，據說其在刀法上的造詣已經直追其師。

楊隆越不僅武功高強而且擅長排兵佈陣，兩年前率兵平定蠻夷叛亂，其在軍中的聲望與日俱增，雖然皇帝楊隆景對他非常器重，可是皇太后龍宣嬌卻開始感到深重的危機，楊隆越的聲望越高，對自己的兒子越是不利，福王楊隆越自己並無逆反的行為，但是已經有不少臣子在悄悄議論，天香國表面上楊隆景是皇帝，可是他的性情實在太過懦弱，實際上都是皇太后龍宣嬌在把持朝政，一些天香國的老臣心中不甘，開始謀劃讓龍宣嬌放權之事，可是當今皇帝楊隆景顯然沒有挑戰其母權威的可能，於是很多人都將希望寄託在福王楊隆越的身上。

龍宣嬌決定讓楊隆越前往康都參加婚禮當然有她的用心，她要利用這次機會讓楊隆越有去無回，如果楊隆越死在了大康，就可一舉兩得，不但除去了這個眼中釘肉中刺，還找到了一個冠冕堂皇向大康發兵的藉口。

胡不為第一時間就猜到了龍宣嬌的目的，他點了點頭道：「這主意倒是不錯，於情於理都該派人前去恭賀一下，剛好也讓他幫我捎一份賀禮過去。」

龍宣嬌的目光瞬間轉冷：「你在大康不是沒有親人了嗎？看來你對這個孽種還是念念不忘啊！」

胡不為的表情依然如同古井不波：「我只是推波助瀾，讓他死得更快一些。龍宣恩想殺胡小天，卻沒有合適的藉口，如果他知道胡小天一直和我都有聯絡，意圖裡應外合滅掉大康，你說這個罪名夠不夠殺頭的？」

龍宣嬌道：「楊隆越武功高強，想要將他剷除必須要出動一流高手，而且還不可以是皇室中的人。」

胡不為道：「我手中倒是有合適的人選。」

龍宣嬌道：「只要這件事做成，天香國就不再有隱患，我們就可以全力以赴地對付大康。」

胡不為道：「時機成熟了嗎？」

龍宣嬌道：「黑胡和大雍在北疆糾纏不清，大雍短時間內抽不出手來越過庸江，大康內部矛盾重重，龍宣恩荒淫無道，禍亂朝綱，他若剷除胡小天之後，北方必亂，社稷崩塌就在眼前。」

胡不為道：「胡小天也不是簡單人物，龍宣恩此次未必能夠如願。」

龍宣嬌唇角露出一絲淡淡笑意：「你終究還是不忍他去死。」她向胡不為靠近了一些，湊在他耳邊道：「我從你眼睛裡看得出來。」

胡不為沒有說話，只是皺了皺眉頭。

龍宣嬌道：「無論胡小天逃不逃得過這一劫，大康必然陷入內亂之中。」

胡不為道：「不要忘了李天衡！」

龍宣嬌微笑道：「他？恐怕自身難保吧！」

胡不為離去之後不久，天香國皇帝楊隆景也過來向母后請安，龍宣嬌望著溫文爾雅的兒子，臉上流露出會心的笑意，楊隆景恭敬道：「孩兒參見母后！」

龍宣嬌笑著伸出手去，牽住他的雙手道：「你啊，哪有個一國之君的樣子，我聽說你又去翰林院跟那幫老夫子吟詩作對了？」

楊隆景有些不好意思地點了點頭道：「孩兒只是去向幾位大師請教。」

龍宣嬌搖了搖頭道：「你有功夫還是多看幾本奏摺，多想想國家大事。」

楊隆景笑道：「不是有母后幫我分憂嗎？」

龍宣嬌啐道：「你可真是不孝，哀家已是不惑之年，本該頤養天年才對，可你卻不知為我分憂，整天沉溺於這些風花雪月的事情之中，哎！你這孩子都做了十五年的皇帝，不知何時才能真正長大。」楊隆景七歲登基，今年已經二十二歲了。

楊隆景不想在這個問題上繼續糾纏下去，岔開話題道：「母后，我聽說大康方面差使臣過來送喜帖？」

龍宣嬌點了點頭道：「確有此事，永陽公主五月十六完婚，他們送喜帖過來請哀家前去觀禮呢。」

「母后去不去？」

龍宣嬌道：「不去，不過也不能失了禮數，準備讓隆越代我走一趟。」

楊隆景的臉上充滿了羨慕之情，從小到大，他幾乎都在宮中長大，少有離開皇宮的時候，聽說楊隆越這次可以前往大康觀禮，他恨不能也像楊隆越一樣出去見識見識。

龍宣嬌從他臉上的表情已經知道他心中所想，輕聲道：「你不必心急，以後有得是機會。」

楊隆景點了點頭道：「母后，最近好像沒有見過映月姑娘。」

龍宣嬌道：「她潛心清修，你見她做什麼？」

楊隆景面孔一熱，雖貴為一國之君，可是楊隆景的舉止做派仍然是個儒雅書生，龍宣嬌看到兒子這番模樣，心中不由得歎息，這孩子胸無大志，對國家大事漠不關心，可是在見過龍曦月一次之後，卻對她念念不忘。他這個樣子，又讓自己如何能放心將權柄交給他？他的樣貌輪廓像極了年輕時候的胡不為，他也的確秉承了胡不為的多才多藝，可是胡不為的深沉心機和過人謀略卻沒有一絲一毫傳給了他。

楊隆景雖說當了皇帝，可是對母后仍然頗為敬畏，看到母后面露不悅之色，於是不敢再問，笑了笑道：「孩兒還有事，先行告退了。」

龍宣嬌點了點頭，目送楊隆景遠去，心中忽然一陣莫名的煩亂，揚聲道：「周德勝！你去準備一下，哀家今晚想去綠影閣。」

綠影閣乃是天香國皇室行宮之一，距離皇城並不算遠，位於飄香城東南，這裡過去是皇家園林，歷代皇帝都會在此避暑，因為上任皇帝暴病死在這裡的緣故，綠影閣被視為不祥之地，荒廢了近十年，直到五年前，龍宣嬌方才讓人將這裡修葺重建，建成之後，這裡就成了她私人的領地，沒有她的應允，就算是皇上也不敢輕易來到這裡。

楊隆景剛剛所說的映月姑娘，就是前往綠影閣向母后請安之時偶然遇到，結果讓他驚為天人，從此念念不忘。

映月其實就是龍曦月，她被送到天香國之後，一直被軟禁在綠影閣，雖然姑母龍宣嬌對她不錯，可是卻不允許她離開這裡，龍曦月初到這裡之時，終日以淚洗面，可是到後來漸漸接受了現實，她無法憑藉自身的力量逃脫牢籠，唯有期待心上人前來解救自己。

龍曦月坐在燈下刺繡，抵達天香國之後的日子裡，她唯有寄情於女紅之中，也只有這樣，才能暫時忘記心中的愛郎。

身後響起不急不緩的腳步聲，龍宣嬌出現在她的身後，嘖嘖稱讚道：「這對鴛鴦繡得活靈活現，放眼天香國，擁有你這樣高超繡工的只怕沒有第二個。」

龍曦月溫婉一笑，這才停下手頭的刺繡站起身來，柔聲道：「映月參見太后千歲！」

龍宣嬌趕緊扶住她道：「你這孩子，在綠影閣哪有那麼多的禮數，你叫我姑母就是。」

龍曦月道：「映月現在只不過是一個四處飄零的孤女，不敢無禮。」

龍宣嬌歎了口氣道：「咱們之間何時變得那麼生分了。」她牽著龍曦月的手在椅子上坐下，燭光下的龍曦月雖然有些憔悴，可是依舊明豔動人，龍宣嬌心中暗讚，果然是美麗絕倫，就算自己年輕的時候也比不上曦月的風姿，也難怪兒子會對她生出眷戀。她握住龍曦月的柔荑道：「曦月！你是不是想返回大康？」

龍曦月對她能夠放自己離去已經沒有了希望，輕聲道：「映月覺得現在已經是上天眷顧，心中早已沒有了任何奢望。」

龍宣嬌歎了口氣道：「非是姑母狠心，而是天下人都以為你死了，若是你死而復生，那麼大康將會如何向大雍解釋？以大雍今時今日的實力，必然會向大康發難，到時候只怕連天香國也會被累及。」

龍曦月道：「太后放心，映月懂得應該怎樣去做。」

龍宣嬌道：「其實哀家何嘗不想回大康去看看，可是天香國內太多的事情需要處理，根本無暇分身。」

龍曦月目光淡然，對大康的事情並無任何的興趣，能夠吸引她注意的也只有胡小天的消息了，可是龍宣嬌對外界的封鎖很嚴，她很難得到其他的消息。

龍宣嬌道：「曦月，你也到了當嫁之年，不知有沒有想過終身大事？」

永陽王府內，七七正在觀賞天機局送來的駙馬府的模型，權德安跟在她的身邊，笑瞇瞇道：「洪北漠這個人在建築方面還真是無人可及。」

七七道：「焉知他不會在其中動手腳？」

權德安不解道：「既然殿下擔心他會對您不利，又為何答應由他去改建駙馬府？」

七七道：「皇上定下來的事情，我怎麼好反對。」

權德安道：「老奴聽說皇上最近喜怒無常，半個月裡已經有兩位貴妃，六名宮人死在他的手裡了。」

七七漫不經心道：「我有陣子沒見過他了。」

權德安道：「宮裡有個傳言，都說皇上是吃了洪北漠給他煉製的丹藥，所以才變成了這個樣子。」

七七道：「他只信洪北漠，如果我去勸他，他反倒認為我是在害他。」

權德安歎了口氣道：「皇上英明一世，想不到老來被人蒙蔽。」

七七道：「權公公，你對洪北漠這個人瞭解多少？」

權德安道：「老奴知無不言言無不盡，關於他的事情已經全都告訴殿下了。」

七七的手指輕輕撥弄了一下擺放在駙馬府大門前的兩隻銅獅子，將之變換了一個位置，然後道：「天機局勢力龐大，以洪北漠今時今日的聲望和實力，比起姬飛花當日有過之而無不及，如果他想把持朝政應該可以輕易做到。可是他卻對朝政並無興趣，甚至遠離朝堂。你說他辛辛苦苦費盡心血扶持皇上東山再起，重登大寶，為的是什麼？難道他只是為了忠誠？」

權德安搖了搖頭道：「他對皇上未必是忠誠，依老奴之見，他是有求於皇上，他和皇上之間應該是相互利用。」

七七道：「有件事我始終沒有問過你，當年我娘為何要死在大相國寺？」

權德安歎了口氣道：「老奴委實不知，主母自從生下公主之後，整個人就變得抑鬱消沉，其實這也是產婦之中常見的情形，當時她提出要去大相國寺上香，太子應允之後，她去了大相國寺，上香以後卻又提出去塔林看看，說是去拜祭一位昔日點化她的高僧，可誰想到她有了尋死之心，等到發覺已經晚了。」

七七道：「那位高僧法號是什麼？」

權德安道：「她並未說過。」

七七道：「我記得那佛塔埋著的乃是一個無名僧人，每年初一我都會去塔前祭拜，我也曾經問過大相國寺的僧人，可是他們都不知道那座佛塔下埋的究竟是誰。」

權德安道：「大相國寺後方佛塔數以千計，經年日久，其中有不少已經查詢不到主人的名姓了，這也不足為奇。」

七七道：「可新近我聽說那佛塔下埋著的應該是一個叫明晦的僧人，不知你有沒有聽說過？」

權德安皺了皺眉頭，表情顯得有些迷惘，仔細思索了好一會兒，終於還是搖了搖頭道：「老奴從未聽說過。」

七七心中暗忖，權德安應該沒理由欺騙自己，究竟是他真不知道？還是有意隱瞞？又或是洪北漠在故意欺騙自己，捏造出一個根本不存在的人物來騙取自己的信任，可想起和洪北漠的那次對話，七七心中有些不寒而慄，洪北漠對自己顯然是瞭解的，隨著年齡的增長，她會在睡夢中出現一些奇怪的啟示，而這些啟示大都已經應驗了，難道母親真的將記憶遺傳給了自己，隨著時間的推移，這些記憶在自己的腦海之中慢慢復甦，可是她為何沒有將死亡的真相留給自己？難道她從未想過要讓女兒為她復仇？

權德安道：「殿下需不需要我去查清楚這件事？」

七七搖了搖頭道：「算了，我只是隨便問問。」

權德安道：「其實主母已經去世這麼多年，若是能夠看到殿下今日之成就，想必也可含笑九泉了。」

七七淡淡笑了笑道：「我可沒什麼作為，權公公，我娘在嫁給我爹之前出身何處？為何我每次一問你，你總是推說不知？」

權德安恭敬道：「不是推說，是的確不知，奴才是在主母嫁給太子之後，方才被當時的皇后娘娘派過去做事，對主母過去的事情並不清楚。」

七七點了點頭，也沒有繼續追問，輕聲道：「你去忙吧。」

權德安應了一聲，七七道：「黃飛鴻應該來了，你去看看，讓他進來見我。」

第八章

人若動情必然受傷

七七沒有把握，只有胡小天遇到麻煩時才會想起自己，
他之所以答應回來完婚，應該是另有目的。
想起感情兩個字，七七心中流過一絲苦澀，
感情？人若動情必然受傷。

沒過太久的時間，霍勝男就已經來到七七的面前，她以黃飛鴻的身分加入神策府，一直女扮男裝，將身分掩飾得很好，直到今日也沒有露出任何破綻。

霍勝男抱拳道：「屬下參見公主殿下！」

七七道：「都有什麼消息？」胡小天的很多消息都是通過霍勝男傳達，七七心中始終將她當成胡小天的人。

霍勝男道：「啟稟公主殿下，已經收到公子回覆，他會在五月初抵達康都！」

七七點了點頭，心中居然感到一絲安慰，此前她甚至想過胡小天不肯歸來，他既然願意返回康都和自己成婚，就證明他心中還是有自己的位置的。

霍勝男道：「殿下，屬下有句話不知當講還是不當講？」

七七微微昂起下頷，意思是讓她說。

霍勝男道：「這件事其實是個圈套，朝廷恐怕不僅僅是為公主和駙馬完婚這麼簡單。」

七七冷冷道：「你是什麼身分？豈可妄自揣測聖意？」

霍勝男慌忙垂下頭去：「屬下知罪！」

七七道：「算了。」她雙眸掃了霍勝男一眼道：「你負責神策府的事情也有不少時日了，可是神策府方面卻始終沒什麼起色。」

霍勝男道：「屬下無能！」

七七歎了口氣道：「不是無能，是無心，在你們的心中始終只有一個主人，本宮明白！」

霍勝男道：「在屬下心中，殿下和駙馬原本就是一家人，心中絕沒有任何的偏頗。」

七七淡然一笑，站起身來，在房內踱了幾步道：「神策府早已名存實亡，我花費了這麼大的精力，到最後依然是貽笑大方。等他回來，讓他自己決定怎樣做吧。」

霍勝男聽出七七話裡有話，她難道有了解散神策府的意思？

七七道：「我讓你來，是想你親自去東梁郡一趟。」

霍勝男微微一怔，脫口道：「什麼？」胡小天這邊才到康都，七七居然就要派她去東梁郡，真是讓霍勝男哭笑不得了。

還好七七並沒有留意到她錯愕的神情，將手中早已準備好的一封信遞給了霍勝男道：「別人我都信不過，你將這封信直接送過去，務必要親手交給胡小天。」

霍勝男當然不能向她道出實情，走上前去接過那封信。

霍勝男離開永陽王府的時候，恰恰看到洪北漠前來，跟在他身後的還有兩人，分別是鷹組的傅羽弘，狐組的葆葆，霍勝男並沒有和洪北漠正面打過交道，悄然讓到一旁，洪北漠昂首闊步向裡面走去，向傅羽弘和葆葆道：「你們兩人在外面等我。」

洪北漠走入內院，霍勝男方才舉步準備離開，她離開王府，看到外面大雨滂沱，將七七委託她交給胡小的那封信收好，穿好蓑衣，戴上斗笠，翻身上馬，上馬之時卻感到下身一陣疼痛，想起此前的荒唐，俏臉不禁一熱，可想到胡小天仍在家中等著自己，芳心之中又感到甜絲絲的。

霍勝男催馬進入長街，一心想要趕回水井兒胡同和情郎早些相聚，可是她卻突然意識到身後似乎有人在跟蹤。

前方就是天街，霍勝男放緩了馬速，轉身望去，卻見一名黑衣女郎身穿緊身黑色皮衣，外罩黑色鯊魚皮斗篷，騎乘著一匹黑馬，就尾隨在自己身後十丈左右的地方，透過密集的雨絲，依稀可以辨認出這張美麗俏臉的主人就是葆葆。

葆葆是洪北漠的乾女兒，還在天機局統管狐組，是天機局的骨幹之一。

霍勝男留在康都的目的之一就是調查天機局，對天機局的內部結構早有瞭解，至於葆葆，胡小天在離開康都之前專門向她交代過，倒不是因為胡小天夠坦誠，而是因為他害怕自己不在京城的時候，她們之間會產生交集，畢竟神策府和天機局是對立的兩方，萬一火併起來就麻煩了，無論是葆葆傷了霍勝男，還是霍勝男傷了葆葆全都不是好事。

應該說胡小天還是有先見之明的，過去一段時間霍勝男始終避免和葆葆發生接觸，可是沒想到在胡小天返回京城當天，葆葆竟然尾隨自己。

霍勝男雙腿一夾胯下駿馬，坐騎一聲長嘶向前方急衝而去，身後葆葆也加快了馬速，冷不防霍勝男在前方勒住馬韁，胯下駿馬揚起一雙前蹄，再度落下之時，整個馬身已經橫在了街心。

葆葆也急忙勒住馬韁，靜靜望著遠方的霍勝男。

雨水不停落在霍勝男的斗笠之上，又沿著斗笠的邊緣滑落下去，霍勝男明澈的雙目靜靜注視著十丈開外的葆葆，不慌不忙道：「不知葆葆姑娘有何見教？」

葆葆笑道：「沒什麼事情啊！」

霍勝男道：「沒什麼事情為何要跟蹤在下？」

葆葆歎了一口氣道：「這條路你能走的，我當然能夠走的，難道是你家的不成？」

霍勝男點了點頭，她催動坐騎讓到了一旁：「姑娘先請！」

葆葆驅策坐騎緩緩向前方走去，經過霍勝男身邊的時候，她用只能兩人才能聽到的聲音道：「胡小天，你化成灰我都能認出你來！」說話間，已經揚起手來向霍勝男的面龐抓去，原來葆葆認定了眼前人就是胡小天假扮。

霍勝男一直在提防葆葆，在她出手之後第一時間已經做出反應，出手如風，向葆葆的手腕一掌斬去，切向她的脈門。

葆葆動作也是奇快，手腕一翻和霍勝男對了一掌，啪的一聲，葆葆嬌軀一晃，她的內力顯然無法和霍勝男相比，借著霍勝男的一掌之力身軀連續後翻，已然落在了右側屋脊之上，俯視下方的霍勝男，咬牙切齒道：「小子！翻臉不認人是不是？」右手一抖，數點寒星直奔霍勝男的坐騎而來。

霍勝男不禁皺了皺眉頭，直到現在她也不明白因何葆葆會認定自己就是胡小天？她抽出腰間青鋼劍，騰空飛掠而起，將那數點寒光全都阻擋在中途。一提一縱，落在葆葆對側的屋脊之上，冷冷望著對面的葆葆道：「姑娘認錯人了，在下黃飛鴻，不是什麼胡小天！」

葆葆呵呵冷笑道：「騙誰？」右手中已經多了一條銀光燦爛的長鞭，用力一揮，宛如一條銀蛇，向霍勝男攔腰纏去。

霍勝男無心戀戰，吹了一個呼哨，坐騎沿著天街向正北方狂奔而去，霍勝男躲過葆葆的這一鞭，沿著屋脊飛奔起來，騰飛跳躍如履平地。

葆葆怒道：「哪裡走？」

她在身後緊追不捨，手中銀鞭來回揮舞，卻無一命中目標，打在屋頂細瓦之上，打得瓦礫亂飛。看到追不上霍勝男，葆葆似乎下了狠心，從腰間摸出七星連弩，此乃天機局最厲害的殺器之一，是洪北漠親自設計，射速奇快，即便是一流高手也不敢大意。

她喝道：「你再敢逃，我就對你不客氣。」

霍勝男利用劍身上的倒影看清後方的情景，心下一沉，停下腳步轉身向葆葆道：「都跟你說過了，我不是你找的人，為何又要苦苦相逼？」

葆葆揚起七星連弩對準了霍勝男的心口道：「你再敢走一步，我就讓你亂箭穿心！」

霍勝男被她糾纏不放，心中不覺動了怒氣，冷冷道：「區區一個七星連弩能奈我何？」

葆葆冷哼一聲，手中七星連弩瞄準對方的右肩射了過去，她的目的並非是要射殺對方，而是要嚇嚇他。

霍勝男射術一流，在得到射日真經之後，胡小天從中學會的是散功之法，而霍勝男從中得到的裨益更大，不僅僅內力增強數倍，而且她從書中學到了落櫻宮的箭術，如今已經到了以氣御箭的境界。單從葆葆目光和弩箭所指，就知道她的攻擊絕對不會傷及到自己半分。

在葆葆扣動扳機的同時，霍勝男已經摘下背後長弓，瞬間完成了彎弓搭箭瞄準射擊的動作，葆葆還未來得及做出反應，對方的箭鏃已經射中了她的斗篷，從頭頂髮髻之中穿了進去。

葆葆嚇得發出一聲尖叫，伸手去摸頭頂，還好霍勝男手下留情，若是這一箭再矮上半寸，只怕就要射穿她的額頭，葆葆嚇出了一身的冷汗，再看時，霍勝男已經從屋頂飛縱而下，落在馬背上，縱馬揚長而去。

望著霍勝男在雨中漸漸消失的身影，葆葆氣得直跺腳，咬牙切齒道：「混小子，以為我當真聞不出你的味道！」

霍勝男確信擺脫了葆葆，方才返回了水井兒胡同的住處，胡小天果然老老實實待在家中練功調息，聽霍勝男說起途中遇到葆葆被她糾纏的事情，胡小天也不由得笑了起來。

霍勝男道：「真是奇怪，她為何認定了我就是胡小天假扮？除非她是個狗鼻子，聞得出你的味道……」

說到這裡正遇到胡小天曖昧的眼神，霍勝男終於明白了過來，俏臉一熱，擰住胡小天的耳朵道：「都是被你這混蛋害的！」

胡小天道：「你知不知道為什麼人會有夫妻相？」

霍勝男搖了搖頭。

胡小天道：「兩人一旦有了夫妻之實，既然可以讓女人懷孕生子，改變樣貌也是一個道理。」

說到這裡，這廝忽然想起了一個問題，要說跟自己有過夫妻之實的美女也有幾個了，每次也沒有採取任何的措施，可為何至今也沒見一個人的肚子大起來？不可能這麼巧所有美女都患上了不孕症？抑或是每次都在安全期？最大可能還是自己的問題，抽空要不要設計一台顯微鏡，查查自己某方面的成活率？

霍勝男看到這廝居然走起神來，又伸手揪住了他的耳朵：「喂，想什麼呢？是不是魂兒都被那個葆葆給勾走了？」

胡小天笑道：「沒想什麼，你這一說，倒是提醒了我，雖然我改變形容，卻沒有注意掩飾自身的氣息，遇到葆葆這種嗅覺靈敏的人物，肯定要露餡。」

他曾在望海城和北澤老怪有過一場生死相搏，當時北澤老怪就憑藉著超人一等的嗅覺給他製造了不少的凶險，如果不是提前掌握了那顆五彩蛛王的內丹，只怕性命都保不住。

霍勝男道：「康都不是東梁郡，這裡遍佈天機局的眼線，洪北漠門下高人眾多，你不想提前暴露自己的行藏吧？」

胡小天點了點頭道：「當然不想。」

霍勝男道：「你最好也別跟葆葆走得太近，她畢竟是洪北漠的乾女兒。」

胡小天倒是不擔心葆葆出賣自己，可是霍勝男的提醒也沒錯，跟葆葆走得太近容易被天機局的人發覺。

霍勝男這才想起將七七的那封信交給了胡小天。

胡小天挑開火漆，從中抽出信箋，展開一看，卻是一張白紙。霍勝男看到上面一個字都沒有也是一驚，愕然道：「她竟然讓我千里迢迢地送一張白紙過去？」

胡小天道：「七七這妮子不簡單，她讓你送信去東梁郡，應該是想借著這個機會將你支開。」

霍勝男道：「為何要將我支開？難道她懷疑我？」

胡小天道：「你是我的人，我讓你留在神策府為的是保護七七，還有統領神策府，指揮這邊的行動，康都有任何動向，你都會向我及時通報。七七一直都明白這件事，看來她是要對神策府有所舉動，把你支開，其目的就是可以肆無忌憚地展開行動。」

霍勝男聽胡小天這樣說，再想起剛才七七所說的那番話，認為胡小天的推測大有可能，記得自己離去之前，七七就曾經說過在他們心中始終只有胡小天一個主人。可是七七到底想幹什麼？胡小天都已經決定要回康都和她成親，難道她不應該一心為了胡小天著想？在她心底深處還另有盤算不成？霍勝男忽然有種不好的預感，她搖了搖頭，想要將這種感覺從心底摒除出去。

胡小天道：「這封信，你必須要送走。」

霍勝男道：「我才剛剛見到你，你就要我走開？」

胡小天笑道：「離開只是為了掩人耳目，又沒讓你真去東梁郡，你只需造成離開康都的假像，兜個圈子再回來就是，不過不能以本來面目出現。」

霍勝男道：「故意支開我，你好和那個葆葆雙宿雙棲。」

胡小天真是有些哭笑不得了，這是哪跟哪？自己豈肯因為兒女私情而壞了大計，他摟住霍勝男的香肩道：「我哪有那個精力，單單是你霍大將軍就讓我消受不起了。」

霍勝男啐道：「是你讓我消受不起才對，人家到現在還……還隱隱作痛呢……」

胡小天哈哈大笑，他發現霍勝男真的很會為自己著想，懂得滿足自己的虛榮心。

其實霍勝男說的是實情，她偎依在胡小天懷中道：「真是捨不得你。」

胡小天道：「等我返回東梁郡之後，咱們以後就雙宿雙棲，再也不分開好不好？」

霍勝男笑著點了點頭，可隨即又歎了口氣道：「你和公主完婚之後，心中哪裡還有我的位置。」

胡小天道：「此言差矣，全都是我的老婆，不分大小。」

霍勝男道：「這可是你說的，以後不許後悔。」

胡小天心中暗歎，自己處處留情，紅顏知己這麼多，看來以後想要把一碗水端平了未必那麼容易，必須要端正思想，鍛煉身體，端正思想就是要對她們所有人都不偏不倚，鍛煉身體那更是必須的，沒有一個強壯的體魄怎麼能夠應付得了這麼多的紅顏知己，過去羡慕別人左擁右抱享盡齊人之福，真正輪到自己的時候方才發現這種生活是極其損耗體力的，還好老子內力夠強，身體夠棒，霍大將軍這麼硬朗的體格都在自己面前甘拜下風，其他的小丫頭們，嘿嘿……

霍勝男哪裡知道他腦子裡想著那麼多的齷齪事情，小聲道：「我仍然擔心永陽公主，總覺得她的表現有些古怪，對了，她最近和洪北漠的關係好像改善了許多。」

胡小天道：「不是說洪北漠奉命改建駙馬府，我們的婚房，他和七七之間有些交往也是正常。」

七七在紙上畫了一個符號，將那張紙遞給洪北漠道：「最近我總是夢到這個符號，你看看究竟是什麼？」

洪北漠定睛望去，當他看清上面的符號，抑制不住內心的激動，用力點了點頭道：「我就知道，你會慢慢想起來的。」

七七悄然觀察他的表情，向來沉穩的洪北漠居然因為一個符號而少有地表現出這樣的激動，看來應該不是作偽，她的目光落在駙馬府的模型上，小聲道：「你在駙馬府內是不是設下了機關？」

洪北漠搖了搖頭道：「殿下放心，只是一些必要的保護措施，絕不會對您不利。」

七七聽出了他的言外之意：「那就是要對胡小天不利了？」

洪北漠微笑道：「殿下仍然懷疑我的誠意，洪某一生追求的只是無上大道，對江山社稷並無半分興趣。」

七七道：「我已將胡小天的親信逐步遣散，以免他們洞察先機。」

洪北漠道：「殿下這位未來的夫婿也不是尋常人物，我看他應該提前會讓自身勢力滲透康都之中，雖然宣稱五月初抵達康都，估計他會提前過來。」

七七眨了眨雙眸，其實她也有這樣的考慮，胡小天是個相當理智的人，如果沒有一定的把握，他不會冒險前來康都，就算沒有洪北漠提醒，她已經開始未雨綢繆，將胡小天的親信逐漸清除出自己的周圍就是她的舉措之一。七七並不相信胡小天為了自己可以捨身赴死，

洪北漠道：「我對駙馬爺並無惡意，只是擔心他這次前來很可能會攪局，當然，若是公主殿下有足夠的把握說服他，讓他甘心為您效力，那就另當別論。」說

話的時候，悄悄觀察著七七雙目。

他的這番話恰恰擊中了七七的軟肋，讓胡小天甘心為她效力？七七沒有半分的把握，當初還是她的助力之下胡小天才得以離開康都，可是胡小天在離開康都之後，卻已經完全失去了掌控，每次只有他遇到麻煩的時候才會想起自己，他在庸江已經站穩腳跟，其勢力業已擴展到了雲澤，之所以答應回來完婚，應該是另有目的，絕不可能僅僅是為了他們之間的感情。想起感情兩個字，七七心中流過一絲苦澀，感情？人若動情必然受傷。

洪北漠道：「皇上遲遲不肯冊立太子，龍廷鎮始終見不得天日，我以藥物幫助他鍛煉身體，如今他的武功已經可以躋身一流之列。」

七七雖然知道他在龍廷鎮的身上動了手腳，可是乍聽到這個消息仍然感到有些吃驚，同時又有些懷疑，究竟用什麼方法可以讓一個人成為武功高手？

洪北漠道：「隨著武功的提升，他心中的戾氣也是越來越大，如果他認為皇上非但沒有立他為太子的意思，反而要將他除去，你以為他會怎麼做？」

七七道：「他敢謀反嗎？」

洪北漠微笑道：「他當然不敢，但是有了我們的幫助，他就有了機會！我們可以幫助他除掉龍宣恩，然後再打著平亂的旗號將之剷除，那麼大康的權力理所當然地落在殿下的手中。」

七七不得不承認洪北漠這一招連環計想得周密，如果一切順利成功，那麼大康皇族之中再也無人可以繼承帝位，自己登上皇位，執掌皇權也變得理所當然，以她目前積累的聲望和她在朝臣心中的地位，應該能夠一舉功成。

洪北漠道：「這其中最不確定的就是胡小天，我們要趁著公主大婚的事情舉事，胡小天手下兵多將猛，他的選擇或許會決定我們計畫的成敗。」

七七道：「有沒有可能跟他合作？」

洪北漠道：「殿下不怕自己辛苦得來的權力拱手讓人？臣還有些識人之術，恕我直言，胡小天絕非甘心居於人下之人，殿下還需仔細斟酌。」

七七道：「皇上身邊也有高手護衛。」

洪北漠道：「李雲聰已經成為廢人不足為慮，至於慕容展，我來解決。」

李雲聰自從右眼被姬飛花射瞎之後，就安心在藏書閣頤養天年，偶爾會出宮採辦，前往民間書社尋找一些經典古籍，對宮裡的事情不聞不問，宮裡都知道這位老太監身分尊崇德高望重，誰也不敢去過問他的事情。

李雲聰最常去的地方是天水雅舍，幾乎每月都會過來四五次，這裡的老闆也知道了他的脾氣，除非他主動發問，從來不去主動打招呼。

李雲聰在翻閱書籍的時候，一個身穿黑色儒衫的瘦削男子始終在那裡望著他，直視他的雙眼，毫不掩飾，這在當今大康意味著一種無禮的行為，李雲聰微微皺了皺眉頭，傾耳聽去卻聽不到對方的呼吸，心中微微一怔，此人竟是個深藏不露的高手。

卻聽那男子道：「李公公別來無恙，小胡子給您請安了！」

如果不是胡小天以傳音入密主動表明自己的身分，以李雲聰之能也無法識破他的本尊，李雲聰不覺啞然失笑，隨便拿了幾本古籍，示意那老闆給自己包好，也無需付現，他在這裡都是記帳年結。

李雲聰顫巍巍走出了天水雅舍，胡小天也隨後離開。

李雲聰故意將手中的古籍掉在了地上，胡小天會意，撿起古籍跟上他的腳步，微笑道：「這位公公，您的書掉了。」

李雲聰呵呵笑道，獨目灼灼生光：「多謝先生了。」然後以傳音入密道：「臭小子，你果然沒讓咱家失望！」

胡小天道：「初來乍到，還望李公公多多關照。」

李雲聰道：「宮裡說話！」

胡小天道：「如何進去？」

李雲聰道：「誰還敢攔著你這位大康駙馬出入皇宮？更何況你手中有五彩蟠龍金牌啊！」

胡小天知道他是故意這麼說，苦笑道：「我要是能夠大搖大擺地出入，何必裝扮成這個樣子？又何必來找您老人家？」

李雲聰呵呵笑了起來，點了點頭道：「有沒有看到前方柳樹下的那輛馬車？」

胡小天點了點頭道：「看到了。」

「回頭咱家把車夫支開，你躲到箱子裡就是。」

胡小天愕然道：「這也行？」

李雲聰淡然笑道：「咱家的東西，宮裡面沒人敢動。」

胡小天心想，該著誰吹牛誰吹牛，想當初老子在皇宮內春風得意的時候，也敢說這句話。

那箱子是李雲聰用來裝書的，因為今天還未來得及完成採買，以胡小天今時今日的功力，再加上李雲聰的配合，當然可以做到神不知鬼不覺地進入這箱子之中。不過這箱子有些小了，以胡小天的體格不用上易筋錯骨的功夫是塞不進去的。

李雲聰重新回到車內，笑瞇瞇在箱子上輕輕一拍，捏著尖細的嗓子道：「回去！」

車夫駕馭馬車向皇宮中方向行去，胡小天龜縮在木箱內，這貨來找李雲聰之前並沒有想到會以這樣的方式來混入皇宮，假如中途遇到了盤查，豈不是要把自己來個甕中捉鱉，當然李雲聰既然敢這樣做就有十足的把握，放眼皇宮內並沒有人膽敢對他進行搜查，胡小天也不擔心李雲聰會出賣自己，畢竟李雲聰和自己有著未來合作的無限可能，在他上次離開康都時，就和李雲聰做過一番深談，李雲聰提出幫助他謀朝篡位，不過他日若是成功，希望胡小天能把皇陵給他。由此可見李雲聰對皇陵內部的秘密應該知道一些，可這老太監心機深沉，不到最後絕不肯暴露他所知道的秘密。

這一路之上果然順風順水，馬車順利進入皇宮通過各個卡口，並沒有受到任何的阻攔，來到了藏書閣，李雲聰讓兩名小太監抬起木箱，將箱子送到了他的房間內。

等到眾人離開之後，李雲聰方才慢條斯理地打開了木箱，胡小天推開箱蓋直起身來，肌肉骨骼開始舒展還原，只聽到他四肢關節發出爆竹般的劈啪脆響。

李雲聰來到床邊，盤膝坐了上去，笑瞇瞇望著胡小天，如同看到一朵花兒在眼前綻放。

胡小天舒展了一下雙臂，長舒了一口氣道：「憋死我了！」

李雲聰嘖嘖贊道：「這易筋錯骨的功夫真是不錯。」

胡小天道：「不悟和尚教給我的。」

李雲聰的臉色顯得有些尷尬，不悟乃是他的同胞兄長，昔日曾經被他所害，李雲聰的本名乃是叫穆雨明，為了潛入天龍寺內竊取秘笈，不惜捨棄自己的親生兄長，導致不悟被困天龍寺三十年，李雲聰逃離天龍寺之後，擔心被天龍寺高僧追殺，隱姓埋名潛入宮中，搖身一變成為了大太監，這個秘密目前只有他和胡小天知道。

李雲聰乾咳了幾聲道：「他的武功現在如何？」

胡小天道：「應該是我所見過最厲害的高手！」

李雲聰內心感到一陣恐懼，也就是說自己不會是不悟的對手，還好知道自己身世秘密的人只有胡小天。他點了點頭道：「他教給你不少的功夫，是你師父？」

胡小天道：「教給我武功的目的只不過是為了方便他脫身。」

望著眼前的李雲聰，胡小天心中暗歎，這兄弟兩人的心腸其實同樣歹毒，李雲聰當年坑了他的兄長，而不悟也用同樣的手段坑害自己，一個沒有顧及兄弟情義，一個沒有考慮到師徒之情，兩人半斤八兩都是薄情寡義之人。

李雲聰沒有繼續追問不悟的事情，又咳嗽了一聲道：「不是說你五月十六才是大婚之日，為何這麼早就混入康都？」

胡小天道：「李公公應當知道皇上急著為我和公主完婚的目的。」

李雲聰點了點頭道：「皇上應該是對把你送去東梁郡後悔不迭，他當初並沒有想到你會在這麼短的時間內就可以在庸江流域立足，也就是你有些本事，換成別人只怕早就將東梁郡丟了，更不用說搶了大雍的東洛倉。」獨目之中倏然一亮，毫不掩飾對胡小天的欣賞之意。

胡小天道：「皇上是準備把我長留在康都啊！」

李雲聰桀桀笑道：「既然都看得那麼清楚明白，為何還要冒險回來？你在東梁郡逍遙自在地當自己的主人不亦快哉？何苦為了一個小女人回到康都？」

胡小天道：「我若不來，就等於撕毀了和公主的婚約，皇上就可在天下人面前指責我藐視朝廷，意圖謀反，道理就不會在我的一方，他就有了向我發兵征討的理由。」

李雲聰道：「原來是為了一個虛名？」

胡小天道：「也不是為了虛名，我既然敢來，就有能夠安全離開的把握。」

李雲聰道：「知己知彼百戰不殆，你提前來這麼久，就是為了搞清楚他將要如何對付你，要在婚禮之前挫敗他的全部陰謀。」

胡小天微笑道：「的確是這般著想，不過沒有李公公的幫助，小天必將一事無成。」

李雲聰白了他一眼道：「咱家為何要幫你？」

胡小天道：「你我有師徒之誼啊！」

李雲聰不屑撇了撇嘴，單憑這個理由很難將他打動。

胡小天道：「距離皇陵還有三十里的地下就已經築起銅牆鐵壁，這件事李公公知不知道？」

李雲聰聽到皇陵頓時來了興趣，低聲道：「你想從地下掘出一條暗道進入皇陵？」

胡小天點了點頭道：「原本倒是有這個打算，皇上將這麼多的財富全都投入了皇陵之中，讓我不禁有些好奇，他花這麼多錢修一座墳到底是為了什麼？」

李雲聰道：「這座皇陵乃是洪北漠親自設計，並監督施工，在龍燁霖將皇上趕下台的時候，皇陵曾經落下鎖龍石，因為國庫空虛，龍燁霖一度打過皇陵的主意，據說皇陵地宮下已經建好了九個藏寶庫，其中埋藏著大康這數十年來積累的財富，為此龍燁霖特地請了一流的工匠和機關師想要打開鎖龍石，可是最終鎩羽而歸。洪北漠的機關，可不是誰都能破解的，直到皇上復辟成功，洪北漠方才打開鎖龍石，皇陵的建造方才重新啟動，皇上的功德在大康歷代皇帝之中排不到前列，可是皇陵的規模要數第一，咱家聽說，這皇陵周圍地底共有九道圍牆，其中還有三道暗河，圍牆乃是銅牆鐵壁，暗河乃是用水銀灌制而成，這只是冰山一角，洪北漠將畢生所學全都用在了皇陵的設計上，力求萬無一失，一旦皇陵建成，就算一隻蒼蠅都飛不進去。」

胡小天道：「皇陵之中到底有什麼？」

李雲聰搖了搖頭道：「這個問題也許只有洪北漠才知道，依咱家來看，連皇上都未必清楚。洪北漠說過這座皇陵就是永生之墓，皇上百年之後，遺體置入其中，可以萬年不腐，等待下次復生。」

胡小天笑道：「荒唐，這麼低級的謊言居然也可以將皇上騙過。」

李雲聰道：「也許皇上相信的並不是這件事，洪北漠的這番說辭只是為了矇騙天下，至於他對皇上怎麼說，咱們也不會知道。」

胡小天道：「李公公為何對皇陵情有獨鍾呢？」

李雲聰道：「能讓皇上動心的，數十年如一日的投入，必然只有長生這兩個字，咱家相信，這皇陵的裡面一定隱藏著和長生相關的秘密。」

他喟然長歎道：「咱家這一生東躲西藏，過得並不快樂，過去一直癡迷於武學，以成為天下第一高手為最終的目標，可是到了行將就木之年咱家方才發現，自己原本認為重要的東西並不重要，甚至還比不上自己付出的那些。」

胡小天心中暗忖，李雲聰應該是有感而發，過去這廝成為太監之前，據說本錢很大，為了躲避天龍寺的追殺，不惜隱姓埋名，甚至切掉了做男人的根本，肯定是後悔了，難道皇陵之中有讓他重新成為男人的東西？又或者可以讓他返老還童長生不老的秘密？

李雲聰道：「乾坤開物的丹鼎篇應該就被他藏在其中。」

胡小天對什麼《乾坤開物》並沒有多少興趣，他低聲道：「李公公放心，我必然遵守承諾。」

李雲聰道：「咱家對皇陵中的財富也沒有任何的興趣，一旦得到了想要的東西，咱家會將其他的東西全都奉還。」他雖然厲害，可畢竟勢單力孤，想要達成自己的目的必須要借用胡小天的力量，從目前來看，他的寶押對了，而且胡小天比他預想中更加強大。

胡小天道：「皇上想要對付我，必須借助洪北漠的力量，他讓洪北漠主持駙馬府的改建工作，應該是提前在駙馬府中布下機關。」

李雲聰道：「咱家也聽說了這件事，咱家本來以為，以永陽公主剛烈的性情原本會拒絕洪北漠來做這件事，可沒想到她居然答應下來。」

胡小天也發現這件事有些不尋常，七七不但同意洪北漠來修建駙馬府，而且還借著給自己送信之名將霍勝男支開，顯然是在清除自己在她身邊安插的人手，難道七七另有盤算？

李雲聰意味深長道：「若是永陽公主迫於皇上的壓力這樣做還好，可如果是她有了其他的打算，比如和皇上達成默契。」

胡小天搖了搖頭道：「應該很難。」

李雲聰道：「和洪北漠呢？」

胡小天歎了口氣道：「我最擔心的也是這件事。」

李雲聰道：「最近一段時間，洪北漠來皇宮的次數並不多，今年以來，他入宮五次，有兩次去了縹緲山靈霄宮。」

胡小天皺了皺眉頭。

李雲聰道：「據說是看靈霄宮的修復情況，可咱家卻知道，靈霄宮早已修復了，這讓人不能不懷疑。」

胡小天道：「李公公為何不去看看？」

李雲聰搖了搖頭道：「洪北漠這個人，咱家可惹不起。」

胡小天道：「所以你把招惹他的機會全都留給我了。」

李雲聰呵呵笑了起來：「宮中那麼多人，難怪你能夠脫穎而出，小胡子當真厲害！」

胡小天道：「我想在宮裡待一些時候，李公公可不可以為我做出安排？」

李雲聰道：「小隱於野，大隱於朝，真正的頂級隱者會藏身在皇宮之中，越是危險的地方其實越是安全的地方，你還真是膽識過人。」頓了一下又道：「見識也過人。」

他指了指屏風，示意胡小天藏身在要後面，然後李雲聰拉開房門道：「小德子，你進來，咱家有事找你。」

不一會兒功夫小德子走了進來，恭敬道：「公公有什麼吩咐？」

李雲聰擺了擺手示意他將房門關上，然後道：「你覺得咱家對你怎樣？」

小德子道：「公公對小的恩重如山……」

李雲聰歎了口氣道：「那你為何要背叛我。」他忽然伸出手去虛空劈出一掌，手掌並未沾到小德子的身上，可是一股無形潛力卻已經隔空送入了小德子的體內，小德子吭都沒吭一聲，身體就萎縮倒地，雙眼一翻一命嗚呼。

胡小天看到李雲聰竟然出手殺人，暗歎這廝心狠手辣的同時也佩服他的武功，他從屏風後走出，心中暗忖難道李雲聰讓自己冒充小德子，可自己跟他長得根本不像，雖然自己學會了改頭換面的本事，但是終究無法利用這手功夫將自己變成另外一個人的模樣。

李雲聰不慌不忙，走到小德子身邊，躬下身伸出手去，竟然將小德子的面皮從臉上揭了下來，原來這小德子也是易容偽裝。

李雲聰道：「此人乃是天機局的人，洪北漠讓他混入宮中，潛伏在藏書樓，意在監視咱家的日常活動，咱家早就識破了他的本來面目，只是一直以來都沒有揭穿，現在你既然要在皇宮裡待上一陣子，剛好可以利用他的身分，這個人應該是天機局狐組的高手，是個天閹。」他嘖嘖歎道：「天生是個當太監的好材料，只可惜不走正道。」

胡小天接過面具戴上，觀察了一下小德子的身材體型，要比自己瘦小不少，只能用易筋錯骨來彌補這方面的差別，不過對胡小天而言，這不算什麼難事。

李雲聰道：「少說話多做事，小德子只是和元福相熟，和外界的接觸並不算多，咱家會將元福支開一陣子，其他的事情你自己看著辦。」

胡小天嘿嘿一笑：「多謝李公公了。」這廝捏著嗓子說話，其實太監的腔調大致都差不多，胡小天將陰陽怪氣的語調掌控得非常到位。

李雲聰道：「你有什麼打算？」

胡小天道：「先查清這邊的底細再說。」

夜幕降臨，胡小天從藏書閣文聖像下方的地洞中進入密道，這條密道因為太多人知情已經算不上什麼秘密了，不過好在這條密道能夠連通紫蘭宮、司苑局、藏書閣和瑤池。

胡小天沿著密道潛入瑤池內，自從龍宣恩復辟成功後，縹緲山的警戒也明顯放鬆了許多，胡小天來到縹緲山的瀑布周圍，循著山崖向上攀去，這面山崖平整如鏡，直上直下，胡小天憑藉一流的攀岩身法，手足並用，施展金蛛八步攀上縹緲峰頂。

時近午夜，整個靈霄宮都籠罩在一片夜色之中，月光下，可以看到靈霄宮已經修復完成，大殿巍峨，紅磚碧瓦反射出清冷的光芒，猶如一個孤獨的巨人，靈霄宮北就是雲廟，從瀑布前往靈霄宮剛好經過這裡。

胡小天曾經有過一次進入雲廟的經歷，那次是隨同龍曦月前來拜祭她的母妃，只是不知現在的雲廟是否還是那般模樣？胡小天悄然翻牆而入，雲廟內並沒有人留守，胡小天輕車熟路，來到大殿內，他記得當時在這裡看到過一張七七生母的畫像，這次既然來了，索性順手牽羊將之帶走，和七七相見之日當成一份禮物送給她也好。

胡小天找到了凌嘉紫的畫像，將畫像從牆上取下來捲好，收拾畫軸之時，卻感覺裡面似乎有東西在滾動，心中不由得一怔，難道這畫軸之中暗藏玄機？

胡小天用匕首將畫軸剖開，這畫軸果然是中空，其中藏著一串紫色晶石手鏈，這幅畫的作者是龍宣恩，將晶石手鏈收藏在其中的自然也是他，這串手鏈是女子飾物，可以推斷出當年應該是凌嘉紫的飾品，老皇帝將這串手鏈收藏在這裡或許是一個紀念。

胡小天心中暗歎，龍宣恩這老狗居然連兒媳婦都不放過，實在不是個東西，他的心中不免產生了一個猜測，龍宣恩和七七之間究竟是什麼關係？七七會不會是他的骨肉？

帶著迷惑胡小天離開了雲廟，月下無聲無息地潛行，來到靈霄宮外，就在他準備進入靈霄宮的時候，突然聽到西南角傳來一聲驚恐的慘叫，胡小天心中一沉，看了看周圍，很快就聽到凌亂的腳步聲，從靈霄宮內兩名武士跌跌撞撞地跑了出來，其中一人渾身是血，右臂已經不見。

兩人驚恐道：「救命……」

沒等他們逃出太遠，一道黑影如同鬼魅般從靈霄宮內激射而出，雙手在月光下握成爪狀，身軀從半空中俯衝而下，揚起雙爪深深插入那兩人的腦殼之中。

兩人站在那裡，身軀不斷抽搐，很快就氣絕身亡，那黑影將染血的雙手從兩人腦殼中抽了出來，緩緩轉過臉來，月光映照出他慘白的面孔，雙目死氣沉沉毫無生機，此人竟然是龍廷鎮，胡小天倒吸了一口冷氣，不是說他已經死了？想不到這廝仍然活在這個世界上，難怪洪北漠會三番兩次來到這裡，卻是為了他的緣故，龍廷鎮的事情老皇帝不應該不知道，胡小天暗暗心驚，如此說來，七七的處境要危險了。

只是他記得過去龍廷鎮的武功稀疏平常，不知為何會在短時間內變得如此厲害？難道此人有什麼奇遇？

此時一道身影從靈霄宮內飄然走出，那人來到屍首旁，將五根手指插入仍在流血的腦洞之中，嘖嘖讚道：「不壞，不壞！不枉老衲對你的教導。」

胡小天聽到此人的聲音竟然有些熟悉，等到那人轉過臉來，他差點沒驚呼出來，那人竟然是天龍寺的惡僧不悟，只是讓他更加驚奇的是，過去不悟瞎掉的雙目竟然灼灼生光，過去他連眼珠都沒有，現在卻突然擁有了一雙眼睛。

胡小天和不悟算得上有師徒之實，自從上次在天龍寺分別之後，他們就彼此再沒打過照面了，胡小天本以為不悟早就離開了康都，卻沒有想到他不但沒有離開，反而就藏身在皇宮之中，想起不悟的超強武功，胡小天心中暗自提防，即便是他的武功比起當時離開天龍寺的時候提升了不少，可是論到實戰，他未必能夠勝得過不悟，過去不悟目盲的時候都那麼厲害，現在重新擁有了雙眼，其武功必然是更上一層樓。

望著不悟的那雙眼睛，胡小天暗自稱奇，究竟是什麼人可以讓不悟枯木逢春重見光明？他本以為在手術方面自己在這個時代獨步天下，卻想不到這個世界上竟然還有人可以施行眼球移植術，難道是洪北漠所為？如果真是他做的，這個人到底來自何方？他將會如何可怕？

龍廷鎮低聲道：「我還要在這裡待到什麼時候？洪先生不是說要幫我登上太子之位，可為何始終不見他行動？」

不悟桀桀怪笑道：「這些事老衲不管，你去問他。」

龍廷鎮道：「我現在這個樣子跟囚犯又有什麼分別？」

不悟道：「去藥浴吧。」

龍廷鎮歎了口氣，轉身向宮內走去。

等到龍廷鎮離去之後，不悟的目光回到那兩句屍體之上，低聲道：「塵歸塵，士歸土！施主來了不少時候了，為何不敢現身相見？」

胡小天心中不由得一驚，他以為自己暴露了行藏，卻見不悟的目光望向自己的右前方。

黑暗中一名白髮男子緩步走了出來，那人竟然是大內侍衛統領慕容展。

胡小天這才知道不悟並沒有發現自己，只是他也沒有留意到慕容展的出現，這大康皇宮內臥虎藏龍，當真是不可掉以輕心。

慕容展一雙蒼白的眼眸望著不悟，他並沒有說話，右手握住了刀柄。

胡小天知道慕容展的武功不弱，但是和不悟相比恐怕未必是他的對手。

不悟冷笑道：「慕容統領，你難道不清楚，這縹緲峰乃是皇室禁地，沒有皇上的旨意任何人不得擅闖，你身為大內侍衛首領，知法犯法，該當何罪？」

慕容展一言不發，冷冷望著不悟。

不悟道：「現在不說話，恐怕你以後再也沒有說話的機會了。」他站在那裡，寬大的黑色僧袍無風自動，乃是被他迅速提升的強大內息鼓漲而起，凜冽殺氣迅速彌散開來，將周圍十丈以內的範圍全都籠罩起來，草木為之瑟縮，不悟強大的殺氣之下，慕容展的氣勢完全被對方克制。

胡小天距離稍遠，不過仍然感到了一種無形壓迫，他本以為慕容展縱然不是不悟的對手，可是兩人之間也應該相差不多，可從眼前來看，兩人之間的修為懸殊太大。

慕容展已經開始啟動，他猛然抽出腰間長刀，拔刀的同時，左手卻率先動作起來，原來是用出刀的動作作為掩護，真正的殺招卻是他的左手，一顆彈丸彈射而出。

不悟一掌隔空劈出，無形掌印在虛空中劈斬在那顆彈丸之上，彈丸波的一聲炸裂開來，化為無數綠盈盈的磷火，磷火遇物即燃，慕容展右手刀抽出，在刀柄上一捏，觸動機關，刀身竟然化成數十道寒光凜冽的飛刃，向不悟激射而去。

胡小天看在眼裡不禁嘖嘖稱奇，在他的印象中慕容展好像沒有那麼多的手段，想不到慕容戰勝深藏不露，居然還是個暗器高手。

不悟腳步不動，任憑那些飛刃射來，飛刃觸碰到他護體罡氣，便叮叮咚咚落在了地上，不悟毫髮無損。

慕容展連續使出兩記暗招之後，馬上向遠方逃去。他應該是知道自己和不悟實力懸殊，不敢留下硬拚。

不悟的身軀倏然啟動，後發先至，封住慕容展逃離的道路，揚起乾枯的拳頭，照著慕容展就是一拳。

慕容展雙手一抖，一道銀光激射而出，卻是一條白蛇，迎向不悟的拳頭。

胡小天看清那條白蛇的時候，心中不由得一沉，他此前曾經見過一條同樣的白蛇，卻是在雍都之時，和七七聯手對付斑斕門三大弟子的時候，怎麼會落在慕容展的手裡？

不容胡小天多想，那白蛇已經靠近不悟，這白蛇劇毒無比，只要咬傷肌膚，對方必然中毒身亡，可不悟卻根本沒有將這條白蛇放在眼裡，不等白蛇靠近，拳風已經將白蛇震為血霧。

拳風去勢不歇，慕容展連續變換身形，卻始終躲不開拳風的籠罩，胸部被無形拳風擊中，身軀宛如斷了線的風箏飛了出去，摔倒在五丈外的地面上。

不悟向前邁出一步，卻見慕容展忍痛揮舞手臂，數千點浮動的金色光芒向不悟靠近，卻是一隻隻金色的小蟲子。

不悟冷哼一聲道：「米粒之珠也放光華。」他連續揮出兩拳，強大的拳風如同在他的前方刮起了兩陣飆風，將金色的毒蟲席捲一空。

第九章

人體解剖圖

李雲聰將書從中抽出兩頁紙，胡小天望去，
鬼醫符刓所繪製的《天人萬像圖》絕壁是人體解剖圖，
可以斷定這個鬼醫符刓十有八九跟自己一樣是從現代過來的，
不過上面標記的符號他並不認識，超出了他的過往認知。
忽然意識到自己並非是獨自來到這裡的個體，
胡小天內心中也是一陣激動。

慕容展的暗招雖然層出不窮，可是在不悟絕對實力的面前，已經失去了施展的空間，不悟剛才的那一拳已經對他造成了重創。

胡小天看到這裡已經可以認定這個慕容展肯定是假冒，看到不悟一點點逼近剛剛從地上爬起來的慕容展，胡小天咬了咬嘴唇，猛然從黑暗中衝了出去，一拳向不悟後心攻去，胡小天跟隨不悟學習過武功，所以擔心被他認出，現在是黑衣蒙面，使用的武功也是虛凌空教給他的神魔滅世拳。

不悟本來想一拳斃了慕容展，可是忽然感覺身後一股無形的壓力迫近，這壓力極其強大，生平罕見。以不悟今時今日的實力他也不敢托大，唯有放過慕容展，轉身來應付偷襲。

不悟一拳迎出，胡小天為了營救慕容展，這一拳也是用盡了全力，再加上他出其不意攻其不備，完全搶佔了先機。

兩人拳頭撞擊在一起，彼此身軀都是一晃，不悟雙目中流露出錯愕的光芒，想不到這皇宮中臥虎藏龍，還有人的內力不在自己之下。

慕容展趁著這個良機，已經向遠方逃去，不悟冷哼一聲：「再接我一拳！」他揮拳準備進攻之時。

胡小天卻轉身就逃，他去的方向乃是靈霄宮，不悟微微一怔，看了看慕容展遠去的背影，只能按捺下追擊他的念頭，尾隨胡小天的背影而去。

胡小天躍入靈霄宮，卻看到不悟騰空飛起，竟然以馭翔術來追擊自己，胡小天雖然也懂得馭翔術，卻不敢使用，使出不悟的獨門功夫，必然會被他識破本來身分，唯有施展躲狗十八步，騰轉挪移，論到步法之精妙，馭翔術自然比不上躲狗十八步。

不悟追了一段距離居然停了下來，因為他擔心對方還有同黨，若是使用調虎離山，再有人對付龍廷鎮豈不是麻煩，胡小天真正的目的就是吸引他的注意力，給慕容展製造充足的逃離時間，來到瀑布前方，看到不悟已經止步不前，心中暗自鬆了口氣，再看慕容展應該是已經從這裡跳了下去，胡小天向不悟擺了擺手，以一個標準的高台跳水姿勢跳入瑤池之中。

胡小天上浮的時候，看到一個身影就在不遠處，在水中張開雙臂似乎已經沒了反應，他趕緊游了過去，將那人從水底托出水面，首先確定周圍並無武士巡查，這才向那人的面孔望去，果然是慕容展，只是他的滿頭白髮已經變成了黑髮，卻是因為在剛才落水的過程中失落了頭套，露出了本來的髮色。

胡小天在出手相助之時已經察覺這個慕容展是個冒牌貨，他仔細觀察慕容展的耳後，果然看到一條淺淺的分界，伸出手去，將他臉上的人皮面具揭開，眼前出現了一張美得讓人窒息的面孔，正是夕顏。

胡小天其實在她甩出白蛇的時候就想到了她，此時已經完全證實，心中又是激動又是擔心，激動的是和夕顏久別重逢，可擔心的卻是她中了不悟一拳，不知傷勢如何。

胡小天帶著夕顏經由水洞返回密道之中。想到這裡已經不再成為秘密，胡小天不敢多做停留，抱著夕顏來到紫蘭宮，自從胡小天離開康都，七七也就搬離了皇宮，紫蘭宮因此而閒置下來，平時只有兩個宮人負責在這裡看守打掃，至於寢宮，宮人平時是不敢靠近的。胡小天帶著夕顏來到寢宮之中，將她放在床上，正準備為她檢查傷勢的時候，卻聽夕顏道：「你想幹什麼？」

胡小天啞然失笑，原來她早已醒來了。

胡小天低聲道：「咱們拜過天地，我對你幹什麼都是天經地義。」

夕顏聽他出言挑逗自己，非但沒有生氣，反而芳心竊喜，胸口仍然感覺到劇痛，她掙扎著坐起身來，喘了口氣道：「這是哪裡？剛才究竟發生了什麼？」

胡小天這才將事情的經過簡單告訴了她，小聲道：「下面的密道有很多人知情，我看洪北漠很快就會派人搜尋，所以不敢在裡面久留。這紫蘭宮目前閒置，暫時可以藏身。」

夕顏道：「那老和尚是什麼人？怎麼武功如此厲害？可憐我的小白，被他一拳給震死了。」

胡小天歎了口氣道：「他叫不悟，乃是天龍寺的僧人，算得上是巔峰高手，你剛才險些被他給殺了。」望著夕顏慘白的面孔，他低聲道：「你傷勢怎麼樣？」

經他提醒，夕顏又感到胸前劇痛，她搖了搖頭道：「不妨事，我有療傷聖藥。」她從腰間取出一個玉瓶，從中倒出一顆丹藥服下，本來和胡小天久別重逢，有許多話想說，可是不悟的這一拳把她震得不輕，整個人虛弱無力，連說話的力氣都沒了。

胡小天看到她這番模樣也是憐意頓生，伸出手握住她的右手，小聲道：「你睡吧，我守著你。」

夕顏點了點頭，竟然真的睡了過去。

胡小天在黑暗中握著她的纖手，默默充當她的守護者，看來潛入皇宮的不僅僅是自己，夕顏不知為何而來？來了多久？

有胡小天守在自己的身邊，夕顏睡得格外踏實，這一夜也沒有發生大內侍衛展開大舉搜索的事情。直到黎明即將到來的時候，夕顏從夢中醒來，確信胡小天仍然在自己身邊未走，這才莞爾一笑，胡小天緩緩睜開雙目，低聲道：「醒了？」

夕顏點了點頭：「我好多了。」

胡小天看到她雖然有些憔悴，可精神還算不錯，估計不悟的那一拳並沒有給她造成太重的內傷，也稍稍放下心來，輕聲道：「紫蘭宮內只有兩名宮人，他們負責打掃看守，不過應該不會每天都來打掃。」

夕顏道：「那就殺了他們，咱們剛好偽裝成他們的樣子。」

胡小天暗歎妖女果然是妖女，動輒殺人，紫蘭宮的普通宮人又沒有得罪她，居然為了冒充別人準備動手殺人。他搖了搖頭道：「不必，我已經有了身分，目前在藏書閣當太監。」

夕顏白了他一眼道：「想不到有人當太監當出癮來了。」

胡小天嘿嘿一笑，忽然想起自己徹夜未歸，李雲聰那裡指不定要多想，昨晚自己的發現和李雲聰休戚相關，必須要將不悟在縹緲山的事情轉告給他。胡小天道：「我得出去一趟，你在這裡等我，順便養傷，反正一時半會不會有人過來。」以夕顏的輕功身法，那兩名宮人應該不會發現她的蹤跡。

夕顏道：「也好！」

胡小天道：「估計過兩天七七會回來，你最好不要對她的宮人下手。」

夕顏笑道：「叫得真是甜蜜，七七就是你的未婚妻咯？好！既然你說了，我就饒了他們的性命，等七七來了，我把她殺了，然後冒充她好不好？」

胡小天望著她笑靨如花的俏臉，心中卻打了一個冷顫，夕顏這次前來該不會是為了暗殺七七吧？這妮子出身五仙教，心狠手辣，保不齊真會幹出這種事情。

胡小天辭別夕顏之後，悄然溜出了寢宮，特地去外苑宮人的房間去聽了聽，兩名宮人仍在酣然大睡，胡小天將小德子的面具戴好，裝扮停當，離開了紫蘭宮，大搖大擺向藏書閣走去。

途中遇到不少大內侍衛例行巡視，在即將抵達藏書閣的時候，還遇到了慕容展，胡小天不由得多看了他一眼，夕顏的易容術真是出神入化，如果不是出手時露出破綻，自己還真會認為昨晚是慕容展出現。

慕容展看來心情並不怎麼好，兩道白眉深鎖，面色陰沉，一旁侍衛向他稟報什麼，胡小天傾耳聽去，那侍衛並未提及縹緲山的事情，看來不悟並未將這件事張揚出去，其實不悟的存在本身就是一個秘密，更何況靈霄宮內還藏著龍廷鎮，大家都抱著不可告人的目的。

來到藏書閣迎面遇到了元福，他向胡小天道：「小德子，你這一整夜去了哪裡？李公公正在生氣，讓我去整理府庫，你倒是幸運。」

胡小天擔心講話露出破綻，咧開嘴笑了笑，向他行了一禮，然後重重向李雲聰的房間走去。

李雲聰聽到敲門聲，懶洋洋道：「進來吧。」

胡小天推門走了進去，然後反手將房門掩上，笑瞇瞇道：「小德子給李公公請安。」

李雲聰瞇起一隻獨眼望著他，陰陽怪氣道：「徹夜不歸，想來這一夜必然有了不少的收穫。」

胡小天道：「收穫頗豐！」

李雲聰頓時來了精神，身軀向前微微探了探：「快說給咱家聽聽。」

第一個消息就讓李雲聰震驚不已，他愕然道：「什麼？龍廷鎮沒死？還擁有了一身武功？洪北漠究竟想幹什麼？此事皇上知不知道？」

胡小天道：「你始終待在宮裡，應該比我更清楚這件事。」

李雲聰道：「應該是知道的，沒有皇上的首肯，他不會這樣做，小子，你有麻煩了，看來皇上是要對永陽公主下手了。」龍廷鎮必然是為了取代永陽公主的權力而準備，龍宣恩連永陽公主都不在乎，又怎會在乎胡小天這個所謂的未來駙馬？

胡小天對任天擎這個人頗感興趣，早就聽說過這位玄天館館主的大名，可是卻從未有緣相見，從秦雨瞳的醫術就能夠推斷出任天擎這位師父的醫術冠絕天下，如果李雲聰的猜測言中，那麼任天擎就是為不悟治好眼睛的那個，以胡小天對當今時代醫術的瞭解，好像不太現實。記得李雲聰一度認為自己竊取了《天人萬像圖》，看來這個世界上不僅僅是自己才懂得人體解剖。

胡小天道：「李公公，你過去所說的《天人萬像圖》是如何丟失的？」

李雲聰目光變得有些迷惘，陷入對往事的追憶之中，過了好一會兒方才道：

「你不說，咱家險些都要將這件事忘記了。」

胡小天道：「你當時還誤會我偷了《天人萬像圖》。」

李雲聰聞言笑了起來：「的確有這回事。」

胡小天道：「你之所以會那麼認為，是因為蒙自在將消息透露給了你，如果我沒猜錯，你和玄天館的蒙自在關係不錯。」

李雲聰道：「還好，只是平日裡聯繫也不算太多。」

胡小天道：「秦雨瞳拿著我畫的那幅圖去請教蒙自在，而蒙自在看到了那幅圖認為是你們丟失的那一幅，於是將這個消息透露給了你。」

李雲聰感歎道：「人生中，總是有著太多的巧合，咱家也沒有想到，你小小年紀居然會懂得《天人萬像圖》。」

胡小天糾正道：「是人體解剖圖譜，不是什麼《天人萬像圖》。」

李雲聰道：「你跟我來！」

胡小天跟隨李雲聰一起走入藏書閣內，沿著木梯來到七層被鎖的地方，胡小天內心中不由得激動起來，李雲聰過去最多帶他進入六層，從未帶他來到藏書閣的七層，這裡乃是藏書閣內最為神秘的地方。

七層卻是銅門，大門之上是圖形鎖，李雲聰移動圖案，解鎖之後，那銅門吱吱嘎嘎向兩側移動開來，銅門厚約一尺堅不可摧，打開銅門之後，還有一層石門，打開之後，最後是一道木門，木門並未上鎖，李雲聰將房門緩緩推開。

裡面一股陳腐的氣息撲面而來。

胡小天皺了皺眉頭，卻見李雲聰取出了一顆夜明珠，柔和的光芒照亮了室內。乍看上去，這裡和其他地方並沒有任何的不同，可是既然防守如此嚴密，裡面應當存放著極其重要的典籍。

李雲聰道：「咱家之所以選擇來到藏書閣，是因為當年天龍寺曾經有一些典籍被皇室抄走，很可能就存放在藏書閣內，《天人萬像圖》於我並沒有任何的用處，皇家也未曾當成是什麼寶物，可是有一人卻對天人萬像圖有著濃厚的興趣。」

胡小天道：「任天擎嗎？」

李雲聰緩緩搖了搖頭道：「蒙自在，他是任天擎的師兄，咱家欠他一個不大不小的人情，於是蒙自在提出找我借《天人萬像圖》一觀，咱家認為反正也算不上什麼要緊事，於是就答應了他，但是咱家提出只能讓他看一日，而且必須要留在這裡，在咱家的全程陪同之下。」

胡小天道：「《天人萬像圖》又是什麼來路？」

李雲聰道：「繪製這幅圖的乃是鬼醫符刓，他有個最好的朋友就是宮無心，宮無心乃是這藏書閣的太監，和咱家共同執掌藏經閣，後來卻監守自盜，藏書閣所藏《般若波羅密多心經》應該就是被他盜走。」

胡小天仍然記得李雲聰此前曾經說過，《天人萬像圖》和《般若波羅密多心經》是同時失竊，而且他還說懷疑是劉玉章盜走，現在又說什麼宮無心，豈不是前後矛盾？此人的話究竟哪句是真，哪句是假？

李雲聰道：「咱家後來方才發現這件事另有玄機，鬼醫符刓當年曾經救過太子妃凌嘉紫，剖腹取嬰，所以永陽公主才得以活命，皇上對他頗為感激，問他有何所求，鬼醫符刓就說想在藏書閣借閱《般若波羅密多心經》三天，皇上欣然應允，當時負責陪同鬼醫的就是宮無心，他們兩人的友情也是從那時開始。鬼醫符刓信守承諾，在藏書閣看了三天佛經之後，非但沒有取走一物，反而親手繪製了《天人萬像圖》留下，當時他留下的圖譜是完整的，宮無心又重新臨摹了一遍。」

胡小天點了點頭，終於明白為何《天人萬像圖》畫的全都是太監，解剖部位少了一點，想必是宮無心自作主張將那一點強行抹去。

李雲聰道：「鬼醫符刓留下那本書之後就離開了大康，本來我們也沒當成什麼大事，可後來，皇宮內收藏《天人萬像圖》的消息卻漸漸散播開來，咱家並未對外面說，宮無心也很少出宮，這件事應該和鬼醫有關。有不少太醫通過各種關係想要一睹真容，卻都被我們拒絕。後來就很少有人提及，十多年前，鬼醫符刓死在了大雍，蒙自在又提出借來一觀，咱家不好拒絕，和宮無心商量之後借給了他，也是在我們的全程監視之下，他看了一天。」

胡小天雖然知道蒙自在的醫術高超，可是也絕不相信他能夠在一天內掌握所有人體解剖學的知識。

李雲聰道：「蒙自在離去之後的三個月，咱家隨同皇上前往行宮避暑，就在這段時間，藏書閣發生了一樁驚天動地的竊案，宮無心監守自盜，經過咱家事後清點，他竊走了《般若波羅密多心經》和《天人萬像圖》。」

胡小天皺了皺眉頭，心中卻越發迷惘起來，既然是宮無心做的事情，為何此前李雲聰會懷疑劉玉章？

李雲聰道：「咱家因為跟在皇上身邊所以才擺脫了嫌疑，皇上龍顏震怒，不是因為《天人萬像圖》，而是因為那本太宗皇帝親自手抄的《般若波羅密多心經》。皇上下令將藏書樓上上下下的宮人全都處死，連帶負責藏書閣周圍巡視的大內侍衛一個不留。」

胡小天暗歎龍宣恩殘暴，因為一本佛經殺了那麼多人。

李雲聰道：「後來皇上自己手抄了一本，也存放在藏書閣，咱家本以為這件事會牽連到我，可是沒想到皇上居然放過了我，還讓咱家統管藏書閣，事情又過去了三年，咱家方才發現文聖像下方的秘密，原來藏書閣竟然有密道和外界相通，咱家沿著密道尋找，你猜猜我發現了什麼？」

胡小天道：「死人！」他第一次沿著密道來到藏書閣的時候，就在其中發現了一具屍體。

李雲聰桀桀笑道：「不錯！就是死人，雖然已經腐爛變形，可是咱家還是辨認出了他的身分，他是宮無心，被人一掌擊中身體，周身骨骼盡碎。」

胡小天已經被他的故事吸引住了，也就是說宮無心在皇宮內還有內應，這個人或許就是劉玉章。

李雲聰道：「咱家發現密道連通的地方，首先排除了紫蘭宮的可能，再就是瑤池，還有一個司苑局，咱家思來想去，最可疑的人就是劉玉章。可是劉玉章這個人做事滴水不漏，從外表咱家看不出他有任何的異常，而且藏書閣竊案發生多年之後，他始終都在司苑局，並未離開過。」

胡小天直到現在仍然時時念起劉玉章對自己的諸般好處，他在感情上很難接受劉玉章的城府如此之深，可是又無法否認李雲聰所說的一切很有可能。

李雲聰道：「咱家幾乎每隔一段時間就會去地洞內查看，悄然在各個通道做好標記，只要劉玉章或者是其他人從地道中潛入，絕對逃不過我的眼睛。」

胡小天暗暗嘆服，這幫老太監一個比一個狡詐，一個比一個陰險，跟他們鬥法絕對不能大意。

李雲聰道：「咱家低估了他的耐性，距離失竊案過去整整七年，他竟然一次都沒有來過這條密道，其他幾個入口也是一樣，咱家甚至開始懷疑，自己是不是錯怪了他，而就在那時……」獨眼盯住胡小天的眼睛：「咱家發現密道內忽然變得熱鬧了起來。」

胡小天是因為在王德勝身上發現了那幅地圖，所以才發覺酒窖下方有密道，可是如果按照李雲聰的說辭，這些事都是別人的事先安排，劉玉章的心機難道真的如此深沉？當初對自己的諸般好處只不過是為了將自己引入他的佈局之中？

李雲聰道：「宮無心被殺之後，那兩樣東西應該就被藏在密道的某處，他的同謀始終都未拿出，為了穩妥起見，將密道的消息故意洩露出去，然後製造混亂，趁機將藏了七年的兩樣東西帶走。」他口中的同謀指的就是劉玉章。

胡小天道：「他既然如此厲害，為何當時不走，要等到七年之後再走？」

李雲聰冷笑道：「匹夫無罪懷璧其罪，如果當時就走了，難免被眾人追殺的下場，所以他必須要找到一個妥當的機會離開，讓人都以為他死了，金蟬脫殼，神不知鬼不覺地消失。」

胡小天道：「可是他為了什麼？」僅僅為了兩本書，這理由也太過牽強。

李雲聰道：「咱家雖然不動聲色，可很多事都看在眼裡，王德才是姬飛花的人，葆葆是天機局的人，現在看來，劉玉章和姬飛花並無關係，此事應該是他和洪北漠合謀。但是他們之間應該各懷鬼胎，所以劉玉章選擇消失，咱家雖然不知為了什麼事情，可是有一點能夠斷定，洪北漠想要的東西就在他的手中。」

胡小天心中暗忖，劉玉章或許真是像李雲聰所說的和洪北漠有合作關係，可是李雲聰自己何嘗又不是？

李雲聰道：「也是在劉玉章金蟬脫殼之後，咱家方才將這其中所有的一切想明白，當年鬼醫符刓的目的就是竊走《般若波羅密多心經》，他留下那本《天人萬像圖》只是一個引子，後來蒙自在找到咱家，借閱《天人萬像圖》，應該是從中找到了《般若波羅密多心經》的線索，玄天館、天機局、劉玉章他們三方合作，共同完成了這件事，而劉玉章應該是對他們都不信任，所以最後選擇帶著這兩樣東西神秘消失。」

胡小天道：「你既然能夠發現他的秘密，別人一樣能夠發現。」

李雲聰低聲道：「就算發現了又能如何，劉玉章已經得到了充分的時間逃離，以他的智慧，現在是不會輕易出現的，除非……」

「除非什麼？」

李雲聰道：「洪北漠的皇陵其中必有秘密，我看距離他完成心願仍然差一些東西，這些東西應該就在劉玉章的手上。」

胡小天道：「蒙自在又在其中充當什麼角色？」

李雲聰桀桀笑道：「其實當年來藏書閣借閱天人萬像圖的那個人，並不是蒙自在。」

胡小天驚聲道：「難道他是任天擎？」

李雲聰點了點頭道：「小子，你總算明白了，咱家早就懷疑任天擎和洪北漠乃是合作關係，可是兩人應該相互提防，等到你畫的那幾幅圖被秦雨瞳拿去給他看，咱家就知道原來任天擎一直都以蒙自在的身分存在。劉玉章失蹤之後，任天擎就始終雲遊在外，依咱家所見，他不是雲遊，而是去搜查劉玉章的下落。」

胡小天此時已經漸漸明白了這其中錯綜複雜的關係，只是李雲聰因何會跟洪北漠合作？

李雲聰緩步來到書架前方，從中抽出了一本書道：「宮無心臨摹《天人萬像圖》之後，跟我商量要將原本毀去，咱家答應，當著他的面將鬼醫符刓所繪製的那原本焚毀，不過咱家當時也留了個心眼，偷偷留了兩頁，就塞在這裡。」

李雲聰將那本書展開，從中抽出兩頁紙，胡小天接過，定睛望去，鬼醫符刓所繪製的《天人萬像圖》絕對是人體解剖圖，他甚至可以斷定這個鬼醫符刓十有八九跟自己一樣是從現代過來的，不過上面標記的符號他並不認識，超出了他的過往認知。忽然意識到自己並非是獨自來到這裡的個體，胡小天內心中也是一陣激動，他儘量讓自己顯得平靜：「這兩頁東西能給我嗎？」

李雲聰道：「於咱家也沒什麼用處，你既然能夠畫出《天人萬像圖》，或許能夠從中找出些許的線索。」

胡小天道：「我聽說鬼醫符刓就葬在雍都城外的黑駝山，興許從他的墓葬中能夠找到一些線索。」

李雲聰道：「咱家年事已高，或許此生已經找不到答案了。」

胡小天心中暗忖，李雲聰肯定不會將所有的事情都告訴自己，他所知道的秘密也不會僅限於這些，從他提出跟自己合作的條件就能夠知道，他還是想得到皇陵，對洪北漠在做什麼必然有所瞭解。

胡小天道：「我看洪北漠應該是想用龍廷鎮來取代皇上。」

李雲聰道：「皇上應該是對洪北漠產生了疑心，又或是兩人在建設皇陵的問題上產生了分歧，所以洪北漠不得不去選擇一個更為可靠的合作對象。」

胡小天深以為然，他忽然道：「李公公和洪北漠的武功誰更高強？」

李雲聰愣了一下，並沒有想到胡小天會問出這樣一個問題，他歎了口氣道：「洪北漠是咱家見過最深不可測的人，當初咱家和慕容展和他三人伏擊姬飛花，咱家發現，他並未盡全力。當時他也受傷，可是他的恢復卻可用神速來形容。」

兩人剛剛離開書庫，皇上身邊的貼身太監尹箏來了，卻是奉了皇上的旨意，要取一套《乾坤開物》回去，李雲聰親自將那套書取來，乾坤開物共有十八卷，足足裝滿了一個木箱，尹箏也沒有料到如此之多，不由得皺了皺眉頭，抬頭看到胡小天，頓時計上心來，他指了指胡小天道：「你叫什麼？」

胡小天恭敬道：「公公叫我小德子就是！」

尹箏笑道：「看你倒也懂事，這樣，幫咱家將這套書送去養心殿，回頭咱家重重有賞。」

胡小天暗罵這廝偷懶躲滑，如果知道自己的真實身分，借他一個膽子，他也不敢，胡小天眉開眼笑道：「多謝公公。」當下將那箱書抱起，跟著尹箏向外面走去。

李雲聰知道胡小天想趁機去看看老皇帝那邊的情況，也不點破，只是意味深長道：「小德子，伺候好尹公公，公公可是皇上身邊的紅人。」

尹箏嘿嘿笑道：「再紅也不敢和李公公相比。」

胡小天跟著尹箏向養心殿走去，故意道：「真是羨慕尹公公，能夠在皇上身邊伺候。」

尹箏心想你是不知道什麼叫伴君如伴虎，老子在皇上身邊時刻提心吊膽，不知什麼時候就會掉了腦袋，低聲道：「各有各的造化，你是新入宮的，只要踏實肯幹，以後有的是機會。」

胡小天看到四下無人，故意低聲道：「聽說尹公公和駙馬爺情同手足。」

尹箏聞言一驚，停下腳步向周圍看了看，確信周圍無人，方才向胡小天道：「話可不能亂說，你胡說什麼？」

胡小天笑道：「看來尹公公是把駙馬爺給忘了。」

尹箏倒吸了一口冷氣，他方才意識到這小太監不同尋常，低聲道：「你究竟是誰？」

胡小天以傳音入密道：「奉了胡大人的命令，特地來宮中探查情況的。」他並沒有表露自己的真實身分，料想尹箏也認不出他現在的樣子。

尹箏充滿狐疑地望著他。

胡小天道：「皇上現在一夜是不是還能夠連御兩女？」

尹箏驚訝地張大了嘴巴，這正是胡小天離開京城之前，自己對他透露的情況，雖然胡小天讓他有什麼消息可以聯繫史學東，可尹箏為了自身安全起見始終都沒有和史學東單獨聯絡過，現在聽到對方這麼說，心中已經確信他是胡小天派來的無疑。

尹箏道：「這裡不方便說。」於是加快了腳步。

胡小天跟著尹箏來到了養心殿，將裝滿書的木箱放下，尹箏讓其他宮人去將書整理好給皇上送去，故意道：「小德子，你跟咱家進來喝口水吧。」

胡小天來到尹箏的房內，尹箏看了看外面，這才將門窗都關閉了，胡小天知道他為人謹慎，其實用不著這麼麻煩，兩個太監獨處一室，不知道的還不知他們在幹什麼壞事呢，以胡小天的耳力，周圍的動靜肯定瞞不過他。

尹箏壓低聲音道：「你好大的膽子……」

胡小天微笑道：「比起尹公公尚有不如。」

尹箏道：「你想知道什麼？」

「皇上最近和洪北漠關係怎樣？」

尹箏道：「皇上最近情緒不好，動輒殺人，前兩天洪北漠過來的時候，還發了一通火，將洪北漠送來的丹藥給扔了，我也是撿到之後方才知道這件事。」

胡小天點了點頭，看來龍宣恩已經失去了耐性。

尹箏道：「皇上已經很久沒近過女色了。」

胡小天想起自己臨走之前，龍宣恩連御兩女的事情，看來應該是迴光返照。

尹箏道：「每天我為皇上整理床鋪的時候，都會發現他脫落了不少的頭髮，皇上的龍體最近明顯虛弱了許多。」說話的時候尹箏還是有些不放心，從窗縫內看了看外面，確信無人偷聽方才又道：「這兩天皇上任何人都不想見了，連周丞相和文太師都被擋了回去。」

胡小天心中暗忖，應該是洪北漠配置的藥物對老皇帝漸漸失去了效用，所以他開始懷疑洪北漠，長久以來龍宣恩之所以願意聽洪北漠的話，在皇陵內投入這麼多的人力和財力，很可能就是被洪北漠長生不老的鼓吹所蒙蔽，而現在龍宣恩隨著身體每況愈下，開始懷疑洪北漠，甚至失去耐心。洪北漠應該是無法實現對龍宣恩的承諾，所以才會啟用龍廷鎮這張牌，捧龍廷鎮登上皇位，從而換取新君對他修建皇陵的繼續支持。

尹箏道：「我所知道的就是那麼多，你還是趕緊走吧，千萬不要被別人懷疑。」

胡小天笑了笑，低聲道：「幫我留意皇上身邊有無異常，如有情況，第一時間來藏書閣通知我。」

尹箏連連點頭，將他半推半送地送到門外。

胡小天正準備離去的時候，卻聽外面有人通報道：「永陽公主到！」

胡小天內心一怔，想不到居然會在這裡和七七狹路相逢，此時七七帶著兩名宮女已經從外面走了進來，尹箏慌忙迎了上去，跪倒在地道：「奴才參見公主千歲千千歲！」

周圍一群宮人全都跪倒在地，胡小天若是繼續戳在那兒，肯定顯眼，於是也跟著跪了下去，用眼角的餘光悄然觀察七七。

七七比起分開之時又長高了，也變得越發美麗了，她現在的身高應該有一米七八左右了，在這一時代的女性中，這樣的身高並不多見，即便是在現代社會也是做模特兒的好材料，體態修長，體型絕佳，精緻的面龐找不到一絲一毫的瑕疵，再加上她與生俱來的高貴冷豔氣質，更顯出凌駕於眾人之上傲視一切的霸氣。

七七道：「陛下在嗎？」

尹箏恭敬道：「啟稟公主殿下，陛下今日身體不適，特別囑咐任何人都不想見。」

七七冷冷望著尹箏道：「大膽奴才！你去通報，就說本宮有要事啟奏，若是耽擱了正事，小心你的腦袋！」

尹箏誠惶誠恐地磕了三個響頭，爬起身來匆匆向裡面通報去了。

七七沒有發話，一干宮人誰也不敢起身，胡小天也只能跪著，心中暗罵這小妮子的譜兒真是越來越大了，老子是你未來老公嗳，居然讓我給你下跪？不過他也不得不承認，這小妮子的身上的確帶著一種睥睨天下的女王氣勢，小小年紀就有如此威勢，以後那還了得。望著七七美麗的俏臉，胡小天也是有些心動，越是強勢的女人越是容易激起他的征服欲。如果過去望著青澀的七七生出這樣的想法還會有些許的歉疚感，現在面對已經成人的七七，胡小天再不復那樣的感覺，不知不覺中已經接受了她的成長。

七七的目光落在那木箱上，輕聲道：「這是什麼？」

原來那幫宮人還沒有來得及將《乾坤開物》送到龍宣恩的面前。

七七一問，所有人都將目光投向胡小天，畢竟都看到這箱子是他給抱過來的，這下胡小天想不引人注意也不行了，只能耷拉著腦袋捏著嗓子道：「啟稟公主千歲，這是皇上要看的《乾坤開物》。」

七七皺了皺眉頭道：「《乾坤開物》？你又是誰？」

「小的在藏書閣李公公手下做事，公主叫我小德子就是！」

七七並沒有對胡小天生出異心，點了點頭，剛好這會兒尹箏也出來了，他向七七稟報道：「啟稟公主千歲，皇上身體不適，說讓殿下明兒再來！」

七七俏臉如同籠上一層嚴霜，一言不發，轉身就走，來到宮門處停頓了一下道：「幫我稟告皇上，我明兒一早就過來。」

七七離去之後，尹箏向胡小天使了個眼色，催促他趕緊快走，以免露出馬腳。

胡小天悄悄離開了養心殿，回到藏書閣外，卻看到傅羽弘就在那邊站著，胡小天心中暗叫不妙，這廝不是洪北漠的得力手下嗎？怎麼會來到藏書閣？趁著傅羽弘沒留意自己，悄悄兜了個圈子。

原來胡小天去送書的時候，洪北漠來到了藏書閣，此時正在和李雲聰飲茶敘話

李雲聰對洪北漠的到來已經有所準備，微笑道：「洪先生可真是稀客。」

洪北漠的確很少來藏書閣，微笑道：「只是過來看看李公公身體是否已經恢復？」

李雲聰心中暗忖，你來探望我是假，一定是胡小天昨晚夜探縹緲峰的事情被你

知道了，所以你懷疑是我。李雲聰歎了口氣道：「自從靈霄宮一役，咱家就傷了經脈，至今仍未痊癒，想不到姬飛花竟然如此厲害。」

洪北漠道：「過去這麼久，李公公仍未康復？」

李雲聰將手放在茶几之上，洪北漠也不客氣，直接將手指搭在他的脈門之上，從李雲聰的脈相可以判斷出，他果然是內傷未癒，現在的功力比起當初他們圍殲姬飛花的時候應該大打折扣，洪北漠道：「李公公忠心耿耿，如果不是為了皇上也不會蒙受那麼大的損失。」在圍攻姬飛花的那場戰鬥中，李雲聰不但受了內傷，而且還失去了右眼，是他們三人受傷最重的一個。

李雲聰笑道：「只要皇上平安無事，就算咱家賠上性命又有何懼？」

洪北漠微微一笑，從袖中取出一個木盒，慢慢推到李雲聰的面前，李雲聰接過木盒，打開盒蓋，一股異香撲鼻，定睛一望，卻見木盒內放著一顆朱紅色的藥丸。

洪北漠道：「這是我特地煉製的九轉補天丹，對修復經脈，治療內傷有著不錯的效果，李公公還請笑納。」

李雲聰點了點頭，也不推辭，直接拿起那顆九轉補天丹，當著洪北漠的面就服了下去。端起茶水送了一口道：「聽說洪先生最近在忙著修建駙馬府。」

洪北漠道：「皇上的命令怎敢不從？」

李雲聰道：「咱家最近聽說了不少的風言風語。」

洪北漠淡然笑道：「外界的風言風語有什麼好信的。」

李雲聰道：「洪先生知道咱家說的是什麼？」

洪北漠微笑道：「不少風言風語嗎？」

李雲聰低聲道：「聽說有人見到姬飛花出現了！」

洪北漠皺了皺眉頭，李雲聰的這句話倒是有些出乎他的意料之外。

李雲聰道：「當年他雖然落下山崖，可是活不見人死不見屍。」既然你洪北漠主動提起姬飛花的事情，咱家乾脆就借題發揮，故布疑陣，混淆視聽。

洪北漠道：「李公公多慮了，姬飛花斷無復生的可能。」其實他也一直存在這方面的疑慮，可是自從圍殲姬飛花已經過去了這麼久的時間，再沒有聽到關於他的任何消息，按照李雲聰的說法，姬飛花活不見人死不見屍，的確無法斷定他已經死去，可是即便是姬飛花仍然活在這個世界上。也被他的化血般若功重創，其武功必然大打折扣，也不可能再對自己構成太大的威脅。

李雲聰道：「空穴來風未必無因，還是提防為上。」

洪北漠呵呵笑了一聲，輕聲道：「我對李公公一向佩服得很，李公公為皇上立下不世之功，卻甘於平淡，看破名利，實乃真英雄也。」

李雲聰卻長歎了一口氣道：「咱家只是一個太監，無欲無求，不怕洪先生笑話，什麼富貴名利於咱家而言又有什麼意義？只是皇上對我恩重如山，滴水之恩尚且湧泉相報，更何況皇上對我恩同再造。」

洪北漠道：「這世上擁有李公公這般心胸的實在太少，說起來，洪某始終都欠你一個人情。」

李雲聰呵呵笑道：「洪先生客氣了，咱家和洪先生都只是為了報效皇上，您可不欠我什麼。」

洪北漠低聲道：「李公公最近有沒有發現宮裡有什麼異常的舉動？」

李雲聰道：「行將就木之人，連皇上那裡咱家都少去，更懶得去關心宮裡其他人的事情了，洪先生有什麼話不妨直說。」

洪北漠笑道：「也沒什麼大事，李公公保重，洪某先行告辭了。」

洪北漠辭別李雲聰之後，傅羽弘來到他的面前，洪北漠使了個眼色，兩人向養心殿走去，走出了一段距離，傅羽弘方才低聲道：「怎樣？」

洪北漠道：「沒什麼事情。」頓了一下又道：「咱們去慕容展那裡看看。」

胡小天望著兩人已經遠去，這才返回了藏書閣，走入李雲聰的房內，李雲聰臉色凝重，一把將他拽了進去，壓低聲音道：「可曾被洪北漠他們遇到？」

胡小天搖了搖頭道：「看到傅羽弘在外面候著，我猜到洪北漠來了，於是就躲了起來。」

李雲聰鬆了口氣，低聲道：「洪北漠應該是知道縹緲山上的事情了，你暴露了行藏，他懷疑到了咱家的身上。」

胡小天道：「公公怎麼說？」

李雲聰道：「還能怎麼說？洪北漠為人何其狡詐？咱家只能敷衍幾句，他說東我說西咯。他既然疑心，咱家索性讓他更多疑一些，故意問他姬飛花的事情。」

胡小天聽到姬飛花這三個字不由得心中一動，如果不是李雲聰提醒，他險些忘了這一節，姬飛花在庸江曾經和他相見，還給了他一本帳簿，那本帳簿之上記載著姬飛花在大康內部潛藏的勢力，胡小天針對這本帳簿做過詳細瞭解，即便是目前的京城十萬羽林軍之中，仍然有姬飛花的心腹存在。只是此一時彼一時，現在姬飛花已經失勢，很難說這本帳簿上面所列出的人仍然忠心於他，胡小天一直也不敢輕易使用，可是李雲聰的話卻讓他萌生出了一個大膽的想法。

李雲聰道：「藏書閣也非久留之地，咱家準備出宮幾天。」不悟的到來已讓李雲聰打心底感到害怕，從胡小天告訴他這件事開始，就已萌生了出宮暫避的念頭。

胡小天道：「也好。」

李雲聰道：「你是狐組的人，負責跟你聯絡的是狐組的葆葆，務必要記住，你對她應該不陌生，千萬不要露出破綻才好。」

胡小天微笑道：「李公公放心，這個小德子的身分，我不會繼續用下去。」

李雲聰皺了皺眉頭，想起胡小天過去就在皇宮待過，他對皇宮的一草一木熟悉至極，如果這小子想要藏身在皇宮中，別人很難發覺，現在自己自顧不暇，哪還有精力去管他的事情，於是點了點頭道：「那你自行保重。」

胡小天直到夜幕降臨才回到紫蘭宮，紫蘭宮內並無異樣，夕顏輕飄飄從上方躍下，宛如一片輕柔的羽毛落在地上，毫無聲息，俏臉之上帶著無限怨念，責怪道：「去了這麼久？真不管我的死活了？」

胡小天咧開嘴巴笑了起來，露出滿口整齊的牙齒，將帶來的點心遞給夕顏道：「先填飽肚子再說。」

夕顏真是有些餓了，接過點心吃了起來，看到胡小天坐在一旁看著她，也撚起一塊塞入他的口中，小聲道：「外面情況怎麼樣？」

胡小天道：「那條密道只怕是不能用了，昨晚的事情洪北漠已經知道，不過好在他應該不敢聲張，但是不排除他會在密道中佈防的可能。」

夕顏點了點頭。

等她填飽了肚子，胡小天方才問道：「你為何要來到康都？又為何裝扮成慕容展的樣子。」

夕顏眨了眨明眸道：「你完婚這麼大的事情，我當然要過來湊個熱鬧。」

不知為何，聽她這樣說，胡小天心中居然有些許歉疚。畢竟夕顏和他拜過天地，可是想起這妮子的手段，胡小天頓時就冷靜了下來，眼前的夕顏分明是個六親不認的妖女，當初她在雍都把自己坑得可不輕。他苦笑道：「上命不可違！」

夕顏道：「那就是說龍宣恩逼著你成親了？一派謊言，你若是不想成親，大可拒絕，你現在坐擁三城，麾下水師精銳近五萬，還佔據雲澤之利，你若是不想來，那昏君也拿你沒有辦法。」

胡小天搖了搖頭，心中暗忖，夕顏畢竟是個女人，無論她有多聰明，女人在政治上還是天生欠缺，她應該想不到自己前來康都的本意。

夕顏道：「你搖什麼頭？有話快說，別一副莫測高深的樣子。」

胡小天笑著問：「看到自己拜過天地的丈夫要娶別人，是不是心中不好過？」

夕顏咬牙切齒道：「別把自己想得那麼重要，你在我心中什麼都不是！」

胡小天道：「可你的樣子，你的每句話裡都泛著酸意。」

夕顏冷笑道：「你太高看自己了。」看到胡小天嬉皮笑臉的樣子，心中沒來由一陣惱恨，點了點頭道：「對，我這次來康都就是為了殺掉你們這對姦夫淫婦！」

若說夕顏沒有吃醋，傻子都不會相信。

胡小天雖然不知道她表現出的嫉恨如狂是不是故意偽裝，可無論怎樣，看到一位大美女為了自己而嫉妒，心中還是有種說不出的滿足感，胡小天道：「你還是冷靜些，昨晚你親眼看到了，老傢伙將龍廷鎮藏在縹緲山上，卻對這個消息秘而不宣。真正的用意是要將龍廷鎮捧為太子，他要利用這次我前來康都和七七完婚的機會將我們一網打盡。」

夕顏柳眉倒豎：「叫得可真是親切！」

胡小天歎了口氣道：「我跟你說正事，你能不能別將兒女私情摻和進來。」

夕顏道：「那好就說說正事，你有什麼正事？」

胡小天道：「自然是粉碎那昏君的計畫。」

夕顏道：「娶了七七，當了駙馬，再帶著你的小公主安然無恙地返回東梁郡，從此過上雙宿雙棲的幸福生活，我呸！我憑什麼要讓你們如意？」

胡小天暗歎這女人嫉妒起來可真是不可理喻。

胡小天道：「我不瞞你，我此次前來康都絕非為了兒女私情，而是為了粉碎昏君的奸謀，我若是不來，就會立於不義之地，昏君就會說我藐視朝廷，撕毀婚約，就會給我扣上謀反的帽子。」

「謀反又如何？你何須在乎他的感受？」

胡小天歎了口氣道：「人若是不忠不義，還有何面目立於這個世界上，非但天下百姓會唾棄我，連我的那幫屬下也會對我喪失信心，李天衡就是一個例子，他雖然自立，可是西川的民心卻始終沒有被凝聚在一起。」

夕顏聽到他提起李天衡，目光轉冷道：「你心中始終當我是你的敵人！」

胡小天叫苦不迭道：「天地良心……」

「別提良心，你良心早就被夠吃了！」夕顏說完這句話似乎還覺不夠解恨，狠狠咬了一口點心，虎視眈眈瞪著胡小天。胡小天不禁笑道：「我寧願被你吃了！」

夕顏終忍不住笑了起來，可馬上又綳住俏臉道：「狗都不吃！」

胡小天道：「你這次來康都是為了李氏而來吧？」他並不相信夕顏會為了自己千里迢迢來到康都，他知道夕顏出身五仙教，而五仙教對李天衡的支持可謂是不遺餘力，夕顏也多次為了李氏的利益出面，今次也一定不會例外。

夕顏秀眉微顰：「在你心中我從來都是別有用心，不錯，我的確別有用心，我來康都是為了殺人！」清麗絕倫的俏臉之上浮現出一絲前所未有的陰冷殺機，連胡小天都感到心中一寒，這廝嘿嘿笑道：「你該不是為了殺我吧？」心中卻想起昔日夕顏曾經說過的話——我不會給別的女人為我丈夫傷心的機會，但凡跟你勾搭過的女人，我肯定會將她們斬殺殆盡，一個不留，至於你那個未過門的公主老婆，我會將她送到眾香樓將她捧成第一紅牌。

夕顏道：「你不用怕，我想殺的是龍廷鎮！」她的表情此時忽然恢復了冷靜。

第十章

心中的烙印

李岩看到那人模樣，嚇得魂飛魄散，此人分明就是姬飛花。
這個姬飛花就是胡小天所扮，胡小天的出場實在是太過突然，
姬飛花在皇宮太監心中的地位根深蒂固，
可以說從大康開國以來，再無一名太監可以超越姬飛花地位，
他的囂張跋扈、冷酷無情早已成為這幫宮人心中的烙印。

胡小天聽到這句話心中一寬，夕顏來殺龍廷鎮應該合情合理，畢竟大康最為正統的兩個繼承人，一是周王龍燁方，一是龍廷鎮，長久以來，李天衡獨立的藉口就是龍燁方，聲稱龍燁方才是大康正統，而現在龍宣恩手中又有了龍廷鎮這張牌，李天衡想要將之剷除也是正常。夕顏應該是得到了龍廷鎮活著的消息，所以才來到康都，胡小天欣慰之餘也有些遺憾，夕顏畢竟還是五仙教的那個妖女，做任何事都有著明確的目的，她又豈會輕易對自己動情？此番前來應該還是為了李氏的利益。

胡小天道：「想殺龍廷鎮恐怕沒那麼容易，不悟和尚武功高強，洪北漠將他請來為龍廷鎮保駕，就算是我也未必能夠做成此事。」

夕顏道：「這世上最厲害的不是武功而是頭腦，我就不信那賊禿的頭腦和武功一樣厲害？」

胡小天道：「想對付他也不是沒有辦法。」

夕顏眨了眨美眸道：「少賣關子快說！」

胡小天微笑道：「看來你我之間終於又找到了合作的可能。」

「道不同不相為謀！」

胡小天笑道：「那要看你在陰陽之間的抉擇了。」

夕顏何其聰明，一下就聽出這廝話中的含義，紅著俏臉道：「無恥！」

胡小天道：「我幫你除掉龍廷鎮，可是你也需幫我一個小忙。」

夕顏咬了咬櫻唇道：「說！」

胡小天道：「你易容如此高超，既然能夠偽裝成慕容展的樣子，那麼裝成另外一個人的樣子也應該不難。」

夕顏道：「你想扮成誰？」

「姬飛花！」

龍宣恩望著洪北漠，表情格外複雜，他在竭力控制自己的情緒，雖然他對洪北漠的信任已經動搖，但是他不能表露出來，即便是他下令任何人都不見，連永陽公主都擋在門外，但是對洪北漠的到來卻網開一面。

洪北漠微笑道：「恭喜陛下，賀喜陛下！」

「何喜之有？」

洪北漠低聲道：「輪迴塔已經就快建成了，只差最後一樣東西。」

龍宣恩皺了皺眉頭，除非輪迴塔完成，他是不會感到欣喜的：「還差什麼？」

「冰魄定神珠！不過微臣已得到定神珠的下落，最遲兩個月就可取來。」

龍宣恩總算聽到了一個好消息，可是對他來說已經沒有了過去的驚喜，他甚至開始懷疑輪迴塔的效力：「輪迴塔當真可以製成長生不老的丹藥？可以讓朕重返青春？」

洪北漠點了點頭道：「陛下無須懷疑，只要輪迴塔建成，陛下不但可以長生不老，而且可以成為天仙，一統宇內。」

龍宣恩的雙目中閃過一絲希冀，可隨即又回到了現實中，他咳嗽了一聲道：「朕信你。」

「那顆定神珠還需陛下的七星鏈啟動。」

龍宣恩點了點頭道：「朕會親自做這件事。」

洪北漠暗罵龍宣恩狡詐，不見兔子不撒鷹，當真以為他手中握有的東西可以要脅自己嗎？說完喜事自然要說點不好的事情，洪北漠道：「昨夜，有人潛入縹緲峰靈霄宮，十有八九已經發現了三皇子的事情。」

龍宣恩道：「你不是說那裡防守嚴密嗎？怎會有人潛入？」

洪北漠道：「此人對皇宮必然極其熟悉。」

龍宣恩不耐煩地搖了搖頭道：「讓慕容展去查就是！」

洪北漠道：「或許是姬飛花！」

聽到姬飛花的名字，龍宣恩不由得倒吸了一口冷氣，姬飛花是他生平最大的惡夢，當初正是姬飛花一手導演了宮變，將他從皇帝的寶座上趕了下去，囚禁在縹緲峰靈霄宮，想起那段生涯，龍宣恩仍然心有餘悸。

洪北漠低聲道：「這件事只怕藏不下去了，皇上應該當機立斷才是。」

龍宣恩道：「你想讓朕立他為太子？」

洪北漠道：「未必要立他為太子，但是他的消息是時候公諸於眾了。」既然事情已經敗露，早晚都會被宣揚出來，與其讓別人說不如自己說，這也是變被動為主動的方法。

龍宣恩點了點頭道：「不是朕不想立他，而是朕須得顧及七七的感受。」

洪北漠恭敬道：「大康自開國以來，從未有過女子掌權的先例。」

龍宣恩道：「她心性高傲，也確有過人的本事，只可惜生為女兒之身。」

洪北漠心中暗自冷笑，他對龍宣恩冷酷無情的本性早已看透，此人活在世上只是為了自己，若是他能夠長生不死，他又何須將皇位交給他人？洪北漠之所以這樣說，無非是為了製造自己和七七不和的假像。

胡小天望著鏡中的自己嘖嘖稱奇，原來夕顏早有準備，不但有慕容展的面具，居然還有姬飛花的面具，看來她果然是有備而來，說不定手中還有龍宣恩和洪北漠的面具，還好這位易容高手不是自己的敵人，胡小天忽然想到，如果夕顏冒充自己，又或是冒充七七，豈不是會給他造成很大的麻煩？

胡小天學著姬飛花的樣子走了幾步，當真是形神兼備。夕顏嘖嘖讚道：「果然是生就當太監的材料。」

胡小天想到了一個問題，夕顏應該沒和姬飛花打過交道，她又是如何製成了這張面具？他低聲道：「這張面具是你做的？」

夕顏搖了搖頭道：「我又沒見過他，怎知道他的樣子，這些面具都是別人送給我的。」

胡小天笑道：「還有什麼面具，一併拿出來讓咱家見識見識，你我都這麼熟了，何必藏私？」

夕顏正想說他貪得無厭，胡小天卻是突然做了個噤聲的手勢，指了指上方，拖著夕顏的手騰空躍上橫樑。夕顏此時方才聽到外面傳來人聲，心中不由暗讚，想不到胡小天的武功提升如此迅速，想起過去被自己追得抱頭鼠竄的情景，恐怕是一去不復返了。

有三名太監從外面走了進來，其中一人道：「你們在外面候著，咱家一個人進去就是。」

胡小天聽到這聲音有幾分熟悉，仔細一想，應該是過去姬飛花的左膀右臂李岩，宮門輕響，一名太監提著燈籠走了進來，胡小天悄悄望去，進來的那人果然是李岩，此人背叛姬飛花，受到皇上的重用，地位不降反升，曾經一度被龍宣恩派來七七的身邊負責保護她，其實就是一種變相監視，現在李岩已經貴為司禮監都督，在皇宮中的地位極為顯赫。

李岩舉起燈籠朝著裡面看了看，並沒有發現什麼異常，然後退了出去，應該是因為昨晚的事情視察各個可疑的地方。

胡小天和夕顏對望了一眼，他以傳音入密道：「我去嚇嚇他！」

夕顏道：「你不準備在這兒待了？」胡小天若是在紫蘭宮出手，必然會引來一場搜索，他們肯定無法繼續在這裡藏身。

胡小天笑道：「皇宮這麼大，自有你我容身之處。」他附在夕顏耳邊低聲說了幾句，夕顏點了點頭。

李岩出來之後，又舉起燈籠來到井口，用燈籠向下方照了照。卻不知他的一舉一動全都被胡小天看在眼裡，胡小天從這廝的舉動中推斷出，李岩應該是奉了洪北漠的命令前來搜查，他應該對密道也早已知情。

李岩身邊的兩名下屬道：「都督，咱們在找什麼？」

李岩道：「只是例行巡查。」他從井口向下看了一會兒，並沒有下去的打算，轉過身去正準備離開，卻看到院落之中多了一個影子，循著影子抬頭望去，卻見紫蘭宮的宮殿之上，一人靜靜站在那裡，雙目冷冷望著自己，借著月光，李岩看到那人的模樣，頓時嚇得魂飛魄散，那屋頂之人分明就是姬飛花。

這個姬飛花自然就是胡小天所扮，胡小天的出場實在是太過突然，而且姬飛花在皇宮太監心中的地位根深蒂固，可以說從大康開國以來，再無一名太監可以超越姬飛花的地位，他的囂張跋扈，他的冷酷無情早已成為這幫宮人心中的烙印。

幾人看到姬飛花在月下現身第一個反應竟是拔腿就跑，胡小天騰空飛掠而下，對付李岩這種吃裡扒外的卑鄙小人根本不用手下留情，胡小天飛下來的動作是馭翔術，若是被不悟看到定然可以猜到他的身分，可是這幾名太監不會有這樣的眼界。

胡小天的目標是李岩，他也沒抱著斬盡殺絕的打算，放過其他兩名太監，幹掉李岩是最佳的結果。

李岩的武功原本也不弱，可是在見到姬飛花現身之後，內心中莫大的恐懼讓他鬥志全無，應該說他跑得最快，遠遠將兩名手下甩到身後，可是他感覺身後一股強大的氣勢猶如泰山壓頂般向他迫近，李岩倉促之間，轉身望去，卻見姬飛花已經來到距離自己不到一丈處，居高臨下一拳向他攻來。

李岩嚇得面無血色，無奈之下揚起拳頭想要硬抗對方的攻擊。胡小天的神魔滅世拳豈是他能夠抵擋，一拳砸在李岩的右拳之上，將李岩震得一聲慘叫倒飛了出去，身軀撞在宮牆之上，仍然未能抵消這一拳的巨大威勢將宮牆撞出一個大洞，身體從洞口鑽了出去。

那兩名小太監根本顧不上李岩，沒命地向外跑去，慘叫道：「救命！救命！」

胡小天無意追逐他們兩個，就讓這兩個太監出去宣揚，事情鬧得越大越好，他擔心李岩不死，來到外面，卻見李岩躺在一片瓦礫之中，已然氣絕身亡了，胡小天盡全力施為的一拳將他周身的骨骼全都震斷，內臟爆裂，死相慘不忍睹。

確信李岩已經死去，胡小天轉身就走，夕顏也從暗處閃身出來，她沒聽胡小天的話先行離去躲藏，而是在暗處目睹胡小天驚天動地的一拳，雖然夕顏對他如今的武功已經有了思想準備，仍然免不了被震撼到了。

胡小天看到夕顏出來，瞪了她一眼，明顯責怪她不聽自己的吩咐，沒有按照計畫行事。指了指那井口道：「走，下去！」

兩人從井口跳了下去，進入密道，胡小天讓夕顏先走，夕顏剛走了幾步就聽到身後傳來崩塌之聲，卻是胡小天一拳將密道的入口砸得塌陷下來，封住入口，避免追兵來到。

夕顏卻對胡小天的行徑嗤之以鼻，這樣做豈不是此地無銀三百兩。

胡小天卻是認為這密道早已暴露，沒有了存在的價值。

夕顏道：「咱們去哪裡？」

胡小天道：「縹緲山！」

「你瘋了？」夕顏驚訝地睜大了雙眼。胡小天卻沒工夫向她解釋，他料定姬飛花重現皇宮的消息必然引起整個康都震動，說不定很快就會展開一場天翻地覆的搜查行動。他必須將這條地道先行破壞，製造一些麻煩也是好事。

夕顏本以為胡小天真要重返靈霄宮，認為這廝是要險中求勝，越是危險的地方越是安全的地方。可是，進入瑤池之後，胡小天就帶著她潛遊到那條吸水巨龍的龍首處，從巨龍的左耳鑽了進去。

七七此前曾經兩次帶他來到這龍靈勝景，胡小天對路線已經非常熟悉，夕顏也沒有想到這裡面別有洞天，重新浮出水面之後，看到眼前出現的巨大石洞，也不由得驚歎這水下設計之巧妙。

因為缺少七七手中的夜明珠，胡小天想要進入龍靈勝景內部暫時是不可能的，不過這水下空間已經足夠他們兩人暫時躲避了。

夕顏裝備非常齊全，身上所穿的水靠也是特別製作，防水保暖性能絕佳，雖然跟著胡小天在冰冷的水下游了這麼久，絲毫沒有感到寒冷。

胡小天雖然沒有帶著水靠，可是他內力渾厚，上岸之後潛運內息，不一會兒功夫周身白霧騰騰，已經將衣服上的水汽逼了出去。他行功的時候，夕顏並沒有打擾他，而是沿著石室走了一圈，以腳步丈量，這間石室長寬各有十丈，利用手中夜明珠的光芒，發現岩頂的石雕，她冰雪聰明，很快就發現頭頂龍雕的奧妙所在。

胡小天此時已經蒸乾了衣物，來到她的身邊。夕顏道：「開啟密室的關鍵是不是那條龍雕？」

胡小天也沒有隱瞞，將如何進入龍靈勝景內部的方法告訴了她，夕顏看了看手中的夜明珠，胡小天道：「沒那麼巧，差之毫釐失之千里，她手中的那顆夜明珠乃是特製，如果任何人珠子都能打開密室，前人也不會花費那麼大的心機去設計。」

夕顏卻表現得非常任性，非要胡小天蹲下，踩在他的肩膀上去看看那條龍雕，胡小天拗不過她，只能蹲下身去，讓夕顏踩著他的肩膀，將她托了起來。

夕顏將手中的那顆夜明珠在龍雕的眼眶中比了比，果然要小上不少。

胡小天道：「喂！死心吧！」他都已經進過兩次密室，對龍靈勝景也沒什麼好奇，選擇來到這裡，無非是暫避風頭。

夕顏卻沒有下來的意思，舉起夜明珠照著龍頭，小聲道：「這條龍的眼睛旁邊還有七個小洞。」

胡小天歎了口氣道：「不就是洞嗎？誰沒有？別這麼好奇……」話沒說完，夕顏抬腳在他腦袋上踢了一記：「閉嘴，無恥下流胚！」

胡小天一臉無辜道：「我說啥了？你啥時候對洞這麼感興趣了？」

夕顏道：「這七個小洞排列的方位有些奇怪啊，應該是北斗七星。」

胡小天道：「哪那麼多奧秘？你踩在我身上很過癮是不是？」

夕顏道：「我騙你作甚？」

胡小天道：「就算是有那麼七個小洞，你去哪兒找七顆夜明珠？你有沒有帶手串啊，扯開來試試……」胡小天說到這裡，腦袋卻嗡的一下，原來夕顏嫌他挖苦自己，又輕輕踢了他後腦勺一腳。

胡小天卻渾然不覺，過了一會兒，他方才拍了拍夕顏的小腿。

夕顏啐道：「你再敢占我便宜，我把你那雙狗爪子給剁了！」

胡小天又拍了她一下，從身上掏出了一串東西：「你看是不是這麼大？」

夕顏俯首望去，卻見胡小天手中晃動的乃是一串紫色晶石手鏈，手鏈一共有七顆紫色晶石，雖然看起來不是什麼名貴的飾品，可是剛好是七顆晶石。夕顏伸出手去將胡小天手中的手鏈接了過去，將第一顆晶石塞入龍頭上的孔洞之中，不大不小剛好吻合。

胡小天道：「怎樣？」

夕顏以為他早就有開啟密室的方法，只是剛才故意不告訴自己，哼了一聲道：「騙子，你就是個騙子，明明懂得如何開啟，卻不告訴我。」

胡小天心中也是驚奇非常，真是沒想到在雲廟凌嘉紫畫軸中找到的手串竟然能夠在這裡派上用場，他也沒向夕顏解釋，心中暗忖，難道除了七七打開的密室之外，這龍靈勝景內還藏著其他的奧秘。

夕顏已經麻利地將七顆晶石全都塞入孔洞之中，七顆晶石剛好符合，可是插進去之後好一會兒不見反應，夕顏忍不住伸手拍了拍龍頭，仍然沒有半點動靜。

胡小天提醒她道：「你摁摁那只龍眼試試。」

夕顏摁了一下，還是沒有反應，胡小天道：「大力一點！」

夕顏道：「少廢話，不行你來！」

胡小天忙不迭的點頭：「你下來，我踩你身上！」

夕顏哼了一聲道：「做夢去吧，我才不讓你上來。」

胡小天抗議道：「憑什麼我要在下面？憑什麼我要讓你騎？」

夕顏抬腳又想踢他腦袋，此時頭頂的一顆晶石卻亮了起來，胡小天仰著腦袋，兩人都好奇地望著上方的變化，卻見那七顆晶石逐一亮了起來，胡小天拍了拍夕顏的足踝道：「先下來，小心上面有機關，萬一有暗箭，豈不是射你一臉，死了不怕，毀容就麻煩了。」

夕顏聽他這麼一說果然有些心裡發怵，從他身上肩頭跳了下去，兩人後撤到牆角，夕顏將手中用來照明的夜明珠收起，再看那七顆紫色晶石已經完全亮了起來，宛如七顆星辰懸掛於穹頂之上。

兩人也忘記了調侃，全都仰頭看著上方的情景，看了小半個時辰，直到把脖子都仰酸了，仍然沒有看到後續的反應，就在兩人就快失去耐性的時候，龍雕的獨眼居然亮了起來，龍眼和晶石之間有光芒流動，先是看到光芒將七顆晶石連接起來，然後七顆晶石開始緩慢移位，最後竟然排列成為一條直線。

胡小天目不轉睛地望著眼前一幕，難道這就是七星連珠？當七顆晶石和龍眼完全排列成為一條直線時，龍頭的嘴巴竟緩緩開啟，從中現出一個三尺見方的暗門。

胡小天和夕顏對望了一眼，夕顏道：「你早就知道？」

胡小天苦笑道：「天地良心，我也是第一次發現。」

夕顏道：「蹲下！」顯然是要再次踩著胡小天的肩膀爬上去，胡小天已經先行啟動，騰空一躍，身軀進入上方洞口之中，然後以雙手雙腳撐住洞壁，向上方望去，不知這條石洞到底有多長。

夕顏道：「小心！」

胡小天道：「你在下面等我，我上去看看。」

夕顏應了一聲，可是胡小天剛剛往上爬了一段距離，她就已經緊跟胡小天的腳步跳了上來。

胡小天低頭望去，借著夜明珠的光芒看到下方的夕顏，他笑道：「在我下面的感覺不錯吧？」心中卻知道夕顏一定對他不放心，應該是擔心自己動手腳。

夕顏對這廝非常瞭解，越是他得意的時候越是不能搭理他，否則這廝只會蹬鼻子上臉，輕聲道：「你小心上面有機關。」

胡小天已經來到了出口的邊緣，雙手抓住洞口爬了上去，然後向下伸出手去，將夕顏拽了上來。這條直上直下的豎洞大概有兩丈左右，上兩次他和七七過來的時候，以為龍靈勝景的密室只有一個，卻想不到這其中還暗藏玄機，在頭頂還藏著一個密室。其實當時就算知道也無從開啟，如果不是自己誤打誤撞在雲廟之中得到了那串手鏈，根本無法將暗門開啟，七七應該也不知道這裡的秘密，這串手鏈如果說是淩嘉紫的遺物，那麼七七的母親，曾經的太子妃究竟是怎樣一個神奇的女人？

姬飛花出現的消息在第一時間傳到了洪北漠的耳朵裡，離開養心殿，他本想去靈霄宮，卻因為李岩的突然死亡而不得不改變計畫，來到紫蘭宮。看到慕容展帶著幾名大內侍衛已經先行趕到，慕容展初步檢查了李岩的屍體，他緩緩站起身來。

洪北漠向屍體走去，除了慕容展之外，其餘人全都識相地退出了這個院落。

慕容展並沒有說話，銀色的瞳孔閃爍著冷冽光芒，蒼白的面孔表情異常凝重。

兩人目光交會了一下，誰都沒有說話，洪北漠蹲下去檢查了一下李岩的屍體。

慕容展道：「殺死他的人武功很高！」

洪北漠放下李岩軟塌塌的手臂，直起身來，李岩周身的骨骼都已經被震碎，從死狀來看是被對方一拳擊殺。天下間擁有這樣強大武功的人並不多，洪北漠向慕容展道：「慕容統領怎麼看？」

慕容展搖了搖頭，揚聲道：「把他們兩個帶進來！」

李岩的兩名手下被帶了進來，他們到現在仍然驚魂未定，來到慕容展和洪北漠面前撲通一聲就跪下了。

洪北漠道：「你們不必如此害怕，起來吧，將當時的情景說來聽聽。」

其中一人顫聲道：「洪先生，當時我們跟著李公公例行巡視，李公公拿著燈籠去井口照了照，可是在紫蘭宮房頂突然多了一個人，我們看得千真萬確，他……他竟然是姬飛花……」

慕容展此前已經問過他們兩個，所以並沒有表現出任何的驚奇。洪北漠為人沉穩，聽到這個消息表情也是古井不波，淡然道：「胡說八道，姬飛花已經死了，怎麼會出現在這裡？」

那兩名太監對望了一眼，壯著膽子道：「小的敢用項上人頭保證，我們沒有看錯，他從屋頂飛下來，只一拳就把李公公打死了……」

洪北漠面色一沉：「撒謊！李岩武功要比你們強得多，若是逃走，他應該比你們逃得更快，何以姬飛花只殺了李岩，而放過了你們？」洪北漠問得也合情合理。

兩名小太監磕頭如搗蒜：「洪先生，我們絕無半句虛言。」

洪北漠道：「夠了，這件事你們不可再向其他人說，去吧！」

兩名太監聽到總算讓他們離去，方才如釋重負，等到他們離去之後。洪北漠轉向慕容展道：「慕容統領怎麼看？」

慕容展道：「他們應該不敢撒謊，當時的情形是他們看到姬飛花之後，三人都轉身就逃，可是姬飛花認定了李岩，追上來將他一拳擊斃。」

洪北漠道：「你是說姬飛花故意留下這兩名太監的性命，讓他們將他活著的事情宣揚出去？」

慕容展沒有說話，緩緩點了點頭。

洪北漠呵呵笑了起來：「他已經死了，又怎會在這裡出現？」

慕容展道：「當年他只是從縹緲峰上跳了下去，生不見人死不見屍，洪先生何以如此斷定？」

洪北漠道：「就算他僥倖存活，他的武功也不會恢復得如此神速。」他凝望慕容展的雙目道：「這件事千萬不可張揚，免得引起宮中震動，皇上若是知道，肯定會寢食難安。」

慕容展低聲道：「洪先生的意思是也要瞞著皇上？」

洪北漠道：「在我沒有親眼見到他之前，絕不相信他回到了皇宮，我看十有八九是有人藉著他來作怪。」

慕容展道：「天下沒有不透風的牆，這件事早晚皇上都會知道。」

洪北漠道：「你無需多慮，此事交由我來處理，你只需加強宮內的警戒，避免給人可趁之機。」

慕容展皺了皺眉頭，似乎並不贊同洪北漠的安排。

洪北漠看出他對自己的抵觸，低聲道：「最近慕容統領有沒有去過縹緲峰？」

慕容展聞言錯愕道：「皇上已經將那裡列為禁地，我豈會抗旨不遵？」

洪北漠淡然道：「可昨晚有人親眼見到你去了那裡。」

「什麼？」

洪北漠意味深長道：「我更願意相信他們見到的是一位易容高手！」

夕顏將夜明珠舉起，照亮他們站立的地方，這間密室並不算大，從結構可以斷定是人工雕鑿而成，石壁之上佈滿日月星辰的符號，前方不到三丈的地方有一個洞口，進入洞口，不遠就是石階，仰頭望去，石階一直曲折向上，應該是通往上方。

胡小天心中暗忖，難道他們無意中發現了通往山頂靈霄宮的密道？

夕顏已經舉步拾階而上，胡小天只能跟在她的後面，通道兩旁刻滿浮雕，胡小天舉目望去，卻見那浮雕一幅幅結合起來宛如電影畫面般延續著一個故事，開始是山川湖泊，然後看到一個大火球從空中墜落，火球墜落在湖水中，引來無數人圍觀，再往後就是一幅眾人行船打撈的畫面。

夕顏道：「好像是從天空中掉下一個東西在湖水裡面，流星嗎？」在她的認識中，天上掉下來的火球不是太陽就是流星。

胡小天的內心卻突然緊張了起來，他有種說不出的預感，這種預感讓他沒來由激動了起來，繼續向前方走去，幾幅浮雕都講述的是眾人如何打撈的場景，從場面上來看人山人海，規模龐大，最後看到車馬勞力將湖水中的東西拖上來，拖上來的東西是個橢圓形的物體。

胡小天左看右看那玩意兒都像個飛碟，強忍住內心的激動，繼續去看前面的壁畫，看到無數工匠圍繞著那橢圓形的物體利用各種各樣的工具想要將之開啟，接下來那物體燃燒了起來，周圍屍骨遍地，然後看到軍隊將那物體圍困起來，利用弓箭投石發動攻擊，一連幾幅全都是戰爭的場面。從畫面的情況來看，死傷慘重，那物體不再燃燒，有將領指揮將之重新推向湖中。

橢圓形物體的上方打開了，從中飛出了兩個物體，胡小天幾乎能夠斷定，這兩個玩意兒是個小型飛行器，接下來的畫面就是飛行器向下方將士進行射擊，又是屍橫遍野。

接下來看到飛行器應該是打光了子彈，被一群鳥兒圍困，其中一個飛行器落在地上，眾將士蜂擁而上，應該是砸開了飛行器，從裡面抓出兩個巨人，從比例上來說要比尋常的人高出一倍不止。

這兩個巨人被捆在了樹上，先是用小刀凌遲他們，然後用火燒，幾幅畫面都是如何折磨他們的場景，最後砍下了其中一個人的腦袋，一名騎馬的將軍將他的頭顱挑在長槍之上躍馬狂奔，以狀軍威。

另外一名巨人耷拉著腦袋，他應該是屈服了，跪倒在地上，將一個手電筒樣的東西交了出來，那將軍低頭看的時候，巨人手中的東西變成了長劍，一下就將將軍的腦袋砍了下來。

接下來自然是那巨人以寡敵眾的場景，最後被擒，下場是五馬分屍。再往後就看到那橢圓形的物體被刀砍火燒，應該是毫髮無損，最終只能將那東西重新推入湖水中，然後是百姓運送著一車車的土石將小湖填平，最後竟然堆成了一座小山。

浮雕到這裡已經完全結束，他們也來到了一個小小的平台之上，胡小天停下腳步，回憶著剛才所看到的一切，想要清理出一個完整的思路。

夕顏道：「難道真有神仙的存在？這些浮雕講述的是人和神作戰的故事。」

胡小天卻不這麼認為，剛才看到那橢圓形的東西分明是飛碟，而那架被鳥兒擊落的飛行器有些類似飛機，在這一時代老百姓的想像之中，神仙都是騰雲駕霧來去自由，利用飛行器的還從沒有見過，在他所瞭解的範疇內，可以推斷出這浮雕所刻的乃是一個外星人造訪的故事，他能夠斷定這段造訪絕非是和平之旅。

夕顏看到胡小天呆呆出神，禁不住擰了他手臂一下道：「你發什麼呆啊？」

胡小天道：「就是在想看到的這些浮雕。」

夕顏道：「感覺你看完之後整個人都變了，好像受了驚嚇一樣。」

胡小天道：「夕顏，你知不知道，平時你所看到的日月星辰，其實比咱們所在的世界要大得多？」

夕顏愣了一下，她還是第一次聽到這樣的觀點，雖然她聰穎過人，可是她的認知畢竟要受到時代科技水準的局限。

胡小天道：「換句話來說，茫茫宇宙，並不止我們這些人存在，剛才在浮雕上看到的那些巨人，他們生存在遙遠的世界，一個我們目前無法到達的地方。」

「天上？」

胡小天點了點頭道：「也許就在我們每天晚上看到的星星裡。」他忽然想到，在過去的現代社會中，無數人都在致力於研究太空，尋找外太空生命的存在，可是在遙遠的過去，不同的時空中，或許外星生命早已在四處造訪。

「你是說天上的神仙？」

胡小天有些無奈地笑了，他放棄了繼續解釋的想法，輕聲道：「姑且稱他們為神仙吧。」

夕顏道：「神仙坐著那個大圓盤來到了這裡？」

胡小天道：「他們乘坐的叫飛碟，可以從他們所在的星球飛到這裡，也許是因為發生了狀況，迫降在這裡，結果被人發現，人們以為發現了妖物，向當時的皇上稟報，於是皇上就組織兵馬將這個飛碟拖了上來，這些神仙認為受到了攻擊，於是利用他們的武器殘殺了那些將士和百姓，掀起了一場戰爭。」胡小天停頓了一下，眼前彷彿看到了那場高科技武裝的飛碟和只擁有冷兵器的軍隊的那場大戰，大戰之慘烈可想而知。

夕顏聽得津津有味，不禁催促道：「後來呢？」

胡小天道：「飛碟應該在墜落時受損，可能是飛碟的能量用盡，在殺死無數將士之後，終於被包圍，將士想將飛碟打開，一探究竟，但是飛碟的外甲非常堅固，他們努力多日無法如願，於是他們準備將飛碟重新沉入湖中。裡面的神仙開始逃離飛碟，分別乘坐兩艘小型飛行器離開飛碟。」

夕顏道：「然後他們受到了馭獸師的攻擊，其中一隻落在了地上。」

胡小天點了點頭，其實一切浮雕都講述得非常明白，只是不知道這是發生在何時的事情，這些浮雕並未說明具體的時間。

夕顏道：「還是逃走了一架飛行器！」

胡小天的心中突然變得凝重起來，如果剛才看到的浮雕記載得全都是事實，那麼逃走的哪架飛行器中應該還有外星生命的存在，他們去了哪裡？有沒有回來報復，那艘被沉入湖心掩埋起來的飛碟如今又在何處？

夕顏道：「這裡為何記載了這樣的事情？」

胡小天搖了搖頭，他也不知道，不過這座縹緲山靈霄宮乃是有兵聖之稱的諸葛運春設計修建而成，龍靈勝景應該也是他一手設計，這些浮雕必然和他有關，當時是明宗皇帝龍淵執政，距今約有一百五十年，也就是說浮雕上事情的發生應該是在一百五十年前。這場和外星生命之間的慘烈戰爭很可能發生在明宗時代，只是不知那時的歷史有無記載？

胡小天道：「大康的歷史中有沒有記載過和神仙打仗的事情？」

夕顏搖了搖頭，她自幼博覽群書，卻從未有過這樣的印象。

前方出現了一個祭台，夕顏拿出火摺子，將祭台兩旁的火炬點燃，周圍的空間頓時變得明亮了起來，卻見祭台前擺放著一隻巨大的方鼎，方鼎上刻有銘文，夕顏輕聲誦讀道：「嘉豐十七年，康都棲霞湖，天降火球，引發天火，火勢波及三十里，波及之處，化為瓦礫，死傷無數，嗚呼哀哉！百姓何辜。朕特鑄此鼎，鎮災伏魔，祈求上天，庇佑大康……」

這段銘文出自明宗皇帝龍淵，不過只是說天降大火，並沒有說明到底這件事是什麼發生的，胡小天心中暗忖，棲霞湖？好像康都周圍並無這樣一個地方，不過棲霞山倒是有一個，那裡如今正在修建皇陵，胡小天將兩件事聯繫在了一起，馬上就有了一個發現，洪北漠主持修建皇陵，該不會和這件事有關吧？

夕顏用分水刺的手柄敲了敲巨鼎下方的地面，輕聲道：「這巨鼎下面好像是空的噯！」

胡小天走過去聽了聽，然後他用盡全力，將巨鼎向一旁推開，這只巨鼎要在萬斤以上，天下間能夠徒手將之移動的人並不多。

胡小天移開巨鼎，雙手抓起下方的條石，雙臂用力，慢慢將條石掀起，一個兩尺見方的坑洞出現在他們的面前，坑洞裡面放著一個玉盒。

夕顏以為找到了寶貝，搶先伸出手去，將玉匣抱了上來。

胡小天好心提醒她道：「小心裡面有暗器。」

夕顏瞪了他一眼道：「我發現的，這東西歸我。」

胡小天呵呵笑了起來，女人到底是小家子氣。

玉盒並沒有上鎖，夕顏先用匕首稍稍挑開一條細縫，確信沒有什麼機關，這才放心大膽地將玉盒打開，當她看清裡面的東西，卻發出一聲驚恐的尖叫。

胡小天定睛望去，卻見玉盒裡面放著一個碩大的頭骨，頭骨為藍色透明，要比正常人的頭骨大上一圈，結構也有些不同，額部比較突出，這樣的結構腦容量要比人類多出不少，乍看上去這頭骨就像是藍色水晶雕成的工藝品。胡小天將頭骨拿起捧在手中，端詳了好一會兒，已經能夠斷定，這頭骨肯定是某種生物的遺骨，興許就是浮雕上所刻繪的那兩個巨人。

夕顏從玉盒中拿起一個一尺多長的黑色棍子，感覺那棍子握在手中沉甸甸的頗有些分量，只是不知這是什麼，她顛來倒去看了看，向胡小天道：「這是什麼？」

胡小天向她手中望了一眼，然後歪了歪嘴，一臉的壞笑。

夕顏瞪了他一眼道：「笑什麼笑？」

胡小天道：「男人都有，等你嫁人之後就會明白。」

夕顏宛如被踩了尾巴的貓一樣呀地一聲叫了起來，然後將那根黑棍子扔了出去，胡小天只是故意在逗她，夕顏扔在地上之後，這貨馬上就撿了起來，這可不是什麼自衛棒，他一打眼就看出這是個劍柄，有點像星球大戰裡面的鐳射劍，應該是某種金屬材質，不過胡小天從來沒有見到過，握在手中頗為沉重，觸感卻沒有尋常金屬的冰冷，上方的花紋也是非常古樸。

夕顏扔過之後馬上就明白被胡小天給騙了，氣得上前照著他的屁股就是一腳，看到胡小天擰動手柄，發出啪的一聲，可是那東西並無反應，胡小天連續擰動了六下，雖然活動自如，但是始終都沒有半點火星從中迸射出來，估計是能量早已耗盡，已經是廢柴一根。

夕顏伸出手去：「給我！」

胡小天故意裝糊塗：「你要哪根呢？」

夕顏咬牙切齒道：「信不信我把你給變成太監？」

胡小天搖了搖頭道：「不信，這裡只有你我兩個，我好像不是弱者啊！」

這廝的目光讓夕顏感到一絲不安，小聲道：「你想幹什麼？」

胡小天道：「只要我願意，對你，嘿嘿……」

夕顏卻突然笑了起來。

「你不害怕？」

夕顏道：「怕又能怎樣？反正你一直都不是好人。」她的眼波突然變得春水般柔媚：「不如我嫁給你？你帶著我離開這裡，去個沒人找到的地方共度一生。」

胡小天望著夕顏美得讓人心醉的俏臉，一時間呆在那裡。

夕顏看到這廝的模樣，氣不打一處來，忽然揚起手來照著這廝的臉上打去，胡小天向後及時仰頭，躲過了她的這一巴掌，單從掠過鼻尖的掌風就知道，夕顏這巴掌可是用盡了全力。

胡小天笑道：「我是真沒想到你會向我求婚。」

夕顏呵呵冷笑道：「少自作多情，逗你玩呢。」俏臉之上籠上了一層嚴霜，再也沒有一絲一毫的笑意。

兩人在室內繼續搜索，氣氛卻突然間變得冷淡起來，無論胡小天怎樣主動跟她說話，夕顏都對這廝不理不睬，前方雖然還有一扇石門，可是那石門應該是用圖形鎖之類的東西鎖住，兩人都不懂其中的機關，即便是看到了也無法開啟。

胡小天也懶得繼續向前，靠著石壁坐了下來，向夕顏道：「歇歇吧，等醒了再折騰。」

夕顏卻向他伸出手去：「東西給我！」

洪北漠此時正在靈霄宮中，他向龍廷鎮微笑道：「皇上已經答應要將你的事情公諸於眾了。」

龍廷鎮聞言大喜過望，他迫不及待道：「師父，皇上答應了？」

洪北漠點了點頭。

龍廷鎮向他深深一躬道：「徒兒登基之日，絕不忘師父的恩德。」

洪北漠卻歎了口氣道：「皇上雖然答應將你的事情公開，可是在立你為太子的事情上卻有些猶豫。」

龍廷鎮聞言一顆心頓時跌到了低谷，在他剛剛獲救之時，認為能夠活著重見天日已經是上天恩賜，並未奢望過有朝一日能夠當上太子，甚至登上皇位，可是在洪北漠給他幫助，教他藥物煉體之後，他的野心也開始如雨後春筍一般茁壯成長起來，太子之位明明是皇上答應過的，龍廷鎮握緊雙拳，不知為何他的性情比起過去衝動了許多，輕易就會被外來的事情激怒：「皇上曾經親口答應了我！」

洪北漠從他開始變得急促的呼吸判斷出龍廷鎮已經怒火填膺，他拍了拍龍廷鎮的肩膀示意他冷靜下來，轉過身去，低聲道：「五月十六會有一件大喜事發生。」

「什麼喜事？」

「皇上決定要為永陽公主和胡小天完婚。」

龍廷鎮咬牙切齒道：「那個太監嗎？他有什麼資格娶皇家公主？」

洪北漠道：「你不可小視這個人，胡小天如今已經坐擁東梁郡、東洛倉、武興郡三城，牢牢控制住了庸江下游流域，此前又借著剿匪之名，趕走了盤踞在碧心山黑水寨的水賊，佔領了碧心山，可以說雲澤事實上已經在他的掌控之中。」

龍廷鎮怒道：「他分明是在蠶食大康的江山，趁機壯大自身的勢力。」

洪北漠道：「的確如此，可是他的背後有永陽公主支持，皇上對永陽公主又極其寵愛，此前他力排眾議，立永陽公主為王，已是開闢了大康前所未有的先例。」

龍廷鎮怒吼道：「祖宗家訓不可違背，女子豈可為王？」

洪北漠長歎了一口氣道：「當初找到你的時候，皇上的確非常高興，他也在我面前流露過要立你為太子的意思，可是這麼久過去了，始終未見皇上有所舉動，我就知道皇上的心思又變了。」

龍廷鎮道：「難道他……他想讓七七當太子嗎？」

洪北漠沒有說話，只是緩緩點了點頭。

龍廷鎮再也抑制不住內心的怒火和失望，他忽然大吼了一聲，一拳擊落在身邊條几之上，半尺厚的木板，被他一拳擊成兩半。

洪北漠道：「你若是控制不好自己的情緒，誰都無法幫你。」

龍廷鎮霍然轉過頭來，望著洪北漠道：「師父，你會幫我對不對？」

洪北漠道：「你是我徒弟，如果不幫你，又何須在你身上花費這麼大心血？」

龍廷鎮重重點點頭道：「師父，你只要幫我登上皇位，我就和你共用天下！」

不悟站在雲廟外，靜靜等待著洪北漠出來。洪北漠來到他的面前，對他表現得頗為恭敬，抱拳道：「大師好！」

不悟怪眼一翻道：「有沒有找到那個白髮人？」

洪北漠道：「乃是有人偽裝成大內侍衛統領慕容展的模樣潛入靈霄宮。」

不悟道：「你讓我保護這怪物到何時？」他口中的怪物指的自然就是龍廷鎮。

洪北漠道：「五月十六等胡小天到來，你把他殺了，你我之間就互不相欠。」

不悟緩緩點了點頭道：「就算你不說，老衲也不會放過他。」他停頓了一下又道：「那怪物知不知道，藥物煉體這種方法雖然可以短時間內提升功力，但是壽命會縮短不少？」

洪北漠臉色一沉，冷冷道：「此事和大師無關。」

不悟哈哈大笑：「你們的事情，老子才懶得去管，只是為了你這個人情，老衲如同被人囚禁一樣，對著這個怪物實在是鬱悶到了極點。」

洪北漠道：「大師多些耐心，距離五月十六已經沒有多少時日了。」

不悟道：「總算有個盼頭，對了，昨晚救走那白髮人的傢伙，內力不淺，不知他到底是誰？」

洪北漠道：「大師可曾看出他的武功路數？」

不悟搖了搖頭道：「他不敢跟我正面交手，應該是害怕被我看破……」說到這裡，不悟卻突然腦中一亮，對方在解救白髮人之後馬上就逃，其實以對方偷襲自己那一拳表現出的內力，就算勝不過自己，短時間內也未必會敗在自己的手上，他為何要逃得如此之快？甚至都不敢跟自己正面交手？應該是害怕武功路數被自己看破，天下間擁有這樣武力的人屈指可數，這個人十有八九認識自己。自己被囚天龍寺三十年，接觸到的除了那幫和尚，外界的人可謂是少之又少，難道他是……

不悟的心中浮現出胡小天這三個字，不過他並未向洪北漠言明，搖了搖頭道：「實在是沒有印象。」

洪北漠道：「你身在這裡的事情，很可能會被張揚出去。」

不悟道：「用不了太久，天龍寺的那幫和尚就會過來找我的麻煩。」

洪北漠道：「大師放心，天龍寺再大的膽子，也不敢來皇宮鬧事，而且他們又沒有確實的證據。」

不悟道：「我可不是怕，我是不想多造殺孽。」

請續看《醫統江山》第二輯卷九　宮廷之亂

醫統江山 II 卷8 奇計詐降

作者：石章魚
發行人：陳曉林
出版所：風雲時代出版股份有限公司
地址：10576台北市民生東路五段178號7樓之3
電話：(02) 2756-0949
傳真：(02) 2765-3799
執行主編：劉宇青
美術設計：許惠芳
行銷企劃：林安莉
業務總監：張瑋鳳

初版日期：2020年12月
版權授權：閱文集團
ISBN ：978-986-352-904-0
風雲書網：http://www.eastbooks.com.tw
官方部落格：http://eastbooks.pixnet.net/blog
Facebook：http://www.facebook.com/h7560949
E-mail：h7560949@ms15.hinet.net
劃撥帳號：12043291
戶名：風雲時代出版股份有限公司

風雲發行所：33373桃園市龜山區公西村2鄰復興街304巷96號
電話：(03) 318-1378
傳真：(03) 318-1378
法律顧問：永然法律事務所 李永然律師
北辰著作權事務所 蕭雄淋律師

行政院新聞局局版台業字第3595號 營利事業統一編號22759935

定價：270元

國家圖書館出版品預行編目資料

醫統江山 第二輯／石章魚 著. -- 臺北市：風雲時代，2020.09- 冊；公分

ISBN 978-986-352-904-0（第8冊；平裝）

857.7　　109009548